後の為乃記

木村三四吾編校

渡辺崋山画琴嶺像

琴嶺十三歳梅鶯図

琴嶺画菊花図

琴齋詩草卷之一

東都飯台　澁澤興継　著

春日偶和

日和風暖艷陽天屋後園林柳似煙草
緑簾前春鳥囀花邉飛蝶入琪筵

春日遊于郊外宿山院与諸君子倶觀滄海

野花零落乱鶯啼遠樹萋萋草色齊風
送鐘聲梵宇邊碧雲横嶺夕陽低

又

雨後東風柳影低濃花如錦満前溪孤

琴嶺筆琴斎詩草稿

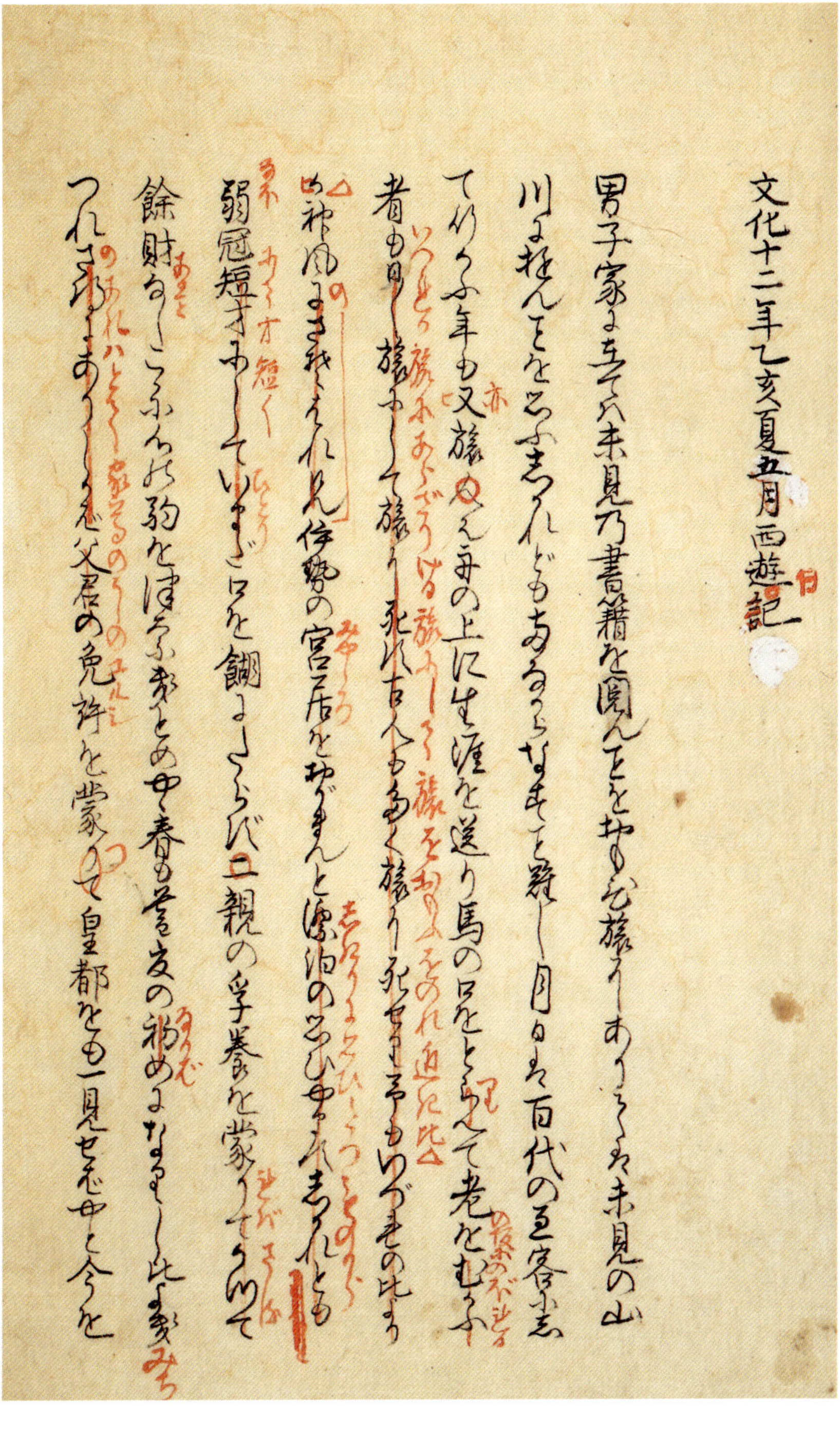
文化十二年乙亥夏五月西遊日記

琴嶺筆西遊日記稿

目次

凡　例

一、本書は天理図書館寄託滝沢家本『後の為乃記』を影印複製したものである。
一、複製は、原本直撮りによるモノクロ印刷の方法に従った。
一、原本縦二六・八糎横一九・二糎、字高縦一九・五糎（上冊第一行）の所謂大本を、複製本では字高縦一五・七糎、横成り行に縮寸した。但し、横寸に於いては綴代分を含まず。
一、各冊前後表紙及び同見返しは縦一六糎の一七五線網点オフセット印刷によった。
一、底本は馬琴自筆稿本による敷写しの筆耕本で、間々馬琴筆朱書校正・書入・句読が加えられているが、複製に当っては朱墨の識別・刷出には考慮しなかった。
一、底本にみられる汚損等は、本文にかかわらぬ限り、努めて払浄消去した。ただし、不審紙及び白墨塗抹訂正、上冊第三十四・三十五丁に於ける継ぎ紙による汚損はそのままに残した。
一、上下各冊の丁数については原本の表記に従い、これにオ・ウを付してその表裏を示した。
一、引用馬琴書翰中、その所蔵・出典を示さぬものは、すべて天理図書館蔵自筆にかかる。

目次細目

後の為乃記

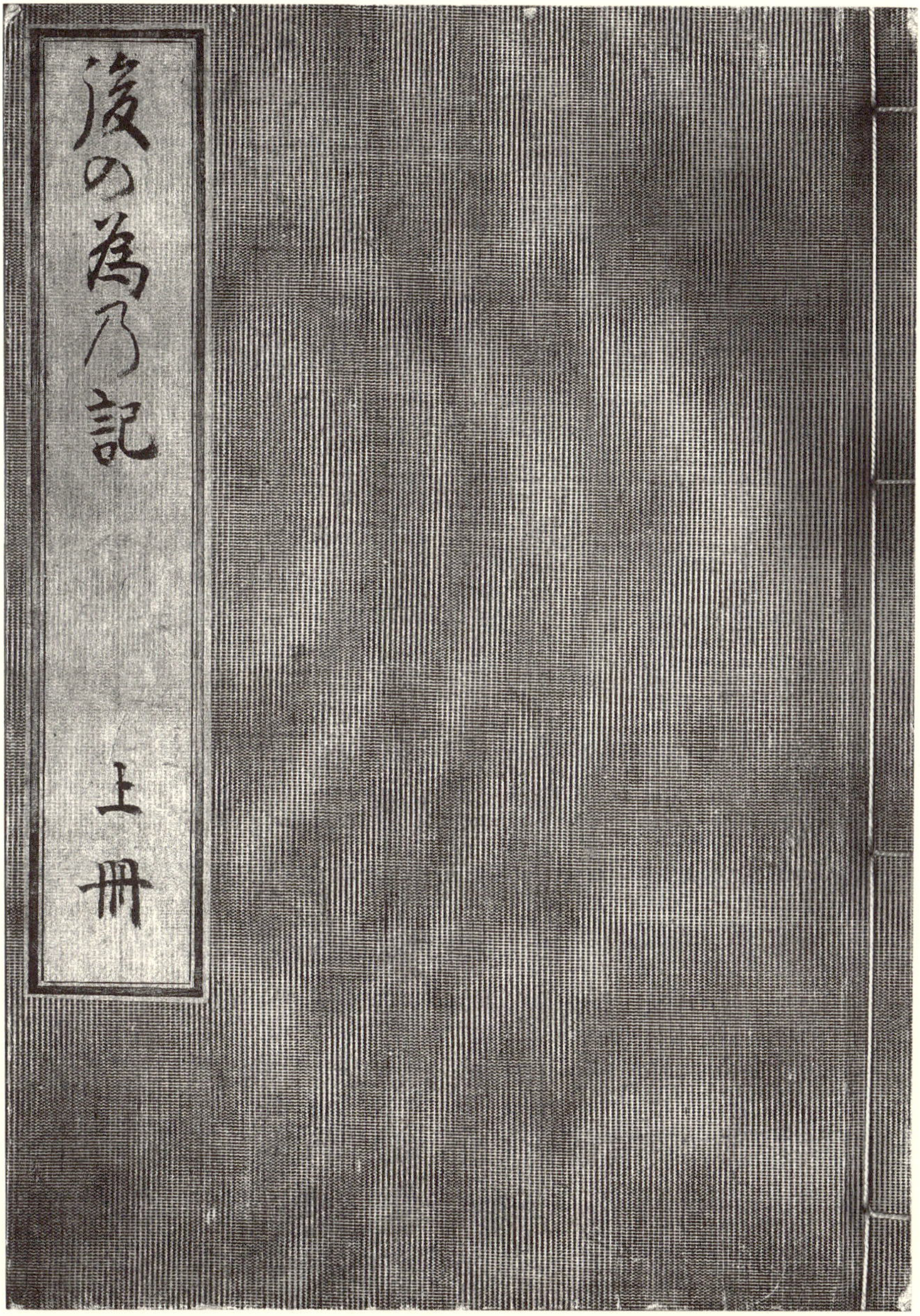
後の為乃記
上冊

自叙

人之壽夭與富貴貧賤各稟之于天
儒是謂天命佛說爲因果道家自然
亦是已蓋天所命雖王公將相聖賢
僊佛而竟不能免焉是以顔淵短命
彭祖七百歳原憲赤貧石崇富矣且
孔子之爲聖伯魚先卒莊周修眞其

妻不壽由此觀之天之與命聖賢猶之莫如之何然況於衆人乎吾家嘗有癉鬼之祟焉今茲五月獨子興繼身故時嫡孫大郎甫八歳未足知父之言行頗可見者有之可不哀哉粤爲思家譜廢絶編纂是書二巻敢欲使吾孫等讀之因命曰爲後之記大

郎等及成長遂憑是書感激黽勉而
善紹父之志以興家則幸甚嗚乎吾
老矣今亦教幼孫懶矣唯有筆録焉
耳此是吾一家事自非親戚故舊秘
而勿賣弄吾忍搏膺之悼夜夜對孤
燈而排纂如此抑爲誰也其熟思之
天保六年八月朔　瀧澤篁民譔

崖略

是書始用意于蒐輯為冊但於亡兒生涯事摘其要二三思欲録於十數頁而考究排纂往事則尚可録者為不堪矣漸衰至一百餘頁因鑒為二巻古語云見子不如父蓋若亡兒生涯得失編布在是書中矣然書者不盡言言者不盡意且哀情未穏于哀感悲是擒藻馳翰時不得無遺漏也

淨書使傭工謄寫之雖則毎有誤脱訂正以施雌黄而老眼不暨欲無亥帝魯魚得乎哉異日又當纏削焉

淨書本欲授于孫女者更加傍訓以便于女流不知漢字用心可知

後乃爲の記上冊目録

琴嶺瀧澤興繼宗伯行状

花山氏篤義寫枯相

前兆讖語

附録父子主命凶神

聞人嗣子不幸

前兆追録

哀悼歌

田邊生説相

人性命有定數并吉凶悔吝自戒 是一則係于下篇

上冊目録（上三オ）

三

後のための記　上冊

琴嶺瀧澤興繼宗伯行狀

神田老逸譔

琴嶺ハ瀧澤氏名ハ興繼表字ハ宗伯、江戸の人、父の名ハ解（トク）字ハ瑣吉、一の表字ハ篁民、母ハ會田氏寛政九年丁巳の冬、十二月二十七日壬戌辛丑の時、江戸元飯田町の中阪下に生る、この月立春十九日に在り、因て戊午ノ年甲寅ノ月壬戌日辛丑ノ時の本命として乳名（ヲサナ）を鎮（シヅ）五郎といふ、初生より類症あり、二三歳にして瘥てより稟性沈黙、群童と遊ぶとき竹馬紙鳶投石走狗の遊戯皆その好む所にあらずして、九歳よりしてくを習ひ、又清水赤城を師として四書五経の句讀を授けらる、又金子金陵に従ひて画を学び、十三歳より書法を佐野東洲に学びしが、東洲没して、又荒木適斎に学ぶといへども、弱冠より痼疾ありて眼氣尚弱く、且その手腕搖動

あらく、揮毫に便ならしかバ、此の故に書画共に棄去て竟に果さゞき、されども已ことをえざる細

書を讀ミ、亦古畫を寫しとる事ハ、年十九歳より眼鏡を用ひたり。是より先、寛政十年戊

午の秋八月十二日、父の伯兄羅文子没す、享年四十歳、孤女あり、時に二歳、質弱ニして病あり、其の明年

八月十四日、孤女蔦 名ハしも 亦殤す。されバ叔父鮮位と云、吾身不幸にして、両家兄早逝したり、仲兄鶏忠子ハ、

天明丙午八月四日没す、享年二十二歳、嗣子なし、 嫡家の断絶せしより、氏族の存すること纔に線の如し、吾今より鎮五郎

をして伯兄の後とし、嫡家を續せんことを、その後来を思ひ慮る。顔氏家訓にいへることあり、子に遺すに

千金あるも、一藝の身に從ふにしかず、醫ハ学術と時運とによりて、官醫にもなるべく、侍醫にも

なりのぼるものなり、吾總角より、衛生の術を学んと欲せしかども、好む所にあらざれバ、竟に排斥せしものから、

吾兒をバ醫になさんとて、年十四の春より、侍醫山本先生に從ハしめて、醫を学ばしむる事數年之、

然れども官醫の弟子ハ、多く名聞にて、教を受ることも厚からざれバ、此の故に又鈴木良知を師としてし、

本經傷寒論を学せ、小阪元祐に従つて經胳鍼術を受しむ。儒学も亦初ハ清水赤城の講を聴し、後ハ太田錦城、蒲生君平、亀田綾瀬等の講に遣して、諸説を聴しむ。兒子（むすこ）性として弱冠より聲色を好まず、遊山玩水百戯といへども都て嗜む所なし。あそびをすて、稽古にのミ懇めたり。父も亦彼が髫歳より教を厳刻にして、夏日袒（ハダヌ）らで衣を解らで、冬日爐によらしめで臥して物かたりせず。かくのごとくなりければ、習ひて性となりてヨヌクリ、総角より深く辨才天を信じて、旦暮黙禱す。年十三の秋、父に携られて江の嶋の神に詣しが、人と成るに及て戊辰の日毎に江の嶋に赴く。往還二日に過ぎず。路費南鐐一片にて足れりとす。その節倹、類（オホムネ）かくの如し。文化十二乙亥の年、琴嶺十八歳、夏五月、書賈山青堂〈八犬伝の板元 山崎平八〉、賣買のまにまに京大坂に赴き、伊勢内外の宮を拜まんとて、因て琴嶺を伴ひゆかんといふ。その答に、彼ハ俗物なりければ、父肯せずありけれど、薦めてあながちなるに及ばず、なりてしばしば、醫ハその業盛なることなれば、旅行に輒くは遣さず。後に悔しかとあるべしとて倶にゆくことを許しけれバ此の山青堂ハ酒客にて盃を貪る癖あり因て琴嶺をそゝのかして銭を使ハせんと欲りせしに琴嶺敢従ハざれバ折しも五月の節後なれバ東海道ハ諸川の出水を怕れて中山道を赴きしかバ榛名明徴の山に登りて信濃の善光寺に参詣し尾張の名古屋を過りて伊勢両皇太神宮を拝しまつりて大和路を歴て吉野に登山し紀の高野山に詣で更に京に遊びて数日又大阪にて淹留の程花街遊里ハいふまでもなく雑劇ども見んとてもせず只父が見よといひし名勝故迹神社佛閣をのミ日毎に遊観したりしかバ山青堂ハ不平にて彼が弱冠なるを侮りて折に觸れてハ人前にて嘲謔すること甚し然るを琴嶺ハ屑とせざりけれ

讃岐の金毘羅安藝の厳嶋へも詣づべかりしを此の年の夏諸國洪水にあひて果さで既に帰路に赴くに及びて山青堂ハ従者と倶に日毎にとく走りて琴嶺が後れたるを見かへらず琴嶺ハ亦彼に後れじとて或ハ駝馬に跨り或ハ篗轎に乗りなどして曛昏毎に

その歇店（ヤトリ）を尋ねて同宿して七月十八日に江戸の家に帰寧せけるに途より脚氣
を患ひて悉くなやみてをりしにぞ八九月の比に至りて甚く瘥けり後に琴嶺さいの折の
艱苦をいひ出て當
時吾身弱冠なりければ旅中の同行に棄られんことを憂ひて日毎に十三四里を走りし
かば遂に脚氣發りて生涯の病痾となりぬ縱山青堂不平のありとも吾を苦ま
せんと計るとも吾は吾路費あり獨徐に還るべかりしを只管（ヒタスラ）彼に
後れじとて辛くして走りしはおろかなりけりと竊に後悔したりしとぞ琴嶺憤りに堪
ざりければ山青堂が浮薄のよしを云云（カニカク）と父に告しに父ゆるして諭（サト）して云彼は是
細人也吾汝（イマシ）をせめて千里同行させしが故はるもありけんかや吾山
青堂を恨みて其不義を咎るとも彼も亦佯りて陳ることもあらんや吾親しく
見しにあらねば言に益なきことなるぞ吾は愛子（マナゴ）の言とても信容（ウケイ）れず他人を恨みることと
いふべし世の常言に可愛子には旅をさせよといへり汝（イマシ）が為には好（ヨキ）修行也閣（オキ）ねとて
制（トゞ）めしかば琴嶺言下に鬱胸をとけて山青堂と相見る毎に敢舊怨を思はざりし

初にかゝるぞうたふけり、その年紀行を綴らんとて折々筆を把りしに病によりて果さゞるの遺稿數張篋底にあり、いまだ書とゞめざりしのまゝぞ人に示すに足らざるなり。

文政元年琴嶺二十一歳、方技既に上達して、その秋父の命によりて、神田明神下なる武家の借地に卜居せしむるに及びて、母と季妹を携て八月二十日に移徙しけり。

初八九歳より画を学ぶ事ありて琴嶺と號し、便是画名なるに至りて更に守忍庵と號す。そもその身生来癇癥ありて折々短氣なりければ、謹慎堪忍のこゝろあるべしとて父と別居させられし。なり、なほく節儉を旨として勉められければ、尚三七の後生なりし醫業漸々（シダイ）に行はる。親の喜び知るべし。庚辰の秋に至りて松前侯より月俸數口を賜り、老侯の氣に稱ひて召さるゝ事しばしばなり。文政四年辛巳冬十二月七日、台命ありて松前侯は舊領を復（カヘ）しぬれば、明年の夏四月琴嶺を倶してゆくべしとて、食（ハマ）ところの小禄八十石、月俸五口を辭せんといへれども、父母堂に在り、稍怕るゝの年に向んとて、

六

この動脈は年十八九の比より折々あらはれしかど、さよりして生涯治せざる痼火の故なるべし

遠離るべからずとて、殊しく懇命に従ひぞ、その折、側用人柴田浦太奉りて命を伝へられしが志かれども吾れ已ごとなかりけん、今よりの後、出入医師の筆頭として、譜第の家臣並たるべしとて、格式を定めらる格、近習老侯の上をこのませ給ひぬ、老侯は松前に赴かせ給ひ、江戸は千束の下邸にいませり、後年神田の宅に、父が同居しぬるまで日毎に飯田町なる旧宅に来て、父の安否を問ふを虚日なかりし、まづ務めて怠らざれば日暮て来訪しその日ありけるを父に告ぐかへさは亥中に及べかりしが懈るもなかりけり、或は父の疲労を資んとて、著編の印本を校閲する毎に夜をもて日に継ぎるもあり、縦暁に及ぶとも其の一巻を校し果ざれば臥さゞりき、この故に、折々眼中に赤翳生じて、大さ豆の如し、且咽喉の左右夫容技突の辺に、甚しく動脈見れ、飲を引くて多かり、母はこれを憂ひて、父に告て著編の校閲を禁めしかば、父も亦胸安からざれど、本郷なる医生、豊田泰助の療治を受けて、薦めしかども、いかざりのなりけん、やまざりかれ勉めて折々校閲せし程に、文政六年癸未の春、正月廿四日の夕より、痼癥痛く

發動して運歩自由ならざるを覚えて頭を掉ること頻りし、豊田泰助を招きて薬をこひしに、
痿躄なりといへり、二月に至りて聊間あり、しかれども短氣なりければ、看病の者折々困じたり。三月
下旬より、琴嶺が母も亦脚氣肢満を患ひしかば、母子の大病に父はいたく困じて、琴嶺を
舊宅に遣して、長女に看とらせ、その身は神田の新宅に在り、この春二月、父は琴嶺が
為に東隣の家を購ひ得て、既に修造に及ぶ程に、憶はず母子の病厄あり、几給心労いふべか
らざりし程に、この年夏、六月に至て母の大病おこたり、秋に至て、琴嶺も亦過半
痊しかば神田の宅にかへりをさしつ、父は又飯田町の舊宅に在り、冬十二月に至て東舎の修
造落成しけり、これより先、文化十一年甲戌の春二月、その師法印山本先生、（天保六年春三月十日に卒す）
壽八十八歳（當日いまだ披露に及ばざ）命じて琴嶺に剃髪せしめて表字を賜りて宗伯と稱せらる、（時に十七歳）
近世醫師にて圓頂ならぬは稀也、蓋世習に従ふなり、その翌年、脚氣を患ひし

より年々に多病、遂にこゝに至れり。此の故に父命しておよびの病後に髪を剃らせしに是よりして烏髪になれり。時に二十六歳　醫の圓頂は俗習といへども、父の情願にあらざれば其の身も形を改るには素より好まざれども、かくて琴嶺が大病過半癒されども、なほ陰氣にして労瘵の怕れあり。此の故に薦めて保養を事とせし。明年文政七甲申春三月、父は去歳の春約束ある、吉田新六を聟養嗣にして長女を妻（メア）はし居宅を取らして姓名を與へ、新六是より姓名を改めて滝沢清右衛門と稱え、父は近来頭髪枯れて禿之、この故に五月剃髪して、即笠翁と改名ス。此の年の夏五月、父は舊宅を去りて、琴嶺と同居し、去歳修造したる東室を書斎にして、常にこゝにをり。父子別居六ヶ年にして至て又一緒になりぬ。父が飯田町の舊宅を去て、神田の新宅に赴く日小雨降りたり。既にして昌平橋を渡り果て、金澤町まで来ぬる程に、持る傘（傘）の柄、忽然と折れて用にたゝず。うち驚きてよく見れば、その柄蠹（ムシハ）ミて、是笠翁と改名の時にして、その子と同居の移

従ふれバ名詮自性不祥に似たりといへどもかゝる本性なれバとて亦自然のこ
と呟きて秘して琴嶺にも老婆にも告ざりけれバこれを知る者なし是よりの後父ハ著述の暇
ある毎に琴嶺を倶して近郊に赴き遊山玩水釣漁を事とせし彼に保養させん為なるの
事（ワザ）而三年にして琴嶺が舊病七八分癒たり十年丁亥琴嶺三十歳なりし春偶氷人
あり父欽ひて土岐村氏を娶らしむ春三月婚姻整ひしかバ明年戊子の春二月二十二日男
児誕生せり瀧澤太郎是也去歳丁亥の夏父ハ霍乱を患ふ大病也琴嶺速に衆
醫を招きて討論し醫案の宜しきを擇て薬を求め且毎夜水を浴（アミ）て池の端なる辨
才天と生駒の金毘羅に詣て父の大病平愈を禱る事日あり八月に至て父の病漸瘥
へられしの折父ハ笠翁を改めて簑笠氏と稱せしその意衷曩（曩）に傘（傘）の柄破損のるあり且
松前老侯近来祐翁と稱し給へハ文署に憚りあるにもあらねど故に改名して云かくて戊

子の夏四五月の比より、琴嶺ハ癇癖再發して、暴瀉甚しかりけれハ、いたく瘰瘦して起
臥自由ならざりき、剃舌頭に瘀血塊いで来て、大サ指頭の如し、噬やぶれハ黒血出て、その迹久しく
愈ざりき、或ハ舌上に小瘡多く生して、粒黍の如し、始ハ衆皆大に驚て、林玄曠も見て眉を
顰るのミ、敢名つくることなし、久しくありしその瘡愈たり、水瀉も亦秋九月に至りて遠くなりぬ、
明年、己丑病痾過半本復すといへども、されながら折々寒暑に堪ざりき、或ハ水瀉、或ハ齒牙
疼痛、或ハ頭痛脚氣咳嗽等の諸證發ることありしの故に家業を廢して、松前家へ
まゐるゝも稀になりぬ、去れども庚寅の年、文政十三閏三月十八日に女子名ハ次生れ、天保四年
癸巳の秋八月十七日又女子名ハさち生れたり、父ハ年来多病なるに、一男二女をうませしハ、奇
といふべし、関帝籤の事下篇に見えたり如くありし程に、琴嶺ハ患る所痰咳にありて、その労咳にならんことを
怕れて、自療に手を盡せども大效なし、甲午の夏六月中暑によりて又脚氣を患ひ、

是より歩行不便なれば、屏居して一歩も杖を曳かず、朝々夜々、痰咳も亦甚し、毎朝痰を吐して少うるまで、且起出る折、喘息半時ばかり、呼吸やゝ定りては、毎朝父の身邊に来て、その恙なきを祝し、且父の脉を診(診)てより恙あれば、薬を薦めざることなし。同居の始よりかくの如くせることを一日も怠懈なし。夜も亦父の枕に就くに及びては、必枕邊に来て、辞して臥房に退く。病中といへども此の義を等閑にせず。病痾劇くて、起つてゐられざる折は、媳婦を遣わたくしなきを告て辞す。常に出る折は辞し、還れば必面して、その由くてなく、果子などもあれば、おさきを懐にしかへり来て、父に薦めざることなかりけり。又生平病痾の發る毎に、病牀に着くことを嫌ひて平臥せず、父が病牀に来て病を問へば、病苦の折といへども必身を起して稽顙して、父退かざれば、敢て枕に就かざりしの故に、父は彼が心の安からざらんことを思ひて、病を問て稀に、只毎朝媳婦にその安否をもて知るのみ。剋その病ひ瘥る折は、父に謁する毎に、大賓を迎る如し、

父を敬ひゐるたるをもて父の心をさへ安らげ玉ふ所あり折々ハうちとけよかしと思へども玉へる本性なるを
いかにハせんかれども癇癖短氣の折ハさらにもあらぬ媳婦を叱り懲らし母にさへ不遜の言をさへせ
しその怒氣の治るを待て父ハ彼に教訓をなせバ敢又悖ることなく先非を悔て落涙をなせしの
故に父ハ常に老婆と媳婦を警め諭しつ琴嶺が短氣なるハ彼が本性にあらずその病ひ
の所為(ワザ)なれバ堪忍を旨とせよ逆ふことなかれといひけれども後にハ短氣といへども氣力やうやく衰へけん
母にハ争ふことあらざれバ母も素より癇癥なれバ傷痛するもありけり大約(オホヨソ)癇癥の者ハ癖あり琴
嶺も亦さうなり常に物の清潔なるを好みて斜なるを歎ハしめて癸巳の年まで八季冬々の煤
掃ひをせども大かたハみづからわれして一室の掃除をし一日に果しぬまで一宅八間(ヤマ)なるを一間々々に掃
ひしかバ或ハ八日或ハ十日にも及びて稍その年の暮毎の煤掃ひを果しけり又夏秋の曝書にも
数千冊を日毎に百冊二百冊出し一冊毎にそれ掃ひて紙の折れ縮みたるを伸(ノバ)し絨糸の断(キ)れたるを綴りなど

もとより其の餘ハおしなべて知るべし。嘗その妻にいへらく、吾生平毫も樂しみなし。只家の内限り
なく埃拂ひ、ふちよの塵もあらせず、獨坐閑居して、烟草うち呑みゐる折ぞ、いともたのしく覚ゆると
いひしぞ。紛ひなくかくの如くなれば、心ざま正直にして、生涯後々なる事をせず、苟且(カリソメ)にも虚談せず、又戯
語劇談せしこともあらず。弱冠の時、京摂に遊歴せし路費の内、一銭も無益のことに使はず。況
彼地なる雑劇などハ、敢て之を欲せず。その故を問へば、江戸の役者に異なるべくもあらぬを、見ずとても
その趣ハ猜(スイ)せらるゝ、無益に侍りといひけり。されば其逆旅の日、三四銭の茶價までもしるしつけて、かへり来し折、
その餘れるを算帳に合して、父に還しけり。又文化の年、母に倶して相模の塔之澤に湯治せし折も、
又母に倶して小田原なる道了權現に賽(カヘリマウシ)せし折も、都て路費ハ一錢も漏さず、必算帳を正しく
志るして、父に見せざることなし。又月毎に父より受とりて、庖厨の料に用ひぬる錢を、日毎に媳婦にしるさ
しめて、夜ることに琴嶺が算帳となりし一錢たりとも算面に合ざることあれば、更闌るまでもあなぐり考て

十

已まずそもいさゝかなるなれバ翌又考へ果しえんねまりぬへしといへども聴かずバ是等の銭ハまさされてあり
筭用の過不及を問せぬにハあらねど然れども等余の事ハ後の出るも出ざるも糾しあはせバかくて
あらバそを親に歎くにゆるひあれバそれとハえうせじとて志ゝ漏せしを考へ果してハその算帳を合せしとぞ是
等ものゝ思惟（オモヒミ）るに実に神明にも恥ざるべき清白正直の本性なりき但その曲れるを隠（タム）るに過ぎて
臨機応変の才乏しかりければ安からぬ事多かりけん是も亦憐むべしかれバ素より世才なし
又文墨の才あれども弱冠より眼気宜しからざれバ書を読むに懶かりければ方伎ハ好む所なれバや
医書とても看ざることなく療治に心を尽せしかバ老医もいまだ定めかぬる病名をよく正して
三折の功なきにあらねバ父もこゝろよく思ひたるに戊子の大病より家業を廃してハ人の需に応じがたく
なりしも亦惜むべし年十四五よりして詩ハ折々作りしかども稿本をとゞめざれバ父の記憶に
しるぞ稀也但墨水賞月の七律のみ載せられて八犬傳第七輯に在り又文政中ハ父が発起し

ぬる兎園小説會にてものされし綴らる奇談數種あり、筆記ハ僅に覚ゆるに過ざれど、癇癖の
故に手腕ふるへそいて遅筆なりければ、其簡といへども亦稀之、只屏居の徒然にハ奇書珎籍を
看ることを喜びて、病ひの間(ひま)ある折々ハそれを父と討論しつゝ、虚実を正し巧拙を同考へて、意見を
聴くを楽しむに志なりしが、かゝりし程に、甲午の年 天保五年 初秋の日、父ハ中暑水瀉の病ひあり、遂に変
じて瀉痢になりぬ、文化年間父の夢にその壽六十八歳なるべしと見たることあり、不幸にして當れることし
あらん歟とて、雑記中にしるせしを、當時琴嶺がゆくりなく見たるにその年、父ハ六十八歳なりしかバ劇病
なりければ、琴嶺いたく驚き憂ひて、先自案の薬を薦めしが、なほ心もとなくやありけん、林玄曠を
招きて討論して、その薬に轉ぜしめつゝ、毎朝塩味をたち杖に携りて、生駒の金毘羅へ日参しけり、
父かゝるを窃知りて、彼も今病中へ吾ハ素より祈禱を好まざれば用ゆべからずとて禁めしかバ、陽(うへ)にハ
その意に悖らねども、しのびにまゐりしとぞ、かゝる程に父の病痾ハ思ひよりもとくおこたりて、二十日ばかりの

十一

程に本復志けるに、琴嶺が舊病ハ冬になるまゝに何(イツ)も甚しかりき、就中寒中にハ痰咳に
苦しめられて、夜も安くハ睡られざれども、年の暮のいとなミ、鏡餅の飾り着け、坐席の輪かざり、蓬莱
なんどハ病ひを忍びてみづから物して、妻にいひけらく、吾明年病痾痊快せバ、医業の勤いそしくてかくる
事をなしかへらむハ、汝(イマシ)するなれども、大人(ウシ)の労を資けまゐらせよといひしとぞ。されども今茲箕裘を易(カエ)べ(ミヌルコト)
き前兆なくありけんと、媳婦が後にいひ出て悟るもかひなき歎きなりけり。かくてあら玉の天保六年立かへりても琴嶺ハ
病痾(イタツキ)いまだおこたらざれバ、元朝にハ寝間衣の上に熨斗目十徳を物して、父母に年始の祝義を
まうし、朝節夕節も例のごとく家の中宮に出て、母の次にをり、雑煮の箸を把り、屠蘇の盃を
受遶しけるが、今茲ハ新年慶賀の答礼に出べくもあらねバ、父の指揮をもて、太郎時に八才なるを親の名
代にて近隣の武家ちかき親族許(ガリ)遣しつ、纔に祝義を果しけり。さる程に初春より雨稀にて
あれバ火災しバしバにて世の人心を安くせざりしが、就中琴嶺ハ火事を怕れ又雷と地震を怕るゝて

甚しく夜ハ大かた睡らざれバ遠火といへどもよく知りて起出て眺望せし況近火の折ふしハ病苦を
厭ハず立出てしを父ハ禁めて敢さまたげず人ハ命だに明日の有無を料りがたし家材ハ今
惜むともかひなし吾ハ江戸に生れたれども幸ひにて免るゝ歟いまだ一たびも火災にあはざりその
數の盡るに至りてハ家材ハさらなりその身といへども夫これをいかにせんや閣（オキ）かねやと制せられバ琴嶺答て
おん志ハ理りに協ひ侍れどもその家祀をそぼめてこそ衣裳調度まで蔵書ハ年来大人の苦心して
集め賜りしものなるをもしや天災あればとて見つゝ灰燼となさんことをこそ恐しかり某も物を惜むにあらず大人の苦
労のはてになさんことを欲とてのことなりといひけり又夜分に地震（十卅）あれバ己母を呼覚し父の臥房に来て
身を掖なく出んとせし病痾重き折といへども親を驚閑にせしてあらざ又大雷の折毎に俯して
神佛に黙禱して親の恙なからんことを念じたり又暴風を怕ることも甚しく夜分猛風の折
毎に端然として明るをまちぬ病苦の折も臥ことなし或ハ庭の樹を倒し塀を傾け柿葺を

十二

破らるゝ事あらん歟とて、終夜苦労したりしぞ、その怯のかくのごとくなるは、杞人の天を憂るに庶（チカ）し、痼癖の者なる事多かり、琴嶺當昔その妻にいへる事あり、蔵書は大人の好ませ給へる家数千巻なるも、あれども、吾は眼氣の人並ならねば、氣力も亦壮ならざれば、読ざる書多くあれば、よしや大人の宜はなちがたく、縦後には窮乏するとも、親の遺愛を售るわざやは、只蔵書のみならで、かくまで物に一遺しかへぬは、皆是大人の賜（タマモノ）也、一箇なりとも失はで譲られたるかひもなし、此身と共に持伝へて吾又吾児に譲らんと欲りきて、破りなせそといひしとぞ、かくて弥生のころほひなりしかば、琴嶺が病痾やうやくに間（ヒマ）あり、上巳には礼服に改めて、父の壽を演（ノベ）にけり、頃日は下部の腫氣なくなりて、心地清やかなれば、此月下旬までに出勤せまくおもひて、松前殿は去歳の秋九月指舘志給ひしに、その悔もあらざりしが、家督は願ひのまゝに幼君に賜りぬと聞えしかば、その歎びもいまだあらざれば、一年の程屏居して月俸を受侍れば、冥加を思はざるに似たり、その義を許させ給ひねといひしを、父はゆるく答るのみ、

汝(イマシ)の情願しかるべし。されども久しく屛居したれば運歩甚心もとなし。縦出勤しぬるとも僅に
一両度にて又ねまゐりかへりなば、憖なまなかなるべし。いづれ出勤せまく思はゞ先いくたびも近所へ出あ
るきて、よく足を固めて後に、障りなくばともかくもせよ。頃日は不忍の池の辨天開帳ありといふなれ、
汝が信ずる神なれば、風雨の折を除くの外、隔日歟、或は三日に一たび参詣すべし。又飯田町なる姉の
宿所へ、今兹はいまだゆかざれば、彼処へもゆくべく、駿河臺、その餘の所親へもゆく所はいくらもあるべし。
さる義を先試てかくいなる琴嶺うけひくめり、季春は風雨しげくて出る日もなくて暮んとす、
かゝりし程に、三月二十八日の未後に、木村黙老翁（高松の家老、名は通明、表字は亘）の来月初旬高松へかへるとて、辞別の
為にまうきにけり。父の知音なりければ、琴嶺も衣を改め出て対面しつゝ、父と倶に清談したり。常に
父を訪ふ客には応対に懶しとて、対面しつる稀なりしに、この日は心地清(スガ)やかなりけん、いとうれしげに
みえにけり。又晦日には、松前殿の家臣七房某甲（廣間詰役、目附兼帯）来訪して病ひの安危を問れしかば、

十三

琴嶺対面して、しばらく閑談して、松前家、幼主の世になりしより、医師にとまり番（宿直）あり、門限などいと厳密なりしよしを告ぐる、その日琴嶺容體よし、遠からで出勤すべく思ひしかば、病苦のよしを具に告るに及ばず、客去て、件のよしを父に報（ツゲ）るに、父のいはく、縦出勤するともとまり番は辞しまうすべし、汝はことさら病身にて、一夜も堪へからんといへば、さつまつらんと答て罷りぬ、かゝる故に琴嶺は出勤の用意いそしくありけん、その日、くれて足なえし為に、上野廣小路へ縁日商人の植樹見にいにぬときこえしかば、太郎は親の迹を追ひて、下女（名はきの）をゐていにて、父と倶に初更過る比かへりきにけり、かくて又四月七日の未後より、琴嶺は池の端なる辨才天の開帳をおがまんとて、太郎を倶して出ていにけるが、辛くして下晡（ナツサガリ）に家にかへりぬ、いかにと問へば、かへさは息ぎれたれ、足も重くて困じぬといひたりと答けり、又その月の十日には太郎を倶して元飯田町なる姉夫許（ムコガリ）赴くときこえしかば、父はその比出さる八犬傳九輯と合巻の草紙二組を婿にとし玉にせよとて、裹（ツヽ）みて渡しなどして、そを太郎にもたらして、笠を載き杖に携りて、午後より出て

せしかバ、姉の養女つた（実ハ琴嶺の女児也）にみちて路にて果子を求めて遣すべしといひしかバ、父の命に折々姉聟

清右衛門ハ、他に出て宿所にあらねバ、琴嶺ハ姉妹あるが中にもこの姉（名ハさき）とハ特に莫逆なりけれバ、

相親しみて終日閑談して、琴嶺ハ語次（コトノナミ）にその身の命長からで親の洪恩を報ひかねる歎を

潸然と落涙浩歎して、姉も亦慰めかねて、倶に袖をぬらせしといふ。この日の後にはえけり。労症

の者にハかゝる事多くあり、是より先にも姉と晤譚の折にハ、只何となく嘆息して涙さしぐミたり

とありしも琴嶺が身まかりし比、姉の云云といひ出てうち泣にけり。この折琴嶺ハ近なりたるまゝなる

義従箕田口久吾（山口殿家臣）許（ガリ）訪ひしに、叔母ハ前月上總なる所親に招れて、かの地にゆきたさ

るにまだ還らず、あるじ夫婦に對面して、又姉の宿所に来つ、太郎と倶に夕饌をたうべて、

辞し去りけるハ、申の時のすゑにハいまだうらゝげなる程なりしかど、かへさにハ足の運ひのいとゞ苦しかりけ

れバ、やうやく日入り果し比家にかへり着ぬ。飯田町へハこゝより十四五町あり、池の端なる辨天

十四

より一倍に遠ければ、さぞありけんと猜せらる。又十二日にハ、不忍の池の辨天へ詣んとて未後より
杖を曳きつゝ出て出たりけり。この日太郎ハ祖母と倶に、菩提所深光寺へ墓まゐりしてかへりしかバ、
かゝる折しも出て、父と倶に池の端へゆかれしを遺憾とせり。かくて琴嶺ハこの日申のころほひに、
辛くして立かへりけれバ、かへさの難義なるに、俄に飯田町へ出たる折から苦しくおもひしといひけり。
この挙を生涯出ある名残なくありけんとハ、誰か亦思ひ知るべき。後に初て悟るにつけてもいとかなし
さとも亦かりけり。琴嶺ハ子どもこそあれ、聊も愛に溺ることなく、旦その身ヨヌ病あれバ、負ひも
抱きもせざりしに、季女さちをのミ愛しつゝ、折々ハ抱きとりつゝ、膝の上にうち乗せなどして、妻の手を
扶るもありけり。太郎が女弟（イモウト）なる次ハ姉婿夫婦の所望に任して、彼が四ツになりける年、天保四年の春
三月十八日、養女にとて元飯田町なる舊宅へ遣せしに、この日より実母を慕ハで、伯母を所生
のごとくに思ひて、かへさんといへバ反て泣きけるに後、養母に携られて神田なる親の家に来ぬる折も、

とく飯田町へ還りいまんとて催促せしを知る人奇之とたゝえけり次といひさちといひおまつハ都て自
然に出て父にわかれ相別るべきを祥之けんと思ふもてびしかゝて卯月十六日の朝巳牌より琴嶺ハ両
乳の邊甚しく痛むとて呻吟の聲をたえず自療にて加減の薬を用れども苦痛ハなほ
同様にて其の夜ハ横に臥ことをえず暈裏にもかゝる病悩ありしが小半時にて瘥るまでぴ
いと久しと云父ハその容體を見て痰痛なるんといひしが後に又思へハ痼火の為に腹内の潤澤（ウルホヒ）涸
燥せられしなるべし其の火の衝心せるなるべし其の日粥一碗を一度へらしべ又湯漬飯に白沙糖をかけて二
碗食せしとゆへ也終夜睡ることをえざりけん其の次の日十七日午後より琴嶺が胸痛やゝゆるびて又呻
吟せず食餌ハなほきのふのごとくにて増減なけれどもなほ背上に餘患あり今宵ハ横に臥こと
をえねて半夜睡りに就けりと云十八日より毎朝父のねところに出て恙なきを祝し且父の
脉を診ることを例の如しかくて琴嶺ハ二十五日二十六日両朝ヨメく痰血を吐けぬ是より

十五

食はいよ〳〵減じて、飯を欲りせず、白玉の汁粉餅を聊啜るのみ。父驚きて、林玄曠を呼迎へんといひしを
琴嶺辞していふやう、玄曠は近来療治に身を入れず、多くは婿養嗣玄仲を代脈におこすのみ、
彼玄仲は古方者流之、且人柄もいかなれや覚束なければ、いへば不自療して心安けれといひて強て
薦めざりき。病ひの障りになるべき飲食をば、厭ふてその意に任せしに、廿七日までも食せざりき、仙臺糒
の粥を啜るのみ、臥しながらも勉めて書を看て日を消しけり。廿八日には関潢南今ハ亡身
故の人、享歳六十八、養嗣金三郎その訃を伝へけり。父はさるものを琴嶺に告げしに、琴嶺嘆息
して、窃に妻を見かへりて、吾も亦遠からで吾訃を所親に告らるべし。関潢南翁のごとくなるべし
といひしぞ、二十九日小は、琴嶺又乳の邊聊いたむといへども、吾あしざまならば大人の餓に
困しめんとて、病苦を忍ひて、賣茶の能書外題などを数十枚搨りけるが、翌日五月朔
日小、稍搨り終りたるとなん、當日父はこれを知らで、没後に始て知りけり。けだしその大病中にもよくしも

つゝがなくて連り（ミニキ）に感嘆してけりかくて五月朔日になりぬ琴嶺ハ午後より頭痛して悪寒く甚しく亦復乳の邊り痛みて夜中睡ることも得ず食餌ハいよく減しけるに其の日父が稿了る八犬傳第九輯の中帙巻の十一第百十二回成まり是等の稿本にハ脩訓（ツケカナ）なども誤脱多ヌなるを父ハいつもよみ見てハ意に熟（南熟）し眼よりも漏れて訛謬（アヤマチ）を見送らるゝことなどありしを年来琴嶺に先校閲させてその誤脱を正しなどして後に稿本を筆工へ遣をこかれしけれども八犬傳の稿本半冊綴り果しかりしを琴嶺が早く知りて其の日夕ぐれに至り媳婦をもて校閲せまくほしといはしむ父ハ速（トミ）に許さず汝（ハイミニ）ハ悪寒く胸痛みもしつるを又夜を深してこれを閲せバ病ひの障りとならざらんや乃ぐり急くてふためくを明日より快くならバ緩やかに校閲せよ今宵ハ無用なるべしとて稿本を媳婦に返しぬかくて二日の朝より琴嶺ハ病苦を忍びて件の稿本を校閲して誤脱に朱を加え例のごとく叮寧に付紙をしてて午後に至り又稿本を媳婦にもてていはせ有りかくて得らせて謝して

十六

琴嶺宗伯行状（上一六オ）

父に還しにける此の黄昏に筆工道友の来にければ、琴嶺が訂しゝる誤脱を補ひ書改めさせ、浄書の為に遣しけり。是なん父が稿本を校閲の終りなりけると後に悟るもいと惜し。かくて二日には琴嶺が胸痛又甚しとて、呻唫の声をたへざりし此の日不食なりけれども太郎が端午の祝義にとて、柏餅を手制させるが、素より好む物なれば、薦められて両箇(フタツ)ばかりくらひぬ。日暮れてより胸痛甚だしくうめきぬ。但咳嗽と喘息は折々これあり、明暁丑の比及と寅の時と両度胸痛甚しかりきと云。実に難治の大病なれども、五月朔日の朝までは例のごとく父のかたりに来て恙なしと祝せしが、二日には身を起すことかなはざりし間の蒸褥を推ひろげて、顔を出して安否を問ひけり。かくて三日に至るまで尚病牀に着くことを歎ひしを、媳婦が薦めてやうやくに此の日病牀を儲けさせられ、端午の朝までもみづから調合所に出て、自療の方剤を合せしが、六日よりしてそのまゝになりき。則妻の調合せしをもて、その多寡を増損せしとぞ。又病苦に堪ざる折は思ひきや今茲五月某の日の吾

亡日なるにかくまで苦しめられたり、濱南翁にて美次しけれどひとしく四日ハ水瀉四五度あり、胸痛も退
きたらめるぞ、食餌ハ粥のミ、餅果子を一二枚くらふべうとゆるせ、五日ニ至りてハ、虚熱いよく
甚しくて、喘息煩悶せ、媳婦の父土岐村老も、日毎ニ来診して、琴嶺が自療の薬方を
問ひしに、栝蔞枳実湯よしとゆるしてうなづくのミ、自療ニその日より竹瀝を加え、別煎を用ふ、
父子の脈を診ミルニ、際数いふべうもあらず、幾同ニ羸痩甚しくて腕細りたり、実ニ是必死の證也、土岐
村老（三浦の医師也）監物殿も、療治の施さん所なしといふ、その日琴嶺が姉、養女次を領て、飯田町
より来たり、莫逆なれども、病苦の折なれば、閑談ニ及ばず、只琴嶺ハ、虚熱により渇甚しく、
しきりにて冷水を求め、又相類と菓の実を食まく欲りせ、母がみづから須田町ニ赴きて、問屋を
あさりけるに、菓の実ハいまだ出ずで辛くして、九年母と唱る相類三枚を求めて来て薦めしに、
切らして三枚をくらへど尽しがたかりし程ニ、琴嶺が姉ハ終日看病して、又次を携て黄昏にかへり

去までりは、かくて五月六日なりぬ、琴嶺が虚熱過半退きたれども、脉ハきのふよりなほ不際數にて、
奔豚のごとし、粥のとり湯索麪を薦めしに、食ひたるて半碗にみたずなどと云、その日母ハ太郎をゐて妻
恋稲荷へ詣て、琴嶺が大病平安を祈りぬ、琴嶺ハ黄昏より譫語して、外に出んと欲りて、
父母のねるにも推とゞめて、臥簟にかへし入れしかバ、鎮りぬ、只折々虚観ありて、譫語するのミ、深夜に及て
醒てりけれども煩悶喘息咳嗽たえず、出て瞑るをもねむれども、今宵ハ子二ッまで母看病す、病の間ある
毎に、母に辭別せんとてゐしかども、只何となく短氣のなりて、不遜なりしをちふとびて病なるをつぶひあひそと
いのこ、夜半より媳婦代りて看病しけり、暁までに水瀉一度之と云、その次の日五月七日ハ、琴嶺
いよく衰へて煩悶を、虚熱なごてなく退きて、下部に浮腫あり、昨今ハ甘味をいとひて、甘らしばるを
あしとて、連りに湯茶を服すれども、效あるべくもあらず、その日土岐村夫妻、煑染物一重と、水飴并ニ
九年母を贈らる、琴嶺ハ九年母をのミ切らして、水に浸してくらひぬ、夜中本便四度聊つ通じて、腹

丹に宿便竭て暁に至て仙臺糒のさし湯を半碗啜り果て妻に遺言すらく、吾命旦夕に逼りぬ、汝(イマシ)はなほ不若り、吾身なからん後に再醮するとも、吾決して恨こなし、されども家尊(カゾ)家母(イロハ)既に年老ぬれば、子らはいはけなし、あはれなからもここに留りて、両尊に仕へまつり、子共の手足を伸るに至らでは、汝(イマシ)が功へ功成りて後にまみへせよ、且賣茶のなりは年来吾あつかりて物しつるに、そを又大人のあつかりもしぬべし、おのづからよるべありて、堪てくらさるべし、おのれのなきは、吾を資けて汝がよりけるなれば、今よりの後勉てその身の任とせよ、さのみはおのれのなきのちぞ、吾には十倍まさりたる大人の幸ひにもこそおはさね、なれば瞿鑠(クワクシヤク)たる氣質にてましませば、太郎を教導して人と成ぬべし、されど資る者なくは、大人も亦まどひ給ふべきなれば、なほ義をよくまもりはべりてよとぞ、身まかりし後おのれのなきを、媳婦が云云と告るに知りぬ、人の将に死んとせるときは、そのことばしとやかなるべかりけん、この夜は父も心よくねて、呼覚さるゝやと思ひつゝありけるに、病牀静なれば、とく起出て、いつものごとく客房の障子際に坐を占て、茶をうちのみてありしに、琴嶺がうめく

琴嶺宗伯行状（上一八オ）

十八

声たてゝ、父これをゆるさで、誰かある、介保せずやといへバ、母の答へぞびさとさへぎりたりしよしにてその折、媳婦ハ
書斎にをりて掃ひてありけるが、うち驚きて走り出たりつ、程なく父のかたらへ来て、迎へまゐらせよといひしかバ、
とく来て見まゐらせつ、ねよといふ。父ハおかしといへし、果で倶に走りて病牀に出たくみるに、琴嶺ハ煩悶甚しかりし
さむかるらんと思ひければ、手を中脘に推あてゝ押んとせしを、琴嶺とゞめていふやう、こみあはれなどといふこゝろバ胸痛
なからん、とく熊膽汁を用ひよといへバ、媳婦が只今とて持りとて来るを、鮮なく出せしを半盞あまり薦めしに、
みなのミ盡しぬ、又素湯をのまするに、それを飲果つゝ父に向ひて、今まではいと御洪恩にあづかり侍りぬ、それを報ひまつ
ることもなかるまじきといふ、父ハ聲をたてず、心よわくなるぞよといひて、既に危窮に及びたれど、尚年わかければ、又凌ぐ
ることもあるべし、縦命數限りありとも、吾身の世に在る程ハ、孫等がうへハともかくもせん、その義ハ掛念すべからずと
いふをうち聞て、答んとして竟にいはざりしかバ、煩悶して臥してをりつ、又扶けられて起きなどして、命數ハ是非もなしいで
病悩を助んとて、父ハ水天宮の守札をとり出して、念じて胸膈を撫おろせし程に、琴嶺ハ水をと求む、

媳婦が水に湯を加へてもて来て薦めしを快げにうち飲て、端然として息絶けり。実に天保六年乙未の夏五月八日朝辰の時、享年三十八歳之〔この病中のことハ、下篇にもしるしつ。その文互に精疎あり、合し見るべし。〕この朝、太郎ハひとり書斎の次の間に臥したるが、まだ起出ず。父の命終らんとせし折、祖母が太郎を呼覚して、対面させんといひけるを祖父ハ聴かず、推とゞめて、おこさねく、愁にあはゞ思ひをまさるのみ、息くるしかるかといふに黙止せしに、太郎ハ覚て起て来つ、親の枯相をおがみけり。抑琴嶺が病瘡ハ一にあらず、今茲春二月の比より、又下の歯莖と舌に瘀血の瘡いで来て久しく瘥ず、その迹穴のごとくなりしを、夜なく寒く製衣の燕脂(べに)を穴に推塗りしなどせしかども効なかりしとぞ。いぬる戊子の秋も、舌にかゝる瘡を生せしに、久しくありて瘥てやさびしかなれど、様なる瘡なるに、瘥ざるハ凶瘡にて、牙疳の類瘡欲いと安しげなるなるを、琴嶺ハおもひとりけるが、親の心を安くせんとて、媳婦をとゞめて、父母にしらせず。又卯月より不食なりしハ、肺癰のきざしなりしを、琴嶺ひとりさとりけん、死に至るまで父母にハ知せで、媳婦にのみ云云とて、その病瘡を解示せしよしも、その没後にきこえけり。父母て

十九

かゝる由断あり、況母も媳婦も姉も妹も、五月八日の朝(アシタ)まではかゝるべしとも思ひよらねど、大病なれバ
さればこそ文をてる日のあらんとのみ憑しく思ひぬる挿頭の花を風にちらされ掌の中なる玉をとり落し
けん心地しておもひ惑ふも理りに過ぎてかくあるべくもあらねバ、五月十日の巳の時に、柩を小石川茗荷
谷なる清水山深光寺（浄土宗伝通院末）に送りして、先塋中に祔葬しけり、葬式の畧記ハ（雑記の三十五にあり）法号して
玉照堂君誉風光琴嶺居士と以ふ、深光寺ハ三年以来無住なれバ、保院光覚寺の
住持導師たり、法号の内、玉照堂琴嶺の七字ハ、生前の名号を用ふ、君誉風光の四ケ
字のみ光覚寺の命する所へ、琴嶺ハ性として梅を愛せり、文政年間予為にその別号を
撰みて命ずるに玉照をもてして、玉照堂ハ、宋の周密か梅園の名としたる斉東野語巻之
十五に詳也、琴嶺則松平冠山老侯の筆をこふて、玉照堂の三大字を扁額にして掲けて
玄関に在り、光覚寺の住持その故事を知らねバ、君誉の君を君に作らざりしを遺憾とするのミ、

予八九歳の春、父をうしなひ十九歳の夏母親をうしなひぬ。今茲六十九歳にして、獨子琴嶺に先だゝれたり。かゝれば九歳を出歳しるせに廢(ナカ)りしかども是皆偶然のみ。予は先考の面影を記臆せり。太郎は今茲八歳なれば、成長の後に至ていかにおもへばいかで孫どもの為に、琴嶺が肖照を貽(ノコサ)まほしく思ふ程に、五月六日よりなやみぬ。昨今琴嶺が大病いよ〱危殆なるに渡邊花山氏名は登、三宅侯の家臣に密談して彼が生前に肖像のうつさまほしくやく思ひしかば、かゝて手簡をもてもの程に、所親の来にければ、所要の義は告ずもこのよし間をけ、わもてまめに、三宅殿の中門なる渡邊ぬしに届けよとて、遣せしにその人七日は事に紛れてぬ果さず、八日のあした、使价(ツカヒ)をもて彼処へもて遣しけり。かくて九日の申の時ごろに、花山子果子一折をもたらし来て、いふやうは貴書を賜りしに、免れがたき用ありて参らず、けふとてもおぼつかなく、今朝より使者に出るが、便轎をば外に留め

おかしく来つる之故令郎の阿父母はいかにとかなしやと問けるに声答てさればとよ孩児はきのふの朝身
まかりぬといへば花山子いとゞ駭嘆して其亡骸はいかにと問ける折しも温暑なれば所親等に
いそがされぬらんべく合龍中に斂めらるれども今なほ不納にて在りと答ればさらばと蓋をあけさせて拝見を
許しぬらんやといふ素より望む所なれば折しも来て奥にありける養嗣清右衛門にかくと示しければ心得して
かくのごとくにはせられば花山子は筆硯をとりよせて枯相を写とる事半時ばかり黄昏に出て来ける事に
いかにとならば生前に見ざれば肖つべくもあらねども骨格は寫しぬれば画稿成らば見せまゐらすべしといそがしく
かへり去りぬあはれこの挙寔に千金之柳花山子は初画を金陵老人に学びければ琴嶺と同門にて総
角なり相識られけるその後一家の画風を興して古画の鑒定に詳く且人の為に肖像を画くに
ことさら蘭法により鏡二面に照してその真を攬るをもていづれも似ざるといふものなかりしとぞかく
肖照を求る人多しゆゑに只画のうへのみならず学術あり見識ありその性も亦剛毅なる

べし。裏にある人の席上なるは、主人の孽るまなく、髑髏盃なく酒を飲しるはありと云かる本性にあはざりせば、枯相に手を觸れるは、その骨格を写しゆんや、寔に友はしるべしとめなど思ふ感心のあまりにうんさいの大略をしるすとて乃ち、

人の大事は後に思ひあはされば、必前兆あり。今茲正月元日の未の時ばかりに、関漢南老人年始の祝賀に来て、對面の開口に、恐れ初々しくいへども、今日あへ目にかからねば、又いつ拝顔をなすべくも料りくしといひしが、果して其の日の對面のこちにて、彼人下世してけり。是其の讖語のことなるぞ。其の折又いふやう、某頃日心にかかることあり。その第一は、亡児源吉が法號を、至徳院とつけしに、至徳を年號にありとあらふべくもあらでと思へども、それを又寺へかなふまじと論して改めさせんは、さすがにかなしく、父として黙止してあられねば、いまだ墓表を建ざる之。又関根江山 漢南の弟子、が去歳剃髪して其名を神庵と改めへり。神とのみ名とせしもの、先例いまだありやとおもへど、心にかかるは此事のみなど、先生これを如何と

再按ずるに里見の家臣原田大佛之介菅野神五郎本朝三国志に見えたりその姓名は予が放言に載ざるを忘れしこれも同輩の勇士なる名則神佛の對なるべし

なるやと問ましに予答ていふ、宜なり、神字をもて名とせしものは、和漢に所見なし。但天正の比かと覚ゆ、安房の里見の家臣に、某の神五郎といふものあり、姓名を忘れたり、抄録せしと覚ゆれば、異日雑記中を捜索して追てしるすべし、大凡當時の勇士は、戯にも姓名をもじれん為に、狂名に近しといへども、尤道理ある名和な理ある助ならんとの儀多し、枚挙に遑あらざれば、彼神五郎も亦その等類なるべければ、例とするに足らざるべし。扨又江山子の神庵は、佛庵に對しての名なるべし。されども唐山にては、仙佛と對すなれば、神佛とは對せざれば、仙庵とせば難なからべし。己をとはずば、神の示を除きなば申庵とせば可ならん、和名にはかゝるのあれども、漢字の義にすれば、神は申にしてのぶるの義なれば、申庵なるべし、又至徳の戒名は、示教のごとく年號にあり、縦年號にこれなくとも聖人にあらざるより、至徳の名號は憚ならんや、愚按にすれば、徳は得へ徳と得と相通なる至得院とあらしめば、寺僧の上旨にも違ひてあらしなるべきと答しかば、老人ふかく感佩しき教諭寔にその理あり、就中至得院の得は、先生の命ぜる所あるをもて、源吉もさぞ歎ひけんといはれしが、かゝる事を心にかけぬ予が本性なりければ、敢懸念せざりしかども、元朝の暗譚には、実に不祥といふまくのみ、かくて弥生の比に至りて潢南翁大病のよしそのきこえありしかば予そのよしを琴嶺に告て、惜むべし彼翁は今茲簀を易ることあらん、元朝に来訪の折云云の義を問れしことあり、恐らくは讖語なるべしといひしが、果して四月廿八日死去のきこえありければ、纔に十日を歴て、予も亦喪子の不幸にあへりければ、件の讖語は、唯関翁のうへのみならで、吾も亦その凶兆を分られたるべしと悟りき、かくて又今茲春三月七日に、山東京山来訪して、對面を請ひたりし折の暗譚に、京山がいふやうは、己いぬる日、官医何某殿に招れてまゐりてはべりしに、同僚の侍醫達もこれ彼と相客なりしが、皆宣ふやう頃日きくに、馬琴子は古人になりしとぞ、さはその義足下に問ば詳なるべしといはれしかば、己驚て且訝りて、そはいまだ傳へもきかぬ事なり、彼翁とは、

廿二

舊識なれども近来ハ一向に疎闊になりければ、とくさるゝ事あらバ告るべし。縦告ざれども、己が知らざることやあらざらんと答へしが、さればこそ心にかゝらざるにあらざれバ、下谷なる茶友の小會に招れし時、安否を問ひ申さんと思ひてしに、予せざりけるまゝひ欲、文化の年予が病死のこと風説をきゝ、深川なる舊君の家臣が菩提所深光寺へ人を走らしめて虚実を問はしめるあり。後に住持の云云と予に告て笑ひあひしことびの風聞もその類なるべし。扨予ハ去歳の春二月より不圖右眼を失ひ、且老病にて折々うち臥することもあれバ、さひぶかくなるべしとて、互に笑ひ死後におりしが、父子ハ同根之今茲予ハ死なずして琴嶺死せしことも前兆とせるに近かり。又今茲五月二日、大郷信齋（名ハ良則表字ハ金蔵 間部侯の儒者なり）来訪して對面の折、予に凶事に所云中陰の出処を問ひけり。その日ハ琴嶺が大病、既に危窮に及びしかども、信齋老人これを知らねバ、なほ中陰のことを云云と談せし、予ハかゝる折なりけるをと心にかゝる性あらねども、さながら心あらぬものゝごとくさりげも見せでいらへしけり。此の信齋老人ハ素より下聞を恥ることなく、ものしらぬ人にもあれバ、予に問て折々ありしかバ、かゝる幽事の問答ハ是まで絶て聞ざる事なりしが、此の折を始として、是より總に六日を歴て、吾身に吾児の中陰あり、此も前兆に近からん歟。凡此の三則ハ無益の雜談に似たれども、後の話柄にならんもあるべく、又孫どもが見しらぬにもならん歟とてのすさびぞかし。

世に人の親として子を喪ふものいくらもあり、吾身ひとつの上ならねども、或ハ齢なほ四十五十の程なるハ血氣いまだ衰へねバ、思ひ絶ることもやすかるべし。又年老て長子を先だてしも、なほ二男三男あるハ慰るたよりなきにあらざれバ、桑楡の暮景に至りてひとり子をうしなひ、ひたぶるに繋ぬ舩の楫をとられたるべの磯のなきに似たりけれども、吾今うち歎くよしハ唯恩愛の妄念のみならず、是より又吾家の衰んことを思ふに在り。いかにとなれバ、欲吾家累世子孫繁昌せざりし吾大父ハ、実家ニ男女の兄弟十三人ありけれども子孫あるもの、三家ニ過ぎず、御代官附御勘定御普請役 真中林蔵、古河の土井侯の家臣真中畑五郎と吾家とのミ、又先考も男女の兄弟六人ありけり、其中ニ子孫あるハ先考のミ、一弟両妹ハ早逝せられ、又先考の弟田原米岳翁ハ享年八十四歳、養子親賀翁ハ七十一歳ニて没しぬれども子孫なし、養子翁ハ男女の子ども各一人ありしが皆父ニ先だちて早逝しられ、又吾身ニ男女の兄弟七人ありし其の内、第二第三の兄二人ハ二三歳ニて殤しられ、又第四の兄鶏忠子ハ二十二歳ニて世を早くさりしかバ、嗣なくて家絶られ、又伯兄羅文居士ハ享年四十歳ニて没しかバ女子二人ありけれども皆三歳ニて殤しぬれバ子孫なくなり、嫡家も亦断絶せられ今ハ吾身と両妹あるのミ、其の妹等ハ子どもありけれども皆親ニ先だちて早逝しられかれバ、兄弟七人の中、子孫あるハ只吾のミなり、其の故ニ興継となりて、伯兄の後となりて、嫡家を興させんと思ひ起せし始めより今日ニ至るまで鮮少の

苦心なしんや。興継（法名琴嶺）を醫師にせしてぬるまでの稽古習学の諸雑費は、いはんやなり。下居
せしめる折、修造の費用、衣類調度、書籍家具雑具に至るまで、是ひとつ足らずといふ
物なかりき。求めて取らしつるも、一朝のまにあらねど、又只興継が為のみにあらねど、飯田町なる長女
にも物過不及なからんやうに置て、婿養嗣なる者に譲り与へしかば、物皆求るに両箇ッゝなり
ねば、足れりとせざりしかども、富貴なる人の眼より見れば、都て蝿頭の微物なるべけれども、意に織り筆
小耕しつる、吾一掬の禿筆をもて、終に得ぬる潤筆にて、かくこそはなしつる、所親のよく知る
所也。されども居宅器材のみならずや、一朝に皆失ふとも惜むに足らねど、只惜むべきは、興継のこ
となりに不幸短命にして、父に先だちて歿しつる、幸ひに嫡孫あれども、いまだ十歳にも至らねば、
日は暮んとして路遠かり。吾これを如何にかせん。吾曽祖はさらなり、祖父も亦念佛者にて、やさしく
慈善の人なりき。父も先考は孝義の本性なりしに、當時吾をさな心にもよく見ておぼえたり。又両

兄の孝順する吾及ざる事甚遠らかれバ素より清白の家にて先祖に悪人もなかりけれバ吾志の

あさましゆくるぞやと思へバわびなきこといふべからずあまたもし天命と思ひかへせバ歎なく益なし

太郎等よく懃（ツト）め学びて天地人の理義を知らん折父祖の心を心として家を興さバ孝と思ん

親なしとて孝の盡しがたきなれども孝經に名を揚げ親を顕すハ孝の終り也といへりけなるや

勉めよや

天保六年乙未の夏六月稿し果しつ

瀧澤太郎との

汝（イマシ）ら女弟つぎさちへハ別に一本を写さして成長の日に取らせし折々誦しさせるべくぞ

附録

父子ハ天然之命の的殺ありといへとも拘るへきなあらす，されとも父子の本命或ハ命破或ハ三殺する者ハ始終全なることを得す，父又ハ子死されハその子必又ハ父死す，然らされハ生涯離別することあり，是則天命之人力の及ハさる処これをいかんともすることなし，世上の術者ハ天命をいはす，知さるなあらす，天機を漏さんことを怕れて故之，今の術者ハ天命を知らす，その学問浅膚なる故之，吾この理を知るといへとも常ニ孤疑して深く信せさりしに，さいつひ奥継を喪（うしな）ひしより，思ひ合することあるなあらす，こゝにおいて又これ彼と考れハ少しも違ハす，因てこゝに附録して，吾孫等ニ天命の免れかたきを悟らしむ．

吾父ハ享保十年乙巳の本命にておハせし之，さてまた吾身ハ明和四年丁亥の本命之，乙巳と丁亥ハ命破にして大凶之（乙巳ハ丁亥の命破），且巳と亥ハ對冲関殺にして又凶之，ちくなりて吾身甫（ハジメ）の九歳にして、なほ父をうしなひぬ、是則天命之なれとも命破對沖ハ大凶にして、その相尅なるか為に用をなさゝるなり、五行生尅の理又かくのことし、譬ハ易の澤火革の離火澤水相尅して、用をなさゝるか如し、此の故に吾兄ハ、父の祀を継くこと久しからすして、吾ハ父の季子にして、獨子孫あり長く、祀を紹くに至れり、所云對冲関殺相尅して、竟に用をなさゝりしかれハ、凶中に吉あり、吉中にも凶あることをしりて、亦何そ疑ん、又興継ハ、寛政十年戊午の本命にして、その子太郎ハ、文政十一年戊子の本命之、戊午ハ戊子の命破にして、且正冲なれハ、尤大凶之、又戊午ハ戊子の災殺となれハ、よく凶之、此の故に太郎も、甫の八歳にして亦なほ、父を喪ひぬ、天命かくのことくなるときハ、実に免れかたきものなり、その相尅なるか為に、用をなさゝるに至りては、父の祀を紹んて、亦復吾をかなしむ此の理をもて推して、ときハ、又凶中に吉あり、也くなきハ、なりからぬへし、倘吾言を疑ふ者ハ、通徳類情に所載（スル）の、

主命凶神干支表を照し見るへし

又太郎ヵ妹次ハ文政十三年庚寅（十二月改元天保元年也）の本命なれハ父の本命戊午と障りあれとも祖母の本命甲申ハ命破祖父の本命丁亥ハ劫殺兄の本命戊子ハ災殺にて倶に大凶也さるをいとけなく祖父母の養ひを受て兄と倶に一家に成長なることをゆるさて終に四歳にて伯母夫婦の養女にせられしハ是も亦天命の係る所也されハこそ常にハちかく行かよひくるもなかりし伯母夫婦に迎とられしその日より立地（タチトコロ）に馴染て又実父母を慕ハすて養父の本命丁未も養母の本命甲寅も都て庚寅の命に障りなけれハその所生のことくなりし自然の理なりけり久しく実父母の家にあらハその身短命なるか歟或ハ又祖父母と兄の障りにならむ元より伯母の養女になりしハ彼ヵ命運の吉にて生涯の幸ひ也

又太郎ヵ季妹さちハ天保四年癸巳の本命なれハ父戊午 母丙寅 祖父丁亥 祖母甲申 兄戊子

姉（庚寅）の本命と障りなし、志かるにその誕生ハ、癸巳の年秋八月十七日（乙卯）甲申の時也けれハ、その八字生来、癸巳辛酉乙卯甲申也、志かるにこの年八月十七日ハ、破日にて凶なり、且この日衆神の照臨も、凶神多くして、吉神ハ月徳合五合明堂鳴吠對のミ、但その時辰甲申ハ、大乙貴人大宮貴人の吉神あり志かれともなほ白虎入堂の凶あるを、ゆゑ允破日に生るゝ児ハ、男女にかきらず多く生立かたき者なれハ、甚心にかゝるものから、天命ハせんかたなしされとも祝してさちと名つけたり、（さちハ幸之字にてハ三四ト名つへく思ひしに誕生の日子宜しからねハ幸ひあらせんとて也）志かるにさちハ、二歳の春（天保五年）二月より、疳疾蚘虫の病ひ発りて殊に大病なれハ、されハこそ生立かたからんと思ひたるに、父の療治ハさら也術を盡せしに、幸ひにしてその湯薬を飲てけり、三月に至りてハ危キこと二夜さへありけれとも、辛くしてそれを凌きて、四月下旬に至りて病痾本復してけり、それよりの後ハ無病にありて、走りあるくともいとすこやかなりしかるに三歳の

夏五月、父をうしなふ凶変にあへり。かれハ彼が破日に生れしハ、その身の性命の長短に拘る
ひにあらず。たゞ父を失ふべきさいの命凶あるとのミ。黄道吉日に生るゝとても、人の不幸ハ
二三歳にて親を失ひ、その面影をしも認ざる者に過たるハ何かあらん。親の本命とその身の
本命と障りある兇年に生るれとも、たゞ父を失ふべきさいの天命あるとのミ。さてこそ破日に生れ
ぬとも後に悟らせめてものる欤かれハ、彼が誕生の凶日なりしハ、父を失ふ為なれハ、その破日の
凶なるとのミ。是より後の吉凶を辨へうる術者らも、人の命の吉凶を考るに只その一偏に泥む
ことなれハ差ハさることをしるへ、又彼相尅して用ることも例あることなれハ、さちが後来その名の如く
幸ひあらしとをへりて、録しおくりて後の吉凶に任するのミ。
世に高名ある人ハヨヌく嗣子に幸ひなし。高明の故に鬼神の憎む欤。或ハ天機を漏して
故欤。然ラバ父子の命凶なるべし。記憶のまゝにその崖略を挙ることを左の如し。

廿七

平賀鳩溪ハ妻なし子なし生涯孤獨なりけれハ迹絶ぬるに論なし
建部綾足ハ妻ありて嗣なし竟に無祀の鬼となりけん歟しらぬへし
本居宣長翁ハ男児ありけれともその子明を失ひて瞽者になりけれハ父の箕裘を嗣く
ことをゑさりけれハその故に弟子大平を養嗣にしたり
亀田鵬齋ハ獨子綾瀬ありその学問父に紹くに足るといへとも綾瀬に嗣なし女子
一人ありけれとも成長に至らすして世を早くしたり
山本北山ハその子緑陰ありけれともその学術才幹父に及はさる事遠かり
太田錦城ハ次子早世して長男ハ恙なし次子ハ讀書を好みて才あり長男ハ劣れり
大田蜀山ハ獨子ありて父の勤功によりて御勘定見習に召出されけるかいく程もなく乱心
しつゝ遂に廢人になりたり但嫡孫あるのミ

屋代輪池翁ハ女子二人ありて男子なし、女子ハ二人なから他へ遣嫁しき、養嗣をもとめり、養嗣小太郎御勘定に　召出されしか壮年にて身まかりき、義孫二人あり、兄を又太郎と名つけ弟を二郎といふ、養祖の勲功により、又太郎嫡孫兼祖名を忠太郎と改むを御勘定見習に召出されしかいまた幾程もあらて、天保五年八月上旬享年二十餘歳にて没しけり、孤児ありしかともそれ纔に二歳なりと云、

村田春海ハ嗣子なし、唯才女子とせ子あるのみ、

関克明ハ二男一女あり、女子ハ御右筆某に嫁しぬ、二男ハ四谷大番町なる與力の壻養嗣にもとめり、長男思亮出藍の誉ありしか文政十三年九月廿七日二十四歳にて没しけり、その故に孫女に壻養嗣をもとめり、素より篁南の弟子にて金三といふ後生也、嫡孫ありといへとも今茲甫の九歳なり、しかるに克明も亦六十八歳にて身まかりぬ、家業衰墓の運に似たり、墓ハ暮の誤

狂歌堂真顔ハ一男一女あり、男子今蔵ハ、十五歳にて早逝しけり。長女ハ桐生の農家に嫁したるが不縁にてかへりしハ、聟をとりて妻せしに、その聟ハ夜行の折横死したりし故に又所親の遺嫁して、外孫あるのミ、狂歌堂の迹ハ絶たり。

六樹園五老ハ、二男二女あり、女子二人ハ他へ嫁したるが、不縁にてかへりて、剰二人なから親に先だちて身まかりぬ。二男ハ才ありけるよしなれども六歳にて殤したり。長男清澄、号跡塵外楼ハその才学、父に及ざること遠かりけれども、父の没後狂歌の判者にて、社中の長たりしが、已丑の春の類焼後、処々へ転宅して、遂に馬喰町なる僑居にて没しぬ。享年四十許歳なるべし。その子ハ時に廿余歳風流の才なけれバ、六樹園ハ絶たり。

山東京伝ハ、男女の子一人もなし。後妻の妹を養女にせしが、十五歳にて夭折（ワカジニ）したり。

山東庵京山ハ、二男四女あり、女子二人ハ短命なりき。長男筆吉ハ放蕩無頼にて、

聞人嗣子不幸（上二九オ）

不ふ月甚しかりければ己ことゆゑ勘當して二男を嗣となす年十七八なるべし画を武清に学ひさく画名を京水といへりと云

式亭三馬は子ありしも亦戯作を好み亡父の戯号を續て又式亭三馬と號されしも彼身におよびては齢久しからで四十七歳にして没しぬ

前の焉馬は享年八十歳にして没しぬされども子なし養女あるのみ

十遍舎一九は女子ありて男子なし戯作の弟子に師の名跡を冒さしめあるのみ

谷文晁は男子二人あり長男文一は養子なるその画出藍の誉ありしが惜むべし短命なりし実子文二は父に及ばざるて遠からず文一の子を又文一と云世評文二に勝れり

北尾重政は子なし最後に養嗣されども不縁にして遂げざりし（北尾よし九ゝ香火をぬするのみ）

歌川豊春は八十餘歳の上壽をたもちしかども子なければ迹絶たり

廿九

歌川豊廣ハひとり子豊清ありその画世評宜しかりしに親に先立て没しぬ只豊清の姉の子あるのミ

唐画師鈴木芙蓉ハ子あり名を恭といふ漢学をよくして才子なりしか文化の初年に早逝しき芙蓉哀傷に堪すしてその遺文を刊布しぬ小蓮残香集といふ

北斎為一ハ一男一女あり長男富名ハ短命なりき女子ハ柳川重信に嫁しけるか不縁にてかへりしより父の許にあり又嫁せさりし女子のうミたる外孫を北斎寵愛して養育せしか人と成るに及て放蕩なりしかハこれを重信に返せしに鳶の者にならんことを欲りして実父の家にもかへらすなりにき

喜多川歌麻呂ハ妻もなく子もなし没後ハ其祀の鬼となりぬるなるへし

歌川豊国ハ一男一女あり女子ハかくて子なりけれハ生涯父と不通之男子ハ彫工に成りけるか放蕩にて住所不定之因て弟子を夫婦養子嗣とかされと後の豊国と云画いとく劣れり

屋根屋静廬ハその子放蕩にて破産をなしゝ又その借財の為に静廬殆困窮せしとし

いふなり銭屋金埒ハその妻邪慳にて子ハ不孝なりけれハ金埒没後に家絶たり静廬も亦同憂なるへし

又亀戸菅霊
廟のうちに画
碑を建てんとするを
七息の送愛の
地なれバ之
兼子金陵ハ
長子なり 陵
親に先ちて
没しぬ、二男を
画をこのますして且
幻状不軌なるを
かへされてなり
中ぞ
北尾政美ハ後に一
家の画風を興して
越後侯に徴れ
姓名を鍬形紹真

古の餘りなれハいつしかあらん今これも吾相識るのミ挙されハ其の内只今現在なるハ輪池翁七十八歳 京山六十六歳 北斎七十四歳 文晁七十餘歳 静廬七十歳 是のミ其の外ハ皆鬼籍に入りぬ嚢子の不幸ハ吾のミならずかくの如く聞人皆嗣子に幸なし名ハ好むまじきなるぞうし窃に録してみづから警め又吾孫等の箴(イマシメ)となすものハ前にも云せし前兆に漏せしあれハかさねてこゝに具にせん近曽予ハ筆工に奇書珍籍を写さしむるにヨヌらハさるゆゑに市中紙の價踊貴して年中費を処勘らねハ写本の慾ハ禁(トい)むべしと思ひしかハ今茲ハ春より写させけれど去ぬる五月に奥継を失ひしかバいよいよ其の念を断ちしが奇書珍籍を借謄させぬることしかんせて鈔にあるまじ且その書の虚実巧拙を論ずるのみなれバ之かれハ吾心ともなく今茲より写本をやめるが其奥継ら世を去るべし前兆なりしかバと後に悟りぬ、

と改めたれ
ともすみし養良
嗣して相續せり

予ハ近来感冒にかゝる事多く、風をひくたひことにかゝらぬ折も、留飲腰痛の持病
發る事あり、其ときも典継ハ毎朝吾脈を診して加減して湯剤二貼を日毎に薦め
来る、今茲四月に至て持薬をやめんと思ひけるを、典継にいひてかくさせる病痾なきに薬を
服するハ費え、且薬も常に服に熟ぬれハ利くことなくて大病の折反て損あり、吾ハけふよ
り休薬せへし、汝も病痾ハ吾さくひなきも実に腹心の患ひなけれハ由断なく服薬せよと
示談せしかハ、典継も肯て理りへといひしかとも其日より予に薬を薦めてあらぬ其折休薬せるとも
典継のあらそひてハ誰も亦日毎に吾容體を伺ひ診脈して薬を薦るものもあるへきを
然るハ俗に虫かしらせるといふ類ひにて前知せるにあらねとも数ひ必かくのことくなるへき前
兆なりけんと後に悟りぬ、かくて凶事に自識なきことを嘆くへきかなと卯月下旬より
予ハ病ひなきに食饌減して何をくらへても味ひなかりけれハ典継も殊にかくて食のすゝむ

とふハおもねとも味ひハ生平(ツネ)ニかハらぬ親子ハ天生同體之曽母ヵ指を噬むときハ曽子の胸ニ応ふへしとや吾與継と死別のうへを前知しつるニおもねとも既ニ十数日以前より身ニ応へしすかくの如し但凡夫のかなしさハ悟るその遅きのミ

文政元年秋八月與継を別宅させぬる折よみて取らせる愚詠

をしえおくおやの言葉もいにしへのみちある人のあとをたづねよ

その後父子同居させぬるまてニ十二ケ年與継ヵ折々その歌を誦しけるをきゝおきぬかれハ彼ハ吾教を一日(ヒトヒ)も忘るゝことあらねともいまた行ひ果さすして中途ニして逝きにき、但親も及ハさるよしハ、三十歳まて獨宿なりしに一たひも青楼へ登りしことなく又稚き時より親ヵ伴されハ雑劇を観ることなく苟且(カリソメ)にも家の内にて三絃なとをひかせしことなかりき、素より下戸なれハ酒宴遊戯を好まずて年来多病の故をもて亦交加(ユキカヒ)ぬる

友もあらねバ、唯病痾にのミ苦しめられて、身の樂ミ稀なり、且博奕聲色殺生を
はゝし、花卉禽獣、遊山詩歌連俳、都てこれを好むことなし、常に身を入れて看る
ものハ方書のミ、又奇書珍籍を看るをこのミふ志けり、されとも好事なし、美食を嗜
まさて美服を好まず、勉て奢侈を省くに在り、是等ハ吾及ハざる所なり、一畸人といふへき歟、
彼をおもひ此を思へハ、一期の薄命憐むべし、至悲ハ文なく、至哀ハ涙なし、吾今此の記を
綴るに及びて、敢て筆を曲げず、文を飾らず、天神地祇も照覧あれ、毫も食言なることなし、
亡児ハ賢なれ不肖なれ、その行状を書つめて、他人に賣弄せんとにもあらず、欲りする
よしハ嫡孫等に貽（ノコ）さんとての所為（ワザ）なれハ、則此の書にみづから題して、後の為の記と
いふなり、あへて示さへる秘事ならねバ、又後轍の警言になるやうにも見えなバ、その文下
篇をひらきてみよかし、

むかしさ月はじめの八日、ひとり子兵継といふがみまかりぬ、そのなきからいとねんごろにして、

かくなんおもひつゞけける、

六十九翁　鮮

おやのおもふ子も又子をやおもひけんいまはのきはにかけしことの葉の露

たびよりもくみちはあれとおもひやる子を先たてゝさるけふせんしらね

おいらくを名のこなりけりうき今　世のうきたる身のうきりさへあんり

さ月八日きみまかりしてむかひもとゝまりけるよ

ことの袖に雲ゐるらむかさみだれはすみこゝのしふりしはく

再考　雲のゐる袖をしくはさみだれと共にはれせぬことなみだかな

亡児のあけまきかりしふく、辨才天を信しまつりてそのいのちよし、父母息災

延命、飯田町なるわか舊病平愈、并にその身の長病平安、子孫長久

拾遺集周防内侍

さみだれはあかれぬけふさへはれせぬはそらもしりてやしるらんさの頭をとぬる歌

三十二

さきのこゝろの程に絶るなかりしこそ、
うかれとおやのよろこひそれのみける子のこゝろのことをあはてゝみしかと
卯月廿九日に のひつしの下刻に、わくらはにそのめにかゝりて、そとあはてゝ病の
せうかうとくゆみちけるに、せうしよあたとまてに出ぬ 杜鵑なくに待かねつゝやといふ、
おのれ急に筆をとりてかきしるす程に、つゝきて半聲をたねけるを
あけのひさに與継ハ、やすらひそ忍ひつゝ、おのれかほとゝきすの声にまさりて善きを祝せし
言のなかへ、なきのハほとゝきすにてもなくつゝや問ふにまかせてこたへけれはよろこひつゝ
いへハ、既に小満の節に入りてありきのよハ三日ほとりぬ杜鵑の鳴ころは例よりおそく
待しといひつゝ辭して病牀にまかれり、その後四五日、かのゑのするとをとりて與継か
むなしくなりしするかなしき事にてこそ思ひしりぬれ、

ほとゝきすてふ川ねはなつといひし人のなくなりまかり（ま）今朝はしなく
ひと日ふた日とらくなまふく
つきてれてなきあとあらしも聞よりか志はぬくよそのうれへをはらてくも
おのつからさらし物くりのなか毎よまつ典継にみせきおやまちあるをまなさせ
しかるもさ月二日よみせなかかはりけなりぬれは
まなさせんたよりも今はなき人のみえてぬなみをはらまでひぬは
みな月二十あまり六日は七七の忌なりければそうまゐらせし折よなれは
きのふから土旺よ入りまゐ
夏まけはいつのみちしきのふまつちふ入りぬ日はあこうおくつき

伊勢の松阪なる友人小津桂窓ぬしよりいにしへのせうそこに香料をそへておくら
れけるその中に歌ありやよひはしめつかたよみつしとありぬ
與継大人の身まかりたまひしをかなしみてそのかみの鮮大人へ
よみてよせける　　　　　　　　　　　　久足上
なけくなるよその袂もきこえし跡をしのふ袖のこまやかなるをこの秀
かまへし花のさかりにはいつよ二十あまり八の春秋をへてしこれ花
先立てしおやのこゝろのさかしみ袖のひるまもあらやとしのはれ
玉照堂君譽風光琴嶺居士と法號をつけたる
けしをかなしみ
たちしありし玉乃緒琴の聲へたてぬくへむかしきゝ峰の松風

きえにける風のたよりをきゝて袖にかけてそしのふ露のしら玉

日本外史二十二巻、一友人に借謄して、去歳の卯月製本せしを、去々與継にみせんとて、病のひまある毎にひもときつゝ、十四の巻なる三十三張のおはりに、しるしをさして入れておきけるが、下はいまた見侍りし後にその事ともなく、翁にさはむるとて、又鮮にあたふ、

しをりまの中まてよみつゝみしをりしてよみのこしゝ路に何いそきけん

瀧澤鮮大人、御子の君におくれ給へるがはかなの情ハからさる見せ給へる清かへし、

久足上

はらからに袖ぬらせとて今は世そのうしおりしをとふ言の葉乃露

おくれぬる道のたよりもさきみちて先立川袖をほしやらん

二十四

みまかりて親のおもひにもつまおなしくさきや先たちし心なるらん
なかなかまのくるぬ空にをちかへりなくしや山ほとときす
雲をわけぬなけきの袖をさみたれの空にもまさりぬらしけん
あはれなるかなこのけふそりくちぬるもつゆれぬらん人のゆくへを
なけきあまりつるちゝも東のこ家巻見せけるしたふやく中に
都の里なる殿村篠斎ぬしもおなしなけきの比なり、志つく退隠の
地をしめて、紀の若山にをりて、そこよりこのせうそこに香料さへそへおこせ
おくりけるに文吾ハらくのかへしとて物えさらなむ

安守上

親のなきにはよいるくとえくこゝく子のなき親よりはまされせよ

先立しるのおもひの子に志ほるゝも袖なるゝれぬれぬ袖ぞ袖のあれ
ひとり子とや君猶なけくむかしより老てそおほえたちまさ世あり情
たまの緒のものそれなきさよ親こゝろあはれなるうくやおもひみて添く
はかなくきえてすほへ雲路にまよふへきまもなき世にこれや聲をはらし志し
さみたれそるころも涙のかはくまもなくしてたつその雲を見る日や哀
よしやさる面影ありしあさとこも志たひかねかるにそひてなれふせよ
なき人に見せまほしかりしかとみて巻をつゝむても猶乃こゝろのこり免
むかしものゝ好るところ吾同好知音の友なれは、なにとかなしみつゝ、いまはそのひとへ
まことなくな後のこゝろをはりて、その縁も猶あらんことを、猶も我らがき者なり

吾女壻田邊久右衛門ハ、聊説相の術を知れりとて、嘗其の妻（奥継が第二の姉なり）にむかひて惜むべし、神田の阿叔（オトゴ）ハ短命なるべし、吾なりとも三十七歳をこゆることなかるべしといへれ、来まて毎に好むなれは物をも多くまゐらせよといひしとぞ、かくて文政の末より天保の初年ころにありけむ、其の久右衛門が窮に又妻にいふやう、吾さしめる阿叔を相するに、いとよくなりぬひぬ、曩に三十七歳といひしが壽ハなほあるべし、年来信心の功徳にもやあらむといひけるは、妻歓ひに堪ず、曩にハ良人にいはれしかども忌くいひてありしに、後の説ハ吉事なれば、奥継が来ぬる折、云云と告しらん、當日奥継が予に又云云と告しかと、予ハ敢信せず、福ハよく業を勤るにあり、壽ハよく身を脩るに在り、相者の説をこのまんより、腹筋養生にこそあるべけれと答へけり、其の後奥継も病中に久右衛門が来ぬる毎に其の相の吉凶を問ひてきぬれは、いかにぞやなどいへるを、久右衛門ハあなたなふ答るにあらさりけん、當日ハいまた可なりしとて、来月ハ宜しからざるべしなどいひしかして、志そくもれハ讀さらてありしに、あ餘も無継を相して、三十七歳を大厄とも星も甚凶し、そをきゝおそれ、恙なる條へしともいひあへり、（地主の継母の話之、）志るしなきその命運ハ三十七歳にして盡ぬ。されと三十八歳なるよしハ、その兆既に十八年以前にあらはれたり、（このことハ下編に見之、）相者の言ハ偶然のこと。

下編

人性命有定數并吉凶悔自戒

人の性命ハ、各天授にして、定數ありて、それを縮ることハ易く、延ることハ甚難かり。大約残忍不仁の人、或ハ殺生を好み、或ハ酒色に耽り、寒暑を犯し、思慮を費すること多かるものハ、天授の性命をみつから縮るに至れり。又慈善にして仁心深き人ハ、常に陰徳を好みて、生涯怠らず、飲食を過度せず、聲色をいましめて、よく奢侈を省き、旦暮養生を旨とせるゆゑ、天授といへとも、命を延たるあらむかれとも、これらは稀なるへし、予は年来志をおもひくるに、今茲獨子與継を喪ひけり、命數の免れかたきを知ぬれは、よりて竊にこゝに録してみつから警め且子孫に胎して、後の警戒とすとて左の如し、

文政元戊寅年児子、與継（字は宗伯、一稱は琴嶺、時に廿一歳）に別宅させんと思ひしかは、その春の比より、倶にして彼此とすく、人の賣家を見あるきしに、皆長し短しにて、相（フサ）應しからさりしに、秋に至りて、今の神田明神下の宅地を、媒介するものあり、（書賈山崎平八なり、）其処は元飯田町へ遠からす、便りよろしかるへしと思ふのみならす、その地は繁華中の僻地にて、且東隣合壁なれは、宜しからすなれとも、人の薦めの默止かたけれは、いはさるにて與継をその

処に卜居させんと思ひ折、下谷阪本邊に何し法印といふ修験者あり、むかし奥継か
相識なれは卜筮をよくすときこえけれは、則ち其の修験者に卜居の吉凶をうらなは
せしに、乾之大有（ノユクヲ）ニ之ニとはかり、且十八変まての変爻を盡させしに、其十八変
の変爻は、澤火革にてありけるが、その時卜者の云、此の易是上吉といへとも、
よく慎されは、亢龍の悔あらむ、且十八の変爻澤火革をえれは、今よりして七
八年の内に、思ひかけなく轉宅なさるゝ事ある歟、然らすしては火災にあふ事あるへしかれは
ヨヌく資財を費して、造作なとさすることは、無用なるへしといひしとそ、予これを
きゝおもふに、乾為天は、君子の徳なれは、危しといへとも、変爻に火天大有を
得れは、後に至て發達の兆あり、且十八の変爻、澤火革も革（ワロ）なりて、革者
改之、変之、離火をもて澤水を革（アラタメ）て、湯として生を変して熟となすの象（カタチ）あり、

離火澤水相剋て用を相通し、始背なく後よ合ふ、舊を革めて新よ付くへし、是変易の道ゝといふ、先輩の説あり、卜者の言ハ過たりと獨断して竟よ其居宅を購求めて、與継よ與へり、其の処ハ、両御番橋本氏の地面ふて、冒負といふ医師か文化十二年秋七月、五十坪借地して、ある人と共よ家作しけるか建けるまくもなくいまた造作よ及ハさりしを、予更よ嚢を傾けて造作残る処なくなりしかハ、八月二十日よ至て、移徙をさせけるなりされハのるふハ又下千貝よりよへしいよ、かくて其の年の秋八月下旬より與継ハ、母と季妹を携て明神下なる新宅よ移住せるよ、予ハ長女と倶よなほ飯田町なる舊宅よ在り、とさく謹慎節倹を旨とされ、亢龍の悔もあくまて、尚弱壮なりし、醫業も相応しく行れしかハ、庚辰の年の秋、松前侯より月俸數口を

其の時松前老侯ふ愛顧せられて月俸を受しハ前ふ論せし乾爲天ふ九二を見龍在田利見大人とあるふかなへり、

賜り、老侯の意よ愜ひそくいそく勤るよより、萬る譜第の家臣よ等しくあされんとて、格式なとを定められけるかゝる程よ、與継か隣家よ、刀剣の研師某甲といふあれありけるか、ちりさんた比、東隣の家を購求めて、妻子と倶よ赴くふとろ、弟子一人ありけるか素より

是酒客博徒〔徒〕にして、日々に悪友つどひて、傍若無人のふるまひ多かりければ、與継も堪かねて
遂には竟に絶交なしたりしが、後に地主橋本氏も知りて、隣家の俗物をいとひて思ひけるは
地をかへして立去らせべしと、その迹の借地を引受なんといひけれども、まだ定めかねたれば、試に
関帝籤を採りて吉凶をうらなひしに、第十七籤をひき得たり。籤に云、

第十七籤　乙庚　下下

石崇被難

田園價貫好商量　事到公庭彼此傷

縦使機関圖得勝　定為後世子孫憂

あまた凶兆なりければ、このことを與継には告ずして、吾おもふよしあれば、たゞしばらく堪忍
をへしとて禁めしかば、與継この意に従ひて、地主橋本氏に謝して、そのまゝにて
ありけるに、癸未の年の春に至りて、件の研師借財に債られ家を賣りて他へ

二十八

赴くとせバ、その時ハ彼家を購ひ得てハ、後悔臍を噬むとも及ふべからずと思ふに、奥継ハ、年来彼と絶交しければ、賣るべからず、縦賣るとも必高料なるべし、されバ機変にあらずんハ、事整ハじと思案して、竊に書賈山崎平八に意衷を告て、則平八を買主になさんことを計らはせけれハ、障りもなくて購ひ得たり、しかれどもあまり高料なりき、この年の春三月、飯田町なる長女に、壻養嗣の縁談熟して、明年の春、婚姻させんと約束しければ、さきに購ひ得たる奥継の家の東のかたを、吾隠居せんと思ひつゝ、又関帝籤をとりて、吉凶を試るに、又初のごとく、第十七籤を得たるぞ不思議なるかなめる心にかゝる物から、既に彼家を購ひ求めたる後なれバ、いかにともせんすべあらねど、その折思ひしハ、漢の劉向ハ、撰擇の嚆矢なれども、新序を見るに日を擇むハ時を失ていへり、彼ハ雲水撰擇の嚆矢なれども、その拘忌多くして、迂遠ゐるを取らさるを以ての如し。又後漢の光武ハ常に讖を信しからハ識者の譏誚を免れさりき。人の家を購ひ求めるハ悪るにあらねとも又さのみの大事にもあらねとも何等の凶あらんやと又獨断して意中に秘して與継にハ告も知らせすして其の年三月下旬より土木の工を起しけり。其の東の方ハ彼研師かいまた住ゐしけれハ早くとり崩して新に造る所少からすして是より先に予か書肆より得たる間金（ホマチカネ）五両ありけれはとりて菩提所に祖先の墓石を建てんやと思ひしかハ壬午の冬深光寺の住持実厳にその意を告て墓所方四尺許を金三百疋もて購ひたりしに後に至りて彼寺中より枯骨ありもやせんあらハ改葬すへしといひこれより癸未の春正月十八日に予與継を倶して深光寺に赴き件の枯骨の有無を展検せし折懐にしたる祭文を讀て焼けるに與継かうしろに立まはりて風下についゐたりけれハその灰與継か身にかゝりたり。

是為し一時の不祥なりしに、かくて寺の僕らに、其処を掘り起せしに、果して下に瓶ありて片石二枚もて其蓋にしたるを、皆出して見るに、埋めしより百年余りを歴ぬると思しき、婦人の朽骨と乱髪と、鏡一面あり、骨は大かた化して、豆の大サなるも多くあり、鏡は寺僕ら奇貨として奪ひとりぬ、吾改葬せるにあらねは、咎むるによしなし、されとも觸縁の義もあれは、五六升入る瓶を買ひて、朽骨を斂めさしたるに、其時寺僧出て、回向して、件の朽骨は奥の卵塔所の坂の右のかたなる、石地蔵ある無縁石塔の下へ埋めたり、吾心ゆかせるにあらねと、朽骨の回向料を寺へ布施し、堀起せし寺僕らにも、酒代南鐐一片をとらせしか、かくて其の年の春三月に至りて、祖先の石塔を彫り終りしかは、則彼処に建立せしに、初の五金にては足るへくもあらて、凡拾金余り費しけれとも、年来の志願を果しぬれはいと喜しかりけるを、後に又思へは皆非なり、曾祖の当寺へ改宗ありし折に、建

さあらし墓うれバ、ありてもあらぬへし、志ろふまの年正月廿四日、松前家ニ祝義あり、與継も出
席したるニ、この夕席上ニて、暴ニ腰立ず、朋輩ニ扶け抜れて、やう〳〵ニ罷り帰り、
その症、始ハ痿躄のごとくなりて腰痛し、四肢折て痿れて、おかえて頭をぬりあてゝ、與継ハ
生来瘋癲あり、弱冠より眼力人ニまさらねバ、年十九の時より、眼鏡を用ひ
ゝ、或ハ夜学し、或ハ予が著述の印本を日夜校合されバ、必眼中ニ豆の大サなる
赤きのいで来ることあり、瘋火なれバ日々ニ飲を引くをよろしからずとて至て病瘋の發
動したるに、四五月ニ至りていよ〳〵短氣なりて、看病ニ困したるニ、ある年三月下旬より、
與継が母脚氣肢満なるにより亦大病に折りて明神下なる與継が家ニハ日毎ニ
大工諸職人の多く来りて作事されバ、母子の看病ニ便なしとの故ニ與継
をバ飯田町の居宅ニうつりて長女ニ看とらせ、予ハ明神下の家ニ在りて老婆の

此の盆池ハ、嫡孫の生れし年、戊亥の冬十二月埋めさせ、後に小児の陥て、害あらんことを怕るゝか為也。

東家を購ぬ、東西の借地凡八十坪を一構にせしハ、彼乾爲天の変爻火天大有に協（カナ）へり。

看病と、諸職匠の指揮なとして、あまたの日をおくらせしか、此比ハ氣力なお不壮なりけれハ、労を覚えしよく懃（ツト）め兼、かくて此の夏六月に至りて、老婆のいたつき出てり、秋に至りて、與継もやゝ痊可に趣しかハ、明神下なる宿所に返しやりしか、予ハ飯田町の居宅に在り、日毎に往還しつゝなほ修造の指揮をせしに、明年ハ東のかたを、吾隠居にせんと思ふにより、ところの手を盡させて、庭に池をほらしめて、金魚鯉鯽なとを多く放ち、樹木も多く栽なとせしかハ、冬十二月下旬に至りて、やうやくに落成してけり、されとも此の年の秋、八月十七日の夜の猛風に、新に造りし所の板屏数間破れ、東のかたなる柿葺月なとも、いたく破れしかハ、二度造作せし所あり、これらの故にはあらさとも修造に又七八拾金費しけりしを、後に思ふに皆是吾衍慾の甚しかりしゆへ、その明年文政甲申春三月、予ハ飯田町なる居宅を壻養嗣に取らせて、五月吉日に、與継と同居させたる後に思へハ、彼関帝範にいはく奢侈を戒められて、園池修造に資財をあ費して、後に子孫の憂ひあることあらんことわりを悟られて、或ハ機変ともそて東舎を購ひ、又銭財を盡して、修造を旨とせられしを、譬ハ小児を愛するもの、多く甘味を食させて、その児を病者になせしが如く、吾財用を費せしハ、奥継が為にして、却て害になりけるされハ彼が病痾の久しく痊ざるにより、やうやくに吾が昨非を知りて、是よりの後毫も機変を行ふことなく、驕奢を省んとのミ欲りせしかども、禍根既に深かりければ、竟にかひなかりける程に、奥継ハ、豊田泰助に療治を受て、煎茶八百余貼を服用させしかども、させる効あらず、或ハ只、癸未の年、東のかたハ大将軍なるに、犯して土木の工を起せしと、彼深光寺の住持に責られて、朽骨を改葬せられし祟りにやあらんと思ひしハ、或ハ売卜翁、或ハ陰陽師に問ひなどせしに、聊もかゝる祟あるなどいへり、又吾友中村佛庵が曩に深川霊巌寺なる父祖の墓塋を廣くせんとて其のあたりの地を購ひ求めて堀起させしに下に七人の枯骨ありしかバ其ハ他所へ移しまひて穴に埋させて其の迹へ家の墓碑を建しに聊も祟りなくて子孫いよく繁昌せしといへりかゝる事もあるべしやといひければ慰めけれども心よからざりしかバ浅野正親 土御門殿の家臣なり 江戸に在住せしに課て栗樹法を行ハせ又陰宅鎮祭の修法を行せなどして又彼深光寺にて改葬せらし鏡空夢現大姉 住持の當日つけたる戒名之後に即空夢幻大姉と改めたり 此為に改葬の次の年を一周忌として三回忌七回忌今茲 天保六年 正月十八日十三回忌に至るまで深光寺へ回向料を遣して追薦の經を讀せり今にして思へバ是も亦皆吾無明の醉にてありけるなりける程に與継ハ病臥せずとハあらねども陰氣にして且短氣なりき病痾の常にてありける小食餌のいと多かれハ母も姉妹等も驚きてむら

れども、竟にハ労瘵になりぬへく見えしかバ、醫師ハ保養をすゝめられしなれバ、楊弓を射よと薦めしゆへ、その具をも求め、弓も折々相手ありて射させしに、素より好まざる技なれバ、いく程なく飽て、又射まく欲りせずして、漁猟にてもなさばやと思ひしかバ、さまざまの釣漁の具を買求め、深川あたり堀と唱へるところに盆池の如く鮒を放ち置て、銭をとりて人に釣らしむるがあれバ、始ハ其処に伴ひて、終日共に釣をする事月にハ五六度に及びしが、後にハ沖釣をも伴ひくりけるに、釣をする程ハ萬慮を洗滌してこゝろのどかに覚るゆへ、両三年その技をのみ旨とせしかども、亦飽て止んと欲りせずして、殺生のくるしからぬ事を知れバなり。又薦めて鼈を賣る店に倶して、出来て食しけれども、甘き物を好まざる本性なれバ、只一両度のみにて辞してけるべ。またおもひかへせども病痾ハやまざるによりて、人の療治にまかせ、松前家へハしばしまからざり。かくて丁亥の年の春三月、婚姻の事の整んとせし折、又関帝籤によりて、その吉

凶を神に問ひぬ、第八籤をぬき得、籤に云、

第八籤　甲辛　上上　大舜耕歴山

年来耕稼若無依　今歳田疇定有秋

況遇太平無事日　士農工賈百無憂

此の籤、婚姻に宜しとみえけれハ、あやしけれとも必生育あるへき吉兆ありとおもひ、且年来
與継の為に妻を求めぬとにかくに相応しきものなかりしに、偶門第相稱ふものありて、
予薦めてこの縁女土岐村氏を娶らせしに、明年二月廿二日、嫡孫降誕の歓ひあり、
又庚寅の年閏三月女子出生し、癸巳の年秋八月又女子生れしかハ、すへて
至て一男二女をうみたれとも夫婦偕老に至らて、中途にて死喪のうれひあり、
神の諭かくのことし、嗣子に宜しけれとも婚姻に妙ならす、籤の吉凶その度毎にさう

なる後に至て悟ることあり、信をへく仰くへし、かくて又その明年戊子の夏より、與継か
病痾又發りて下痢暴瀉、日夜に八九十降するに、數十日なりしかハやうやくに療
痩して、起臥にも堪さりしか、ちかき年来痼癖火症にて渇ことに甚し、他所へ出
行る中途にて、渇に堪されハ、茶店をみる毎に立よらさることなく、且水瀉によりて、
路邊の厠に登ることもしはしはなりしかハ、つゐに至て縮水尿道に流れ入りて、竟に暴
瀉になりぬる、始ハ林玄曠の療治を受け、後に夛紀安叔子の薬を服用しけれとも效なし、
食餌ハ大病人に似けるか、日に食饌四五度に及ひ、その間に又果子餅なとをくらへるも夛かり、
去ねより蓮実粥を食しることと五六ヶ月、其の余も餌薬に心を用ひさることなかりしか、かくて
秋九月の比よりハ、水瀉やうやくに遠くなりて、或ハ日に二十降、或ハ十二三降になりぬるか、己丑の
年に至ては、過半瘥てありしかれとも、是よりの後或ハ水瀉、或ハ歯痛なとに苦しむる折々

四十三

あり水瀉せられ、歯牙疼痛甚しかりし四五日めにて愈ぬるの両病迭代りに發りて、竟に持病となりまゐらせ、是より先地主橋本氏窮せらるゝにより、切坪の相對替を願れ、丙戌の春正月より地主替りて、今の地主は御勘定御普請役、杉浦清太郎是也、地面切坪貳百坪餘の主となりしより、與継等か住居の地面を引渡されけれとも、元のことく借地させられ、この故に與継等は障ることなくて元のまゝにて在り、その時予謂らく、始與継を當所に卜居させんと思ひし折、彼下谷坂本なる修験者か卜筮に、第十八変の変爻、澤火革は與継か上にあたれるを、地主の革るへき兆なく、則地所の革命になれるの澤火革のみ、年来心にかゝりしかとも、至て始て叶ひぬれは、とて、與継なとも志か説諭りて、後安く思ひしを、後に思へは極めて非くおほえてのるは、又下に辨すへし、志かるに今の地主の継母は腹黒人にて、常に義理にそむきて、かくて己丑の秋の頃いとも甚しかりけれは、轉宅せんやと思ひて、根岸なる御神器方御用達、林清三郎の地面の内、貳百坪を借地して、既に家作のみをいそきて、冬十月上旬大工に作料の内金拾両を渡し遣し

つゝ日を擇て手斧始をさせんとほとせし程に人ありて轉宅のことを乞これ彼とありし扱
ふるのねんごろなりしに思ひ立せハ年来の居宅に資財を費しゝも二百金に餘りしを棄賣
りて今又根岸に新宅を修造せしに損ありてかしこに益なくともかくも散財夥かる
へしかれど人の意見に任して志とて堪忍なるにハ志らしとやらなくに思按せしハ則根岸
の借地を返して大工にもよしを告て渡せし金子をとりかへし是より地主も中よかりて口舌
もあるまゝなりけり後に思はさの折り婦に乗して猶根岸へ移徙せハ彼草命の義
にも稱ひて輿継り年を延にへかりしに禍根既に深かりけれバ家材の為に絆(ホタ)されて竟に
跳り出ることを得て安然として盡るを待しかども天命にハあるべけれども悔しけれされバ又
輿継ハ年来良醫の療治を受れとも效なかりしバ後にハ自療にして薬を由断なく服
することに小験ありしに大效なかりしの故に人の薦るまゝに灸治鍼治ハけしくとし或ハ按摩導

引、なるや呪ひすることさへ、俗なるを戮して出たるよひて、彼に就、此に就きて、治療を受
くるも年来になりしかとひとつて效驗なかりき、所云高輪なる岩尾婆々か呪法の加持、新
吉原町なる、甲斐文屋か灸治、千住の歯神、
鉄炮洲湊町なる、湊屋金次郎か筑波山異人伝法の灸、麻布相撲殿橋なるド竝医師、平野章
二か異人伝法の湯薬、番町西御殿家臣某甲か神授の湯薬、三田荒波不動婆々の加持、深川
なる町人某乙か按摩針治、出張馬喰町江崎屋なとく
療治もてなしの餘すれありけんを、今ハこをてまさりり、
喜ひてハ、都てマテか意にあるを奥継も
亦好まほしも、年来療治に手を盡しれ、已ことをゑて人の薦るに儘しれとも、労なる
のミなく切なりたれ程に奥継ハ、常に渇なるより、ヨヌ飲しれハ、流飲あり遂に留
飲となりしより、腹内なく縮水の折々雷鳴なることあり留飲変して痰飲となりしかハ、
天保二三年の比より、夜毎に痰咳ヨヌく出て、暁に至りされハ睡 睡ることをゑも常に患る
所、水淳痰咳頭痛歯牙疼痛、腰痛喘息脚氣なく、折々下部に浮腫
あり、口痛の折ハ、上下の歯皆いたミて、苦患呻吟の声日夜絶ることなし、志ゐも四五日

みていくこと退けハ忘れたるが如し又痼癖火毒よりて舌に小瘡の生ずることありその潰たる迹穴となりて久しく愈ざりけり常に甘味を嗜ミて沙糖湯葛湯を飲むこと多かりしかくて天保五年甲午の夏六月より又脚氣にて下部に腫氣あり水瀉しぬれハ腫氣ハ退けども歩行に息ぎれがして甚だ痰咳も亦しけくなりたるが故に百事皆排斥して半起半臥にて折々看書して日を消しけるがかくて今茲正月林玄曠来訪の折與継ハ療治を問ひしに玄曠も亦同案にて自療をよしとす亦三和散なども然るべし畢竟病痾ハ常にありこれハ徐に保養しつつよくするに但し痰咳重りなばむつかしかるべしさてこその手當緊要なるらんといへり是によりて自療にて腹薬を他人の療治ハ多く意に稱ざる故にとかくする程に冬月に至りて痰咳甚しく夜横に臥ずしてねむりかねて朝毎に痰を吐くこと多く喘息甚しくてしばらく物いふこともあたハざりしが暫く喘息定りて後に予がもとへ来て恙なきを祝ひて等閑

なれバ必毎朝脉を診しけり。聊も恙あれバ速に薬を調合し煎じさせて薦るを年来に

なりけり。予その痨咳なることを怕れてとかく意見を加れども、実にせんすべなき難澄之、

かくて今茲天保六年の春正二月の比より、与継ことことひの食減して、旦飯をわりせて、雑煮餅

汁粉餅なとを旨とくらへりしに、四月に至りて甘味を厭へり。毎夜睡ることあたはず曉に

暫時熟睡して、かくありけれども病牀に着かずて、毎旦必起出て、半起半臥にてありけるに、四月

十六日の朝己牌より、両乳の邊いたむこと甚しとて、苦悩呻吟の聲をたてて、闔宅皆驚き

亘憂ひて、介保によるを盡せども、かひなし。日夜かくのごとくにして、十八九日に至りて、その疼痛稍

瘥ぬれども、なほ背より肢體にいたることを覚ゆといへり。曩々中も折々胸痛ありけれども、そは半

時ばかりにして、忽に瘥へるが、このたびは之日夜なりしかば、艱苦の甚しかりしも理なりと思ひしが、

かくて又廿五日廿六日両朝、少しく痰血を吐ければ、既に危殆の症なれば、予が心安からず、林

玄嚝を招きて療治を受よとて薦めけれともあれ志らすと辞して従はす且娘婿よりへ
らく吾病ひ又肺癰を添へらはさの故に不食之縦扁鵲倉公之とも夫いふせんや愁する
醫の匙にかけれはて死んより吾自療にて死まく欲りをさの病痾本復せハ吾ハ醫
業をやめんとて窮るに遺言せてるとそさの比より不食にて粥のとろ湯葛湯仙臺
糒なとを半盞許吸けるのて後にハ湯を飲ても胸にはつかへとゞまりて五月朔日
二日より又胸痛にて患苦呻唫せられとも五日の朝まて調合所へ坐行(ヰザリ)出てみつ
からの薬を合しけり三日より大熱にて折々譫語せり六日に至てその脉いよいよ危窮之人を
走らしてに林玄嚝を招くに主用にて他行のよし答へて竟に来らす七日の朝より虚熱去て脉益
緊数湯粥も亦ヨヌく咽喉に下らす二日より強て病牀に着しぬ娘婿の父も醫師なれハ
日々来診されとも術(スベ)なしといへり七日の夜ハ胸痛せられ終夜寤寐の間にあり八日の早朝より又胸

當時自療の方剤ハ回春の瓜蔞枳実湯之と云五月五日より竹瀝を加ふ六日より又別煎を用ひらる別煎ハ何なるにや詳ならす

人性命有定数并（上四六オ）

四十六

痛甚しく、腹内の水涸尽て、咳出れとも痰出すと云、即便父を請ひ来つて、洪恩を謝し辞訣て、老母妻子左右に介保せり、熊胆汁を用るに効なし、煩悶起臥三四遍、遂に父に扶けれ、端然として歿しぬ、時に天保六年乙未夏、五月八日辰牌之、亨年三十八歳、哀しいかな

蓑笠漁隠云、予与継を喪ひて、その夜ねられぬまゝに独つらつら惟るに、人の命数ハ、初生より定限ある事の違はりしなき、去年に至て知覚ありし、文政元年の秋、与継をさなきに卜居させんと思ひし折、彼修験者の卜筮に、十八変の変爻沢火革ハ、是十八年を歴て、彼が身に革命あるべき兆なりき、然るを予ハ生悟りして、地主の替りしとその兆之と思ひしハ、るかな不惑ひの醒さるなりき、件の卜筮ハ、初与継が為にこそ卜問ひしるに、地所の主の替りるなるを、彼が身に干るべくもあらぬを、況関帝籤の神論に悖り、機変なとして東家を購ひて、大く土木の工を起し、をさなく奢侈を旨としゐるハ、是衍忒に衍忒を累ぬるく、

り始より質素にして彼東隣に悪物ありし折から他所へ轉宅させるハ與継ヶ年を延るよしもありけんを勢ひそこに至りけりしかも天命といひつゝし後悔臍を噬むの外なし始にこの十八変の変爻あるを知るよしなかりしハ予ハ只禍のよる所暈裏（晶表）に深光寺にて改葬せしるに無縁婦人の朽骨と當時大将軍の方を犯して東の地を増し家を廣くせし障碍之ものゝ思ひ惑へるしに彼澤火革の兆ありて命數限りありて十八変ハ十八年の象なりしをおいて至りて悟るも甲斐なしかれバ件の二ヶ條ハ不小禍なれバ患ひとなるに足しもト居の折の澤火革のこゝを怕るへ死凶兆なりしを悟りけりしてそ悔しけれ夫周易ハ神の如し人の天命もしれなくて知る然るをト者もトを問者も倶に凡夫なれバ深意を悟らずして惑ひて竟に覺（サメ）ざるものヨヌクリ予ヶ性果断にして進むてヨヌクリおそ懲斷りしを録しておく子孫の箴（イマシメ）となすものゝあるかしこし

人性命有定数并（上四七オ）

四十七終

この一編ハ、就中他人の為に録さるにあらず、嫡孫瀧澤太郎が成長の後
これを見て、父の命の長からざりしハ、天命なるを知覚し、且予が徳の云云なるを
みづから悟り、彼年来興継が為に、多く資財を費しつゝ、用意苦心都て
画餅になりしを知らバ、怡れて倹素謹慎を旨とせば、一端ともなりぬべし、
禍福得失ハ天也、これを行ふものハ人也、故に云、天の作(ナセ)る孽(ワザハヒ)ハなほ遣(ヤ)るべし、
みづから作せる孽ハ、遁(ノガ)るべからず、聖人ハ、天命を知るゆゑに徳稀也、凡夫ハ、
天命を知らざる故に徳多からず、吾もし始より天命を悟らバ、豈是等の
徳あらんや、天命ハ寔に知り易からず、知らずハ始より慎むにしかず、凡此
書に載るよしハ、彼紫の衣ぬのあり、佛からきへくしかれど、識者の為ならず
胡慮(モノワラヒ)なるべし、只吾孫等に小補あらんのみ、戌月廿日に稿しとりあへぬ、

瀧澤藏書

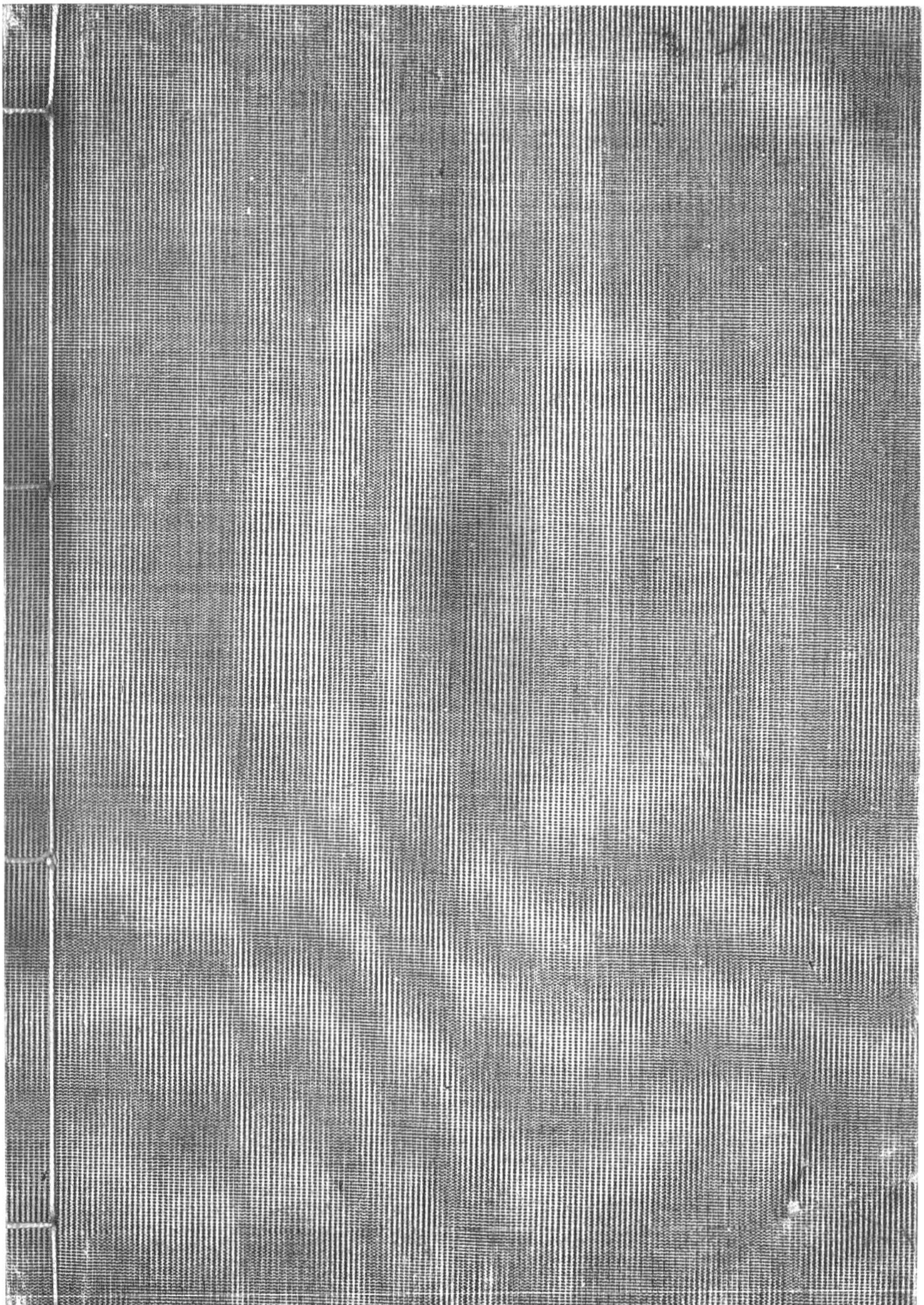

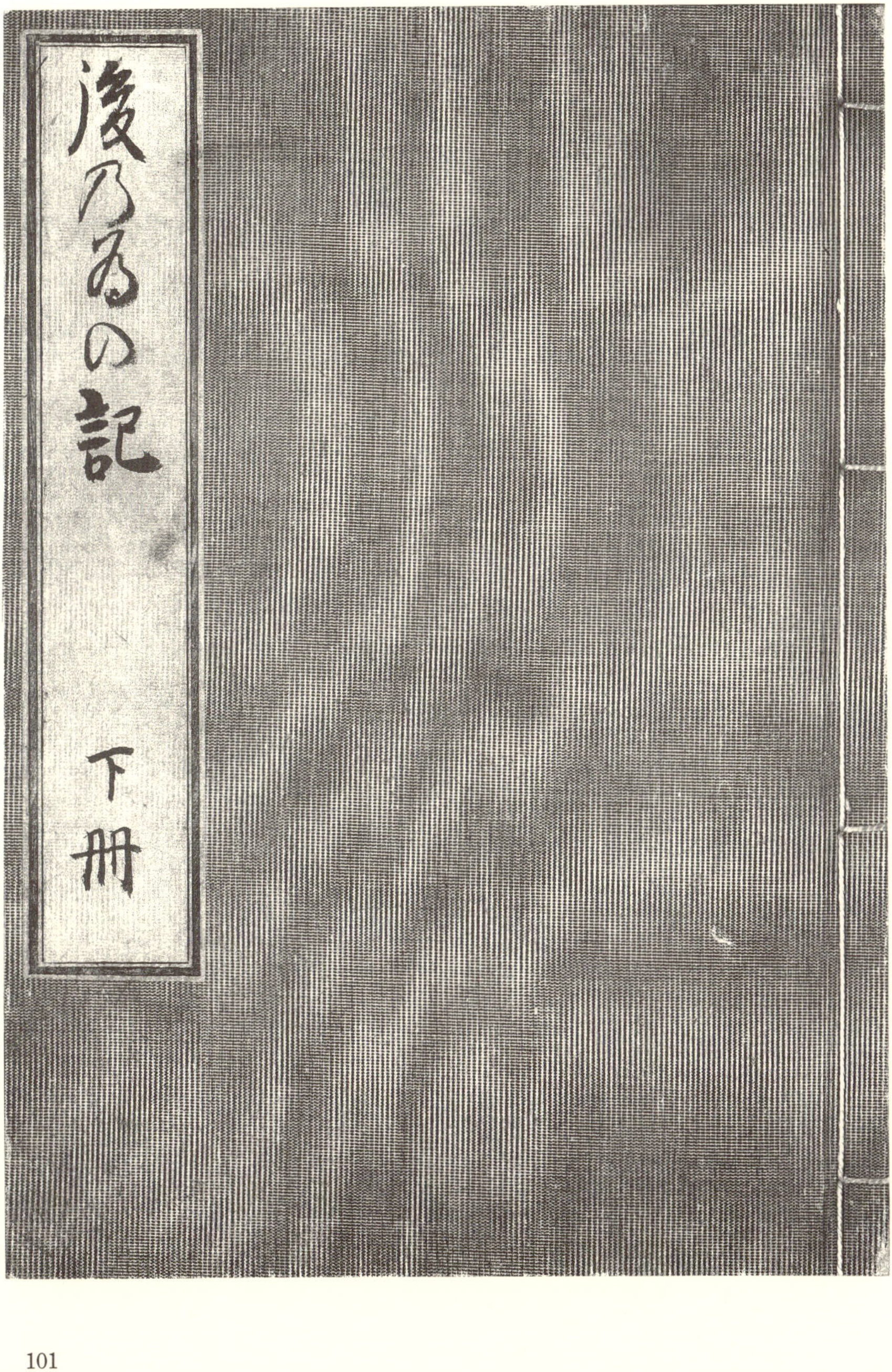
後乃為の記
下冊

後の爲れ記下冊目録

遺稿 三種（多ハ是弱冠初学之作）

琴嶺詩稿残鈌一十九首

五言絶句一首

七言絶句十七首

七言律一首

漢文

感師説文

與松田貞庵書

楊州十日記謄寫題跋

下冊目録（下一オ）

下冊目録終

後乃為比記下冊

きのふ琴嶺か小皮箱を捜まうて稿本十二三冊を得つゝ閲するに皆是彼か総角の比より十八九歳まてに作れる詩文と紀行也いまた稿し果さるものそ有ける、いとをさなしともをさなくて、人に示すに足らねとも、いとまある今は紀念になりぬ、教まひらせんするものをしくて、集録せまくほりするに、詩は多く塗抹して、或（アル）は剪棄なとせしもありて、まゝ纔の稀くおもふよしを初稿なりけんかし、かくまゝは今はた巧拙をえらむよしもよしなけれは、要敢ときに似たれとも、只その什か二三を録して、後の遺忘に備ふのみ、彼をしも在らせなは是等はつやゝ親にをもえらまんするを恥ぬ、おふへし、

馬琴序　（下二オ）

二

解云、琴齋即琴嶺之別號也。當時於書画稱琴嶺、詩文號琴齋、

琴齋詩草

東都飯台瀧澤興継稿

春日偶成

日和風暖艶陽天、屋後園林柳似煙、草緑簾前春
鳥囀、花邊嬌蝶入琪筵、

春日遊于愛宕山院與諸君子倶観花、

櫻花開落亂鶯啼、遠樹萋萋與海齊、風送鐘聲梵
宇裏、碧雲横嶺夕陽低、

又

雨後東風柳影低、濃花如錦満前溪、孤橋曳杖斜

陽久歩歩吟詩思幾迷

春日遊山寺

松静渓喧古寺中林間一逕落花紅梵聲玉磬方
昏黒幽鳥斜飛鳴晩風

春日遊墨水

江千把同
字宜改之

雲静江村日正遅白櫻花發映清漪江千拾翠徘
徊久不覺堤頭樹影移

東叡山觀花

天台佳景醉忘歸樹下移牀對晩暉林壑生雲將
作雨何妨花濕人衣

惜春

去年今日伴佳人、獨惜韶光野外春、流水有聲呼不答、雲林院裏隔紅塵。

又

三春欲暮亂鶯啼、東叡山中草色齊、風送疎鐘花自落、閑吟未管夕陽低。

午睡

避暑柳陰池水塘、披襟偃臥在胡床、此中奇味誰能識、一枕清風入夢涼。

看書自嘆

又向世間詐不平疎狂聊復錯人情談來未了書中趣空為浮名過此生

春日

日暖風猶冷花信何處來坐看籬落雪賓雀損窓梅

春日遊墨水

春光日暖扁舟浮長堤落花隨水流粉蝶尋春芳樹裡欲飛且止在枝頭

納涼

携枝追涼緑水隈清風吹至熱始開新詩賦罷披襟坐月色嬋娟與快哉

秋夕

影漂烟水月玲瓏目送前山度断鴈收綸老漁香
餌竭満池荷葉動秋風

漁夫

青蓑一竿艇中流萬里長江萬里秋月照前村鷗弄
水不知真樂在漁舟 蓑笠漁隠云此詩謬入自撰自集蓋非吾句素是琴嶺所作也

夏夜

熒熒螢火照荷觴執扇凭欄受夜涼一陣清風吹
雨後更看明月満前堂

郊行

採藥遥遊枯野中、落楓浮水淺深紅、争飛林鳥遶枝噪、世事姑忘興易窮、

夜坐　秋日

落葉蕭蕭皎月清、總前安坐句難成、夜深沈罷孤亭静、徐掻爐灰宿鴈鳴、

閑居　冬日

柴門連日不開扉、欲暮今年酒友稀、吹火啜茶佐脯見、霏霏玉屑晩雲飛、

此後嬰疾不久賦拙詩至文政八年秋九月偶有七律又録于下

九月十三日、與躭奇社友倶浮舟於墨水賞月、

五

冰輪冷艶擅清光、銀漢斜添鴈一行、舩倚枯葭櫻樹岸、人忘榮利宿鷺傍、斑姫哭子狂何甚、在五思京諷詠芳月、色今宵千古似、秋寒徹水覺風霜

琴嶺遺文　解云、爲是記時、琴嶺十六歲也、

凡天下事形相類、而非者衆矣、然能辨之者寡矣、夫紫之奪朱、孔聖之所悪也、碔砆之類玉、魏文之所懼也、幽莠之幼也似禾、黧牛之黄也似虎、其辨何容易也、蠶之於疾病亦應如此耳、若彼傷寒與脚氣相類而有分度、無不知之者、然未嘗有究其淵源者、余一日侍於暘谷先生、而問之先生、先生喟然曰、善哉小

子、汝有見于此耶、今吾語汝、大約脈浮數而發熱灑淅惡寒、而舌心冷者、脚氣也、自古迄今、未有發明者、徒以治傷寒之劑投之、故忽衝心至死者、爲不尠矣、豈不哀哉、汝年才猶少、而有稽古之志、勉諸、後必有成焉、吾既老矣、唯患秘訣之無傳、不憶今得其人、吾喜可知也、語曰、道聽而塗說、德之棄也、今日之談、輕勿洩之、余避席、稽首再拜曰、唯命、不敢聽耶、唯命不敢聽耶、興繼不肖、固暗於自見、豈惟雖勉、猶自不能聞雲霧而視天日、倘繇先生寵靈、有就業於方伎、則幸甚、鴻恩德誼、何以報之、余不堪感謝、錄以備遺忘、

六

旹文化十年癸酉秋八月　瀧澤興継謹記

與松田貞庵書　解云為是書時琴嶺十六歳也

興継再拜東山松田老兄足下曩自肩笈以入于鈴木先生之門幸而與老兄共其師雖交未久得其資者多矣頃嘗與兄閑談語次及朋友之交兄曰朋友之道唯信為大信友可輙得哉故其始也如水魚其終也似讐敵是以其友得富貴則媢之其友有患難忽遠之是所謂酒食之友耳至断金刎頸豈不亦難哉其論未能盡大陽没于西僕退而思之愀然不

樂也、乃裁箋以奉答、蓋惟物各以類爲友、孤鸞之舞
鏡、思其友也、幽鳥之遷木、求其友也、人焉得無信友
人而無友、猶瑣蛣而無蟹、水母而無鰕也、何物資之
獨立之爲哉、物各類爲友、友也者誠可擇、故孔子舉三
友以辨損益、季路則以車馬不爲憾、若夫志同則信
可以交焉、義可以聚焉、僕雖蒙昧、景慕兄之賢才、願傚
季路之志、以全交幸察之、

癸酉仲冬　　瀧澤興継再拜

東山松田老兄足下

蓑笠漁隱云、是一編者亡兒年十六歳而所爲也、尚

雖拙劣、然又義可通。由此觀之、非始無志於詩文。
以質弱多病、故遂不得盡學力焉。嗚乎可惜也。

題揚州十日記篇左

揚州十日記一卷、借抄清水赤城翁謄録倉卒之際。
未遑校訂以其珎籍、故呈之家嚴。家嚴以問亥帝魯魚。家嚴
閲而懽其異聞、且喟然歎曰、夷狄之亂中土、殺伐何
至於此。伏以
天朝自古絶無外寇、雖獨有胡亢入寇、然神風拂賊
船、而十萬爲虀粉。而況今生於
聖世、爲泰平之民者、快樂有餘、而不知悲辛。不亦人

間之一大幸乎、唯居治而不忘亂爲之學者用心
小子無識乎、以家嚴之言有理不敢辭拙文叨書
數行於篇末餘楮、
文政六年春正月

瀧澤興繼宗伯識

雷砲同德辨

雷之與鐵砲、（俗稱鐵砲名目非出會典）其德之等其用亦同、益
雷霆者、聚散闔闢之帥也、是故仲春月雷有聲則
蟄蟲出焉、又彼火銃之發也、轟然有聲有光、聲則
屬陽光亦屬陽光發而聲隨之、其理如雷霆一般

解散稿本作散
佚蓋避父名也

是以雷霆後人人鬱氣解散焉聞鐵砲響者亦與此同此以理所同其用不異也近有以雷霆爲造化鐵砲者其言與愚意暗合亦可喜也若夫聞雷聲與銃響忽膽怯戰慄者必在虛陰之癥其病蔓附所主也何者雷霆者陽氣將升而爲陰氣所壓於是乎陽氣鬱而怒怒則奮擊焉鐵砲者以焰硝爲火藥硝石陰類也傳之以火則其火鬱而怒怒則不得不奮擊也由此觀之非獨雷霆爲造化鐵砲已鐵砲亦可謂人作雷霆矣是故獨戶於深山中遭魑魅則發空丸以禳之此發陽之氣其德與

雷同人之好憎不一。虚⿸疒登者必憎雷、聞銃響必怯。
是則病所致、實⿸疒登者不然也。吾 老侯嘗好騎馬
銃。頃年使本藩牧士等習之、至於今人馬相熟而
其術大進。於是觀者駭嘆、以為至妙。 老侯以此
為樂其意、居治不忘亂、亦是演武之一端云。天下
靖治二百十數年矣。騎銃之術無所用、能之者幾
稀矣。而是事出於 老侯、臆度其用心可知也。一
日某侍 老侯。 老侯曰、寡人每聞銃響胸臆豁
然爽然、覺鬱氣解散。盡為予誌火銃有是德。某固
陋、雖云辱 貴命、然未知所述、赧然摩頂逡巡固

辭然不見許便是所以有是辨也昔者孔聖稱驥德今也　老侯好銳響孔子所稱非奔蹄千里之謂也　老侯所欲豈能擊殺人之謂耶吁長者嗜好雖兵矣必有趣焉併誌是言使人知其勝於殘之俘意

文政九年丙戌夏六月　琴嶺瀧澤宗伯敬識

文化十二年乙亥夏月西遊日記　解云琴嶺稿是日記之年一十八歲也

琴嶺興繼稿

男子生るゝ四方の志あり、桑の弓蓬の矢もて征客の義を表せるなりけり、

けに月日ハ百代の過客にして行かふ年も亦旅之舟の上に生涯をおくる人
馬の鑣（クチ）を取りて老の坂にむかふるものハ盧生か邯鄲一炊の枕も淳于か大
安南柯の苦楽も孰か旅にあらさりける我五十とせハ尚遥なる身を旅にして
旅人（タビト）をうらやむかのれし去の春の比より神風の伊勢のみやしろにまねくまかりて
志賀の里の田の面をもはなれておさな弱冠なるより才短くさとりほとを餬（モラ）ふも世すから
も只二親のいつくしミあまゝ養れぬる身なれハ餘暇なきを以て
せんあふよあふらの駒を繋かね花ちる里に春をくらして夏のなかれになりて
あらゆ世渡りの為ならて京なれは津へゆく人ありといさなへ倶なくいふ人になりぬ
さそふ水の便りなけれは家葛（カヅ）のわするゝをうち捨てゝ今をむかしめし旅衣笠よ
杖よと心いそかしく三里のやいとすゑもあへす廿月十一日のあけゆくにふかしまたちを

志つる程に、出くての道の暗けれはとて、大人(ウシ)のみつから送りせらるに、板橋の驛をえやるとて、戸田といふところにて、袂をわかち奉りぬ、逆旅萬里のおもひに胸みちたり、離別の涙をそゝきける、かの川の渡なる臍星山に詣て蕨の驛を過て、焼米坂なといふ坂を出て、浦和の里を歴て、大宮なる東光寺に詣つ、おもと此驛の産砂神にて、素盞烏の尊を祭り奉る本社のほか女体の社あり、又五山祇の社、大山祇・麓山祇・正勝山祇・闇山祇等を祭るとぞ、金鑽の社、手摩乳・足摩乳の命を祭る、か社の傍にあり、氷川の社、此の外末社をかりそめくるに本社のみまへに池ありて、反橋を架(ワタ)しける、中に辯才天を安措しける、池の東に神楽堂あり、北に本地不動堂あり、神領森林然として、並木の松も中なか一の鳥居まで十あまり八町(ヤマチ)ありとかや、例祭は六月十五日といふ、是そこのあたりにては大社とみえて上久(カンサビ)さびたるかくて此の驛を

るゝかくハ土手村北草村吉野村を歴てゆけハ加茂村に加茂の中ろあり又梶村、
鈴木村馬工所村を經て浅間の社あり前ハ田中なる白屋(カサノヤ)を左右(マテ)に見
つゝ上尾にいたる又畑村に観音堂あり元村門前村を過りて町屋村の南
のかたなる右に窪村あり左に雷電山を見つゝゆく程に申の時ころに楠川の
驛に到りぬ東原屋といふ客店(ハタゴヤ)に宿りぬ江戸を出しより今宵をもて九の
旅寝にあなれハねところに唯不自由なる心地しける時を知る鐘の音も枕元
ちかく松風のおとそひて枕にかすかにひゝく両親(オヤ)のうへなともかうのみさへ思ひ出つゝ眠られんと
するにいもねられねハ蚊てふむしにせめられて夏の夜いとゝあけかたくあかしぬ
十二日明るを遅しと待ちて朝飯をいそきつゝ此の宿りを出しよりほとなくゆけハ
又ハ新田元鳩巣を過ゆけハ上田村に薬師堂あり又浅間の社ありかくて

十一

東村なる三軒茶屋よりおりて、鴻巣驛より来る道へ入れハ、勝願寺といふ浄土の梵刹あり、十八檀林の一ケ寺也、驛の西なり、箕田村に、諏訪の社、観音堂あり、嵯峨源氏箕田源五綱か古蹟也とそ、八幡宮を祭りたる、念佛院よ社あり、是より中井村、吉砂村をうち過て吹上に赴く、宿はつれての境よりうち登れハ、左の方ハ昭沼なく、右のうしろは河川ありて也、吹上の茶店あく、忍刺の足袋を賣る也、久下村ハ、熊谷二郎直實か伯母夫（ヲバムコ）久下次郎直光か住しところといへハ、戸田八町村より、東行寺といふ禅寺あり、さくらを熊谷直實か居城の舊地也とそいふなるところを過りて、熊谷の驛より到りて、驛中なる蓮生山熊谷寺にまゐりて、当寺の本尊阿弥陀如来ハ恵心僧都の作也、蓮生法師の像、直実の木像あり、又直実か不断当

信せしといふ。添え来つ稲荷の社あり。当山鎮守の神にして、都邑いふかし地
くしかる地にあれなと、盛事ハ論ずへからずといへとも、黙して巡拝せぬものなかりて
此の寺を立去らく、植木村、新嶋、軒杭（ノキクヒ）、柳新堀（ニヒボリ）、竜原、東方なといふ六（ム）
村七邑（ムラナヽムラ）をとをりけハ、深谷て澤に来けり。此の地ハ桜むらいと多くて路の幅も広かり。
是より菅端村、宿野根村を歴つゝ来るに、上岡部なる普済寺に詣つ。
栄朝禅師の開基にして、本尊ハ釈迦、観音、勢至の三尊仏也。傍の
森の中に忠澄の塚あり。又堂内に忠澄夫妻の像を安置せり。当寺の
縁起に、昔岡部六弥太忠澄、栄朝禅師の道徳を信仰して、梵閣を
造立し、本尊ハ十一面観世音、并に一百体の観自在を彫刻して安
置せしけり。此の地ハ忠澄の昔領なるよし。里の名にも云ひけるといへり。見えけるにて是

部の原をよぎり、小山川をうち渡りて、本庄驛なる河内屋に杖をとゞめて今宵の宿とせり、

十三日、今朝ハ小雨降りけるか辰の比より晴れわたりぬ起居りて宿りを立出て、小嶋村、萬年寺村、石神村より赤木山をみて、金窪村、かつた宿村を過（ヨキ）て、かんな川を渡りゆく此ハ天正の比、瀧川左近と北條氏政の古戦場を左に見て、新町驛をうちすぎつゝ、立石新田、中嶋村より榛名山を右に見つゝ、烏川をうち渡り、岩鼻村、新田村をよぎりて、倉賀野驛に来て見れハ、都て此の邊にハ、園に桑を多く栽て、家毎に蠶養を事とせり、其繭をとるなりけり此の江戸人の目にハめつらし、此の次なる佐野邨屋村に、石造の社あり、佐野源左衛門恒世の舊跡といふ、笑ふへし、是より田中村を歴て、

高崎の驛に出づ。松平右京亮ぬし居城の地にて、山鳥の尾にあつめたる城下の町いと
長やかにて三十町あまりもあるべし。此驛は中山道中繁栄第一と云、月毎に六度の市
あり。上州絹・館烟草及(マヽ)百目付とて馬の鞍に用ゆるを名物とせり。大の餘将々の
物を出して交易せるなりとぞ。その驛ひとつへだてても、おもしろき町のもつれ榛名道のわかれより
入ては右のかたは殊なるありて、もろくの邑里を歴て、田中をたどりて、又右にそれつゝ、程に農夫はあら
田をうちたつ、つの女は笠をかぶりて早苗とる手さま、いつくはあれど、せはしきなりめり。山本かは
田屋の煙幽に立のぼりて民のかまどゝ詠しけん古歌さへに思ひ出らるゝ。猶そこをゆく
程に宮田てふ里にいれば日の暮るゝとて、此の地は民居微々として驛といふべからざるも
足なければ宿かるべき家三四軒あるのみ。その中なる扇屋といへる奇麗なる草屋
ゆく。今霄をあかしぬ。

十四日、今朝とく宿りを立出て、むらの在郷を過ぬれハ、左右の並木ハ樹立始
かくて、見なれぬ鳥の声を聞、是より次第に登りゆくに、巨樹間なく繁り覆て、
路の程いとくらく、毒虫多くありといへハ、恐ろしくも杖をとゞめかたく、辛くして椽谷山
なる楤門に到れり、こゝより入るに、御師の居宅左右相對せるもの八町なり、前ハ小山
金太夫といふ御師の宅に着ぬ、暫りて郷導の者を傭ひくらひ登るに、廬
山の五老峯、青天濯ひ出を、金芙蓉ともいひつへし、好風景也、真向ひ形る
高山ハ御祖魂岳城山と云り、右のかたなる數丈の岩崫の間より、幅二間餘り
なる瀑布泉飛流して落るありさま、猛獣の勢ひあるに似たり、傍に石像の
不動尊あり、諸人むかしより垢離をとりし、御行る者駭嘆せり、誠に奇絶の霊峯なりけり、
此の飛泉の上なる左右の岩崫に、橋を架せしと見え、厳うち掩ひかゝり始く也に来

ぬる人ハ、清浄心になりてさはりもなく、料らすて仙境に入るかとあやまる、是より仁王門に入て、
反橋を渡りけるに、鞍掛岩、鏡原岳、秋葉岳、風天岳、獅子岩、犬神岩、神榻岩、
雷電岳なといふ、数丈の奇巌左右より聳立て道筋せまく、傍らに
又懺悔橋をうち渡れハ、大黒岩とて、大黒天の坐せるかことき岩ありけり、
その下のかたに、亀山といふ、形亀の水中に遊ふか如き岩もあり、又右のかたに硯山
あり、行者谷の上なるハ、日天岳、月天岳、其の下に萬年泉といへる霊泉あり、
又石階をうち登れハ、右に十二葉の楓あり、左に大日堂あり、その傍に役行者
堂あり、その下のかたに、牛神岩、馬神岩あり、又遥にかけて、楼門に古鐘あり、
三層の宝塔ハ、鐘楼の向ひにあり、本社ハ素木造りにして、宮社の内外に、
升龍、降龍、梅、松竹なんと、其の餘千草萬花、さまさまの色鳥の彫物有り、

細工誠に妙手なれば、神に入るものといいつべし。又其の本社の左に本地堂、神楽堂
ありて、其の傍に玉福といふ方七尺の石に、権現の御足蹟と唱ふるものあり。長サ
一尺八五六寸、幅ハ六寸ばかりもあるべし。其の石いと軽くもあらねど、手をもて揺せば、ゆら
ゆらと動きけるゆえ、皆これを一奇とせり。又本社の右に護摩堂、八咫烏の社、宝
庫あり。又いと高き処に　東照宮を祭りて、その上のかたに地蔵岳、天狗
嶽なんどいふ所立てるを見る。崖岩、本社の四方に聳立てり。実に其の宮社殿
閣奇麗壮観、目をおどろかさずといふものなし。是より下りかゝりて萬年泉のかたと
ほりて奥院にかけ登れば、右に瓶子岩、鎧岳を向上（ミアゲ）て、守屋ある所に至れり。
あれども又うつるところ葛籠岩、剣峯、不動岳などいふ屏風を建つるが如き
岩々を経て、天神峠をうち踰て、頂上に届（イタ）りて、本社より此処まで、十

八町有、嶺（イタヾキ）に一里四方の御手洗あり、四面は青山連りて、湖上を覆ふに似たり、向ふに
冨士岳といふ、出来のよろしき小冨士あり、それ左右に一貫山、冠岳、烏帽子岳、硯
岳、氷室岳、雙岳、相満岳なといふ、蒼々たる小山ら多くあり、其に名状せ
へられ、渺然として遠く望めハ、雲ハ高峯の嵐に晴ゆく山々のすてきまし、
空も翠を含に染なせる如く、夏の日のいと暑かりしもさとなる風に岸辺を
吹きて、湖水の波の音咲くに涼しく、樹々ハ遥に濃きあり、薄きありて、而も彩
画をみるおもむき、実に無双の絶景なりけり、行かぬなりめも旅ありしあれハ、森ある
林藩に分りて、風切峠をさしてゆく、山又山を山伝ひしつゝ、険しき路をせ
いそぐ程に、天油然と曇くなり、大雨俄頃（ニハカ）に降りきたりて、雷霆（イカヅチ）声坂に鳴り
とゞめかし、頭の上に落もきたる如く覚えしも、佐雅のとなりにあなくに詣ふへし家ハ

あるも笠中とりせん樹立もあらなけれハ只ゝ急足に走る程に、日ハやゝくれて、
雷雨まじへ烈しく只濡にぬれながら、岡山となりし地所を、幾重ともなく
うち越るくさむらを分けつゝ辛くして一軒なる山家の門に立よりて、火を
こひ提燈をともしなどして、丑の刻の比及に、松井田の驛に来にけれハ、
木曽屋と唱る家に宿とりぬ。
十五日、今朝ハそらよく晴亘りて、日の光鮮に出しほどいそがしく宿を立出て、
駅内なる八幡宮をおかミ奉り、夫より妙義山に赴きぬ。妙義の別当ハ
白雲山高顕院と號して、社殿数々の荘厳く、波古曽神社ハ、當山の
地主なり。天満宮（仁神）、大神宮、其の餘も末社あり、神楽堂、繪馬舎、護摩
堂、御香水ハ中腹にあり、辨才天の社、飯綱の社、観世音、歓喜天、飯

掘不動巖崫ニ大荒神、大日如来を安す、中門の左右ニ石像の狛(コマイヌ)あり、
廻廊より石階を降れハ、両箇の湯釜あり、随身門の左右ニハ随身の木像
相對しあり、又石階を下れハ鳥居あり、辨天、稲荷、大黒、八九の社、疱瘡神、
薬師堂あり、此より又石階を下れハ、右のかたに本坊を見て、渓川の橋を渡り、
又總なる石階を下りて、神馬舎より惣門ニ出る、本社のみまへなる石階ハ
一百六十級あり、其の外ハ百級、或ハ二十八級、又八九級なるもあり、其の岩つゞきまてハ、
青岩峭壁として、山静ニ塵世ニ疎く、幽人偏ニ愛する、地霊山嶽なり、帝
嘗家巖ニ以ありてとりかむかし南朝忠孝の名臣、右大将藤原長親卿、祝髪入
道して、耕雲散人明魏と號す、著す所の書、仙源抄、大和片假名
反切義解、和歌口傳等あり、或ハ云、長親出家して、花頂山ニ隠る、因く花山

十六

耕雲の一称あり、後に去て杖を東方（アツマ）に曳て、此の山に住（スメ）り、遷化の後、山民等その徳を仰慕して祭り崇て明魏権現と号せしを、近世浮屠妙義の二字に改て僧正尊意の事とせしかハ、その蹟泯滅して、実を失ひしより以降（コノカタ）、又明魏の故事をしるものなかりしかは、此のものいまた明證を得さりしとも、果して或説のことくならハ尤遺憾のことなるを、これといつもよしなしを思ひ出て、観るにつけても念ふに堪ぬ袂をさへにぬらしけり、かくて奥の院に赴くに、本社より廿五町あり、岩稜（カド）に倚りつゝ登りて見れハ、大日尊を安置し、さる門前なる旅舎ハ二町ほとり軒をならべ、山岸に書院を修理して、詣る人の宿りとせり、又中の嶽ハ惣門の下よりして、登る事一里四町にして本造の鳥居あり、傍に菅公の硯水と唱ふる霊泉あり、又遥に見れハ惣門あり、門内客殿の傍に聖天堂、石階の上に大黒の社あり、聖天堂のうしろなる渓川橋をわたれハ、

向ひに本地堂、神楽堂あり、堂の前なる石階を登れハ日本武の社あり、其より
左のかたに硤胡曽堂、又そのかたへに縁起の碑あり、是より奥の院に登り行く程に
仙人の瀧を右にみて、大黒岳、地蔵岳の根かたをよぎり、賽の河原、弥陀岳、大日
岳、ひけそり岩、金剛峯、釈迦岳、天狗の閨、天蠋峯、台蔵峯、高麗岩、五
臺峯、金玉峯なと、いふ奇異の霊峯多かり、絶頂ハ焼け石のまゝ岩のミ
数峯ありて其の奇絶、拙き筆ハ述尽しかたきを、其の餘も多かる珍奇、
かそへあくへくもあらさりけり、此山中を上下日見めくれとも、奥ゆかしきをふして後の話柄なる
よしあしをミちつくしぬるとこハ無下の俗なれハ、只利の為に走る旅なれハ、かへる家山
水をまくる物とも思ひきて、志坂より下向をいそくせられ、己ことをはなれて伴ひ連なけれハ、そのさまうくへ
いそ坂より、郷里にかへりくらを言ぬれハ、情景両なからはなれてハ、悪詩なりとも作らんとて、

韻書を懐にしつれとも殺風景に伴はれて腸さへなさけしさまは後々に至るまで遂に一句も云ひ出されし本意なかりしを思ひかへせは愁なる句を吐て恥かゝやきにまされへしかしかくく下向に赴けるかくての並木いよ〳〵深く山より山に昇り至る嶮しき路をあへき〳〵鳥笛志加座村をよぢりしなかはよりしく高石山、和見山といふ両峯（フタミネ）の二里の峠をうち越くいとも涼しき曠野に来にけり此ところにて其しき眺に心ひとつになかむや山かさなり川阻りぬ、曩に家路を離れしよりなかけき逆旅に赴く身の古つらにいつれの日にか親を拝せん影をならへ宿りを倶にせしる、みちつれは、あるからす志かなしからねは詞敵になるへくもあられ、従者（ズサ）は他（カレ）と耦（アヒ）僕（トモ）にかゝをり行裏（タビツヽミ）をも駝（オハ）せ、生人（オモミナキヒト）（セイジン）なるはいふものからなれともかくぬをなれかしらは示ゝやのなつかしくてそそろならうちも歎きつゝ遠く来にける道芝の露

欲なみさりあちこちなる地にふれたる夢の心地しけいとつかれたれは塩さきはおのより侍輿に
うちのりけれは睡るともなくゆられくて追分の駅に出けり。さて此所はしなの
東山道と北陸道との追分なれは旅舎多く軒をならへいともあやしき
まてに燕脂(べに)おしろいぬりたる女等あちこちに立出つゝとまらんせくと
わし招き袂をとりて旅人を引とむるなとされしとせまひたる笠杖のけてらし
肩なる荷をぬすみとらんとするさまのあさましかりし程やられたるは日野屋といふを宿とさためたるに
夕くれより大雨ふりそれに雷(かみ)さへおとろくしく鳴るに胸つふれておもひ倒れんとするやうにねむりぬ
十六日、辰の時はかりに宿りを立出て北陸道をさしてゆくに此道は浅間の
嶽の麓のあなれはそのたいと高きをかくしぬ朝霧深くしてさゝ煙のことく、又
雲にも似たれは十間はかりあなたなる木も石も見えさりけり此道のりはつれに焼

石多くは、よの常なる石より軽くして色白く少し黒きもあり。霧間なくまゐに母の
なる見ゆ。彼天明に流れ出たる焦石の成りたるなるべし。かくて三四里も来ぬらんと
思ふ程に、小諸に到れば、紅日やや昇りて出で、雲は錦繍を引亘（ワタ）せし如く、
山は朝露にみどりをましてて景色いとくめでたし。かくて過ぎて、海野を
過ぎ上田を経て、榊の駅なる京屋に宿とりぬ。
十七日、まだ暗きに榊の宿を出て、戸倉を過ぎれば、八代より更級なる姨捨山に
さしかかりぬ。此地に八幡の社あり。又冠山嶽の麓に大きなる巌石あり。
是を姨石といふ。高さ凡三丈許、横も十間あまりもあるべし。此の石によそひて
締へる庵を満月殿と唱ふ。本尊は正観世音、放光院長楽寺と号す。
神田四十八斛とかや。神供にする稲を刈りて、水をまかせて置き、田毎に月宿す

解云、此の折、同伴山青堂の旧僕幸助といふ百姓、此のほとりなる窪寺村にありて、山青堂とともに其の家を訪ふ。昔

といふ。姨石の傍に、桂樹、姪石、小袋石、宝か池あり、東に鏡臺山、北に一重山、南に雲井の橋なとあり、むかしより数まへて十三景として、はしめよりふる名とかなれば、しはし徘徊しつゝ、唐詩を吟哦し、又いぬる年、家君のよみ給ひし和歌を思ひ出て、

更科やかりて後に月もえつもて只姨捨かひもりくさしいとゝ痛まする小みちつれなる友とこゝろけしと独白して、いさゝかいとゝいそかしくて、袂をひくもし、己ことをなれて、己か心をも慰めつゝ、是よりは来し道に立かへり、筑摩川をわたりて、信乃の追分より丹波嶋にいたり、小市の渡りをこえ、名もしる犀川中嶋の古戦場を歴覧しつゝ、善光寺の御門前なる藤屋平左衛門といふ旅舎に宿りぬ。

十八日、今朝はとく起て、善光寺にまうでぬ。二王門前、大本願の傍に社家あり、是より本堂まて、甃石（イシタヽミ）、四十六坊は左右に軒をならへ、別当の門

川中嶋のたゝかひの折、武田氏の士卒、兵糧に用ひたる器並ニ大石良雄の所蔵なりし文匣を釈氏とぞしるせし日記などもありしとぞ。窪寺村に真田氏の所領なりし古器ハ幸助が家に納め伝へたりとなんしるせり。

前には池に反橋あり、広大なる玄関光りかゞやける壮麗美を尽したる光景、いふべくもあらず。志那さら田舎には似げもなき大伽藍なりと思ふに胸つぶるまでに驚れなり、又三門の傍に、大仏、六地蔵立ならぶ。本堂ハ表十五間奥行二十九間、屋根ハ二重にして高サ十丈といへり。本堂の右のかたに経蔵あり。かたへに秋葉の社あり。中ほどのみちへにさゝやかなる池あり。弁才天を安措したり。又本堂の左のかたに鐘楼あり。其の餘、納骨堂に至るまで、美を尽されたりといふもおろかなり。貴賎尊信怠る事なく日夜詣人絶るひまなし。その繁昌、江戸浅草寺の観音と伯仲して、なかなかまさりたるにも似たり。是より志のゝ追分に立もどり、稲荷山を越て、桑原中原を過て、猿が番場といふ峠を踰る程に、左の道に方一里ばかりの池あり。池の畔（ホトリ）に草の屋二軒ありて、柏餅を鬻ぐ。憩ひて立よりて、此わたりの名物を味ひ見るに、思ひにも似ざりけり、柏餅ハ名のミにして、葉にも包まで、餡に砂糖を用ひざれバ、一口喰て棄てけり世にこれを猿ヶ番場の柏餅と唱へて名物とせし、此日ハ酉の比及に、於美驛なる花屋といふ客舎に宿りぬ、

十九日、未明に宿を出て、青柳をよぎり、又太神橋を渡りて、阿太峠をうち越て、中田のあをさるなる松本驛に来て、富田屋といへるを宿とせし、けふハさなり志るをへ紀事しなりし紀、

二十日　辰過ころ宿を立出て、村井江原をよぎりつゝ、古戦場なる桔梗の原を左に見て、洗馬の太田の清水に来にけり、さてまたや池あり、むかし木曽義仲此水にて馬を洗ハせしよりして、洗馬とハいへるとぞ、此驛を過て、真福寺にまゐてぬ、かくて小澤川をこゆるに、橋あり、此の橋爪に瀧大明神の鳥

二十

居あり、又遥なる迄く、本山にいたる、驛の入口、西のかたに、観音堂と園林の八幡宮のやしろあり、此邊人煙隠々として、巨樹老杉程を隔て、四隣なるのつゞきなるが、なかにもさけて、大桜沢てふ里に来かゝりけり、おく木曽路の界にて標木あり、西を尾州侯、東は松本領なり、此の所の橋を界橋といへり、此邊より獣類の皮於六櫛を鬻く店処々にあり、旅客のよろこぶを見るに、熊膽めされ、あるは櫛はいらぬかと呼ぶ声喧し、けふ軒端を見るに、熊の皮、鹿野猪の皮、貂鼠の類を多く掛亘したり、されば此の邊の獵師、朝山夕山に獵獲する獣の皮を晒しておくに出して賣られるとぞ、お六櫛は、岐岨山中の名物也、山間に田圃少なければ、かゝる諸器を製作して活業とせり、旅ゆく人これを求めて家裹とせり、又此の上のかたに千足原と云ふ郊原あり、昔義仲のぬし多く馬を飼せし所也とぞ、此邊なる昔みちつれなるをとこ、病煩いさく便なけれハ、里人をかたらひて便輿ようのものし、大那木、小桜沢、片平、若神子中畑、柿木村なんといふ山里を、志きりにいそき舁走らして、勢川の駅に来にけれハ、やうやく大和屋といふ客店に宿りぬ。あるじハ市中の販食人なりしかとて、その妻のをんなかいかいしく、莚の塵をうち拂ひ、病人を娯ましなとしつゝ、粥を煎じ是をすゝめてはへらるといふハ、是しハおよひハきつくにあかしさえん。

またの日二十一日ハ、病人を守りていつゝつにながく見そなへしぬ。おの邊田畑をそく歩けれハ、米大小豆なとハ、松本より買ひとりて日用とせて、山中の家ハ皆板葺にて、石を多く壓に置ばかり。風いと烈しきところ地方なれハ、壁ハ土をもてせて、都て板壁也。又竹と茶ハなし。桶の箍ハ藤蔓を用ひ、ほし物とりけ直るに、松の三寸角を用ひつり也。

二十二日、有明の月の入るにに、勢川の宿りを立出しより、志きりに路次をいそきつゝ、奈良井に来りけり。此あたりの民居、諸器を製造して業とし、かくかのく四方に鬻く。これを白木細工といふ。鳥居嶺は、奈良井と藪原の間（アハヒ）にあり。駅路、坂嶮しくて馬に乗らるしげに危絶所也。御嶽の鳥居ありしより名とせし。今は登り上下二十三町有り。昔武田信玄と木曽義康と闘戦ありし処也。其後天正年間、武田勝頼の沙汰として、今福筑前守なとを成らしむ。信長公、木曽を資けられしかば、木曽左馬頭義昌、此鳥井嶺に馳向ひて戦ひしが、竟に勝利を得て甲州勢を多く討捕りし所也。是より藪原の駅に赴くに、雨さへいたく降出て、嵐もさむしく吹起りしに、旅衣の薄袂に、夏なれど寒くかなしかりけり。なかにも松蔭なる岩が根に湧出る水のいと清くすみたるその傍に石碑あり。文に云、往古木曽義仲公鎮守、南

宮神社之御手洗也、唱来廢年歴久矣、歎之今新造
立石船者也、
ばより徳音寺橋（徳音寺門前に在り 長サ十八間許）を渡り、往還橋、長サ十二間木を以て橋とす、荻曽川を
過て山吹山、（駅の北にあり、義仲の妾山吹の住みし所也といふ）巴御前の墓蹟、駅の北にあり、今井四郎兼平館、
駅の東、樋口二郎兼光館、駅の南、是れらの古蹟など左右に見て、南宮の神社に詣で、
義仲の城地ハいつくなるらんと思ひつゝ、路の傍なる草庵に立寄て問ふに、年老たる
尼出きて、ふもとしハ此なん木曽義仲の城蹟なる、此邊（邊）の池ハかの此の城の
塹（おり）之、前面の社ハ八幡宮なる、仁安元年木曽二郎義仲此神前にて
元服しのひおしかなと傳へ侍ると答へしか、かゝる山中なれと、心あるあまといひ、流石なといひしと
あはれに覚えしか、暫くたつをも忘らく、みち（道）をいそくに、雨も頻りなれハ、歩みかねしかハ、

稍宮の越を經て、上田村を過る程に、農夫と見えて年老たる男一人、道つれに
なりしかハ、山の名、里の風俗なとを尋問けるに、此翁の云やう、此村に孫右衛門と云
民ありしか、その宅なりしか、今も酒を飲む折、崩殿と唱て先ツ酒を献し、志りせされハ
殃あり、村民いよいよ是を畏るなり、むかし義仲、しはらくに潜居ありしとそ、村民その徳を
尊崇なし、又此所ハ中三権頭兼遠か住し所なりて、その家蹟、今ハ田園になりぬ、
其林中に一樹の古松あり、土民呼て義仲の元服松といふ、昔の松ハ枯て、今あるハ
栽續たるなり、又左に見ゆるハ駒ケ嶽にて、野上山より高地と数千仞、数峯連
續てしらくゝ、その峰の頂上に石ありて、形駒の如し、故に名とはいへりとかくて、義康の城
蹟を右に見て、龍源山長福寺 木曾源太郎豊方の創建なりて、開山ハ笠隠和尚也、境内に観音堂、鐘楼あり、乗鞍二具
あり、當寺の什物也と云、を礼拝し、又萬松山興福寺に詣て、當寺ハ嘉吉年間木曾式部少輔信通の創建也、什物に

義仲及家臣四天王と称する者の画像三幅、大夫坊覚明の書一幅、其の餘なか数品ありとそ、翁又いふ、當山毎年七月十四日十五日両日、土民根井山に登りて薪を積ミ、文字のかたちに成して焼火を洛外の大の字の如し、又大炬火を負ひて竿ノ頭(サキ)に布を附け、鉦を鳴らし鼓を打て寺内を遶るなれと布引といふ、其は信道の菩提として盂蘭盆會の遺意なと種々の物語せしに慰められて、福嶋の関隘を越る程に、案内人ハ、ね人なる道を諭へて、脇道に入りぬ、かくて又半道ばかりゆく程に、奇巌崔嵬として、岐蘇川の流れをやゝ、川邉(邊)の岩多く形り立て、奇々妙々なる、造化天然の風景眇ふかし、河瀬を下る舟を見れハ、とぶやうにして射る箭の如く、狂浪奔波嵒に堰れて、百千の雷霆(イカツチ)のかしとけまぬ勢ひに似たり、その殊に深き所を鬼か淵といふ、ここに一石あり、土民云、其の石水に随ふて高低なし、曽テ沈没せす、名にけり浮石といふをこえて、御嶽の鳥居ハ、駅路の鳥居村にあり、御嶽川ハ、福嶋の下に別に西の方より大きなる川流れ出る谷あり、薮原の方より流るゝ木曽の本谷より水多し、其谷の奥ハ、良材許多有、福嶋より其溪の川上ハ十里許なるべし、此河の流によりて材木を出せり、木曽の御嶽ハ、駒ヶ嶽より高うして、且大きなる山也、西北にあれバ常に雪多くし、亭皐月の末にいたるまで雪なを多く見えたり、本溪川と御嶽川とおち合るれバ、合渡と名つけたり、木曽の掛橋ハ、驛路の中にあり、昔ハ山路険難にして、旅人ひとしく苦めり、慶安元年、尾州敬君より有司に命して、桟道を架しめ玉ひ、長サ五十六間、横幅三間四尺、又寛保年間、同郡君有司して、左右より石垣を築上ヶの方と、数十丈にして桟道を除せらる、今ハ往来安寧にて、これを波許橋といふ、長サ纔に三間許、聊も危きことなし。

橋の下なる石に銘あり、此石垣慶安元戊子年六月良辰成就焉畢、
又寛保元年辛酉十月吉辰と勒しけり、これらをみて上松の駅に来れ
けり、駅の入口新茶屋とて纔に両三店、蕨餅を鬻きて名物とも、此中に在、
駅中なる白木屋てふ旅舎にやどりぬ、
廿三日、今朝も雨ハなかなかに降る程に、軒端ハ雲霧に閉られ、嶺の松風音
さへ侘しく、いとものうき旅路の艱難思ひやるべし、かくてもあるべきにあらされハ、屋とり
宿りを出て行に、さみだれのをやみもなく降つゞきぬる雨ハいよいよまさりぬ、袂をしほり
つゝも、蓑笠もいと重く覚ゆるに、道ハ石高く、風吹あれて、靡き偃せる夏草に
裳を遮られ、雨滋くしてみちすがらあへぎつゝやゝ寝覚の床にいたりて、まつ此
処に憩ふに女共ハ、蕎麦切とかく出しすゝめけり、座りてうち喫ふに味ひいと

よけに名物といひつへしたゝめ果るかたへの傍なる臨川寺にまゐてぬ本尊ハ釋迦牟尼佛なりし又辯才天の祠あり方丈の庭中よりハ直下に見下せハ木曽河の汀に大きなる巖ありて河に莅ミあり長サ四十間横幅十間ありとそ是を称する処の床といふ高き所に傍にかかる祠あり辯才天を祭れり低く平かなる処を見るに床といふ其岩ハ闊の如くなるものいへるといふを志るしてそかいへる紙ハ皆ひらなり又東の方ハ河原の如く見えたり大石之さハれ水ハあまて西ハ木曽川の流れ之寝覚の床ハ西のかた木曽川かのそみたり其石岸屏風を建たるかことし向ひにも大巖あり両岸の間水のなかれ幅わつかに二間或ハ三間にも足らす瀬あり山賤ハ綱を引亘して此河を渡るとそいふなる両岸の川下ハ長サ五十間ばかりあり水の落口を上﨟といふ河中に板石といふひとつの石あり又川

向ひなる大嵓の上に三ッの穴あり、其中にも大きなるを大釜といふ、ちいさきものハ二ッあり、是を小釜といふ、前面に屏風岩と唱る、屏風を建てる如きもの岩あり、其下にたゝみ岩といふ、畳席を敷たる如きもの岩あり、又烏帽子岩といふあり、いつれもそのかたちの似たるをもて名とせり、其前なる川のなかに平岩あり、又其うへに甑岩有り、平岩の上に黒岩あり、此の黒岩を象岩と唱ふ、川の向ひなる山に、檜樅栂松なとの生けてあひ〱いと繁りし、木曽川の流れハいと狭けれハ、瀧なす水のみな岩に落る音かとろ〱しきかんた目くるめく心地せられ、此所の勝景ハいやましにて、奇絶のありさまにあり、其の風景を眼に見れとも具に腹に貯へかたく、志るしつけんと欲するに、短き言葉に述易からす、書くをもはゝし、浦嶋の子の釣を垂れし処とて、縁起を板に記して掲あ

まことゝもぞら取るにも足らざりける俗説なることゝ予が言をまじへけり。かくて
こゝを立去りてなぎそ川橋（木曽川に渡したり。長サ十五間、南北に岸をかけて中に橋杭なし。此所殊に急流なり）を渡
りて小野村なる小野の瀑布泉を見るに、此の瀑布泉は巌を伝ひて
落ちて、さながら布を曝せるに似たり。高サ三丈許、直下に木曽川に落るなり。
傍に石像の不動尊を安置せし、奇景なり。是よりして荻原からら村、
むかし下宮の堂、溝落、倉本、立町、番場村をうち過るに、番場村に溪
川橋あり。南村、木村にも溪川の流れに橋あり。松村、大渕村は木曽川の
大渕とて其深きを測るべからず。是より小澤村を経て須原に到る。浄
戒山定勝寺は驛の西の端にあり。本尊は釋迦如来、開山は香林和尚、
木曽義仲十一代の後裔木曽右京大夫親豊の本願にて法名を定

解按起句恐
有脱字当作
詩有奥、

勝寺殿といへり、ふるくは寺号とも、十王堂、鐘楼あり、鐘の銘に云、山色登楼
詩興千鈞大器響珍重群生試聴斜窓ノ暁夢ハ醒声々百
八鐘、　天文十八癸酉王林聖賛誌
近年住持慧章、其鐘の破壊を補ひて、大鐘を鋳つ、什物種々をさめ
つかとそ、須原を過て伊奈川橋をわたり、見端村より犬嶋村なる今井四
郎か城址を見て、田中村平澤村を経つゝ桟橋をわたり、弓矢村なる古
関を見て、中嶋の岩上にましませる辨才天を遥拝し、長野村なる天長院な
ます、且木曽の大河を見つゝ、野尻の駅にいたるきのふより降たる雨をやみて
世にそ道のぬかりに足を運ひかねたる、草鞋に泥黏いと難義とし、馬駕籠し
なかりしかはまいそれぬとも此駅なる三文字屋てふ客舎にやとりぬ、

二十四日、けふの暁ハ五月雨名残もなく晴亘りぬれハ、今しの出て日のかゝやき昇るころ
宿を立出て、芝山下在家なとハうち過坂を登り越れハ、十二柄村より駒ヶ山嶽鮮に
見ゆ、四時雪を峯に戴きたる風色斜ならす、かくて尾越より中柄村とよふ、
皆掛村 清水村を経つゝ、坂羅天阪をうち越て三富野といへる木曽路ゝ、
谷ふかしなる深山幽谷ふかくして、岨を傳ひゆく嶮路多く、就中野尻より三富野迄、
二里の間 極めて危き路也、此間右のかたハ數十間いと深き木曽川ながれて、道の
陝き処にハ、木を伐わたし置並へて、藤かつらもて結ひとめつゝ、街道陝きをおき
なき也、又左ハ遥に山こそ、その光景屏風を建てるごとくなるぞ、中より大岩さし出て
路を遮る、此間に桟橋多くありて、いつれも川に架るにあらす、岨路の絶たる処を渡
さん為也、かくれハ又山の尾崎を遶りて谷口に入ましハ、又元の尾崎を続る処多くあり、

そり谷ハ道ニ横はり、木曽の本谷ニ落谷ニかけたる橋なれハ危さ甚し、此を
よ猶りさて、尋る古歌の心も志られける、此の険岨を又遥ニゆく程ニ、和合ニ来ぬ
けり、此里なる酒舗にて売る猿酒を出せり、予ハ下戸なれハ与へしかと、合渡ニ出て、烏帽子
岩兜岩なといふ岩巌あり、此より奥なさに鯉岩とて、形の鯉ニ似たるもあり、その向ひニ
木曽義昌の城蹟あり、又駅の南の道の橋ニ、雌雄の瀑布泉あり、雄ハ左、雌ハ右、木
曽小八竹なし、唯此駅よりとを竹林あり、是より馬籠をよぢりて、大嶋なるを見
かけ橋を渡り、馬籠山巓をそら越て、馬籠の駅を出はなれは、信濃の界橋
あり、是より程なく落谷ニ到れハ、落谷五郎か城趾、石垣のみこそのこれ、なをなか歩を
いそかして与坂なの坂をそら越、茄村より中津川ニ来つ、此駅を過りあまん
場を経て、小伊勢塔村ニ到れハ八幡の社あり、坂奈なとの川むらなし沢村を

よれハ石塔村ニ根津甚平の塚あり此邊より夕立雨ニおそハれて梅宿のあるじ
家を走る程ニぜさんもあらしいそけしと秀句して大井駅なる橋本屋を宿としぬ
二十五日横雲のたなひく比宿りを出て大井橋を渡る程ニ朝日かゝやく水の面
きらくとして五月雨のちゞめつらふしいとさわやかなり北曙へなかけハ中野村ニ西行の
硯池ありおなしあたりニ五輪の石塔婆ありこれも西行の塚也と云七本松なる両堤の
ほとりニハ虫の声澄わたりて景色殊ニ絶妙なり又巻金村山中ニ石
燈篭を建たる所あり尾張の名古屋へ赴く人の見る道也ここも是より入りて
野を越山を踰てやゝ行く内津（ウツツ）ニいたれり此ほとりなる谷戸村ニ安藤高建
といふ醫師（クスシ）ありその庭ニ松と楓の巨樹あり楓の高サ壹丈書院の方ニ出し一枝十

原稿　細書　十行十四頁　今
存する者わつかに盡く惜むへし

蓑笠漁隠云、琴嶺ヵ此日記を稿せしハおなし年の秋長月のことなりけり、
當時是を予に呈閲して、かつ綴りてハいそきぬれハいと長くてハ、見れなハあきるへし
煩しかりぬ思召もへしといひて唯黄を施し給ひね、ゆさとして随ひて改めひ稿を
續まくわらしなハ、いとまあらん折をもえちへと請ひしかハ、予閲せると両三遍の
後琴嶺を召てよひ出すものの日記ハおもろ紀なあれねとも岐岨路にも名所圖會
といふものあれハ人の知りぬることを、詳にせんハ要なし、汝ハ歌をよまねとも、おくまさく
詩の一首もなけれハ、道中記といふものに似たり、逆旅十五日のあはひにハ、拙くとも
からうく五六首ハあるへし、文の巧拙ハ姑くおきぬて、とにかくのあハぬ処、自他のくちひある
をりハ、假名のちかへるハ、都て雌黄を施しぬ、なほ文饒りて見せよかしと諭して
稿本を還しゝに、かくて次の年の春にやありけん、日記ハいつか見せよやと催促

せしは教諭に従ひまつりて先侍りなせんと思ひけるに日毎に諸先生の
講書を聴に出ありしけれハ暇なくてなど答へしか久しくなるまゝ稿なるを
見もかくて戊寅の年の秋神田へ別居なしより醫業に筆とる暇なかりけれハとかく
ある程に五六年を歴て痼癖しく發りしより以来眼翳（カス）みに腕ふるへて執
筆不便になりしかハ竟に稿を續さるなめりかしと知へハ當初（ソノハジメ）にかくといひしを
むなしく彼りまかく緩しせんに傷しかるをしさけりと思へハ遺憾涯りなさに

是まてハそかぬ鳥の跡ならし来しかくてまハねにそなら侍し
年ふけて夢かとおもへとなき人の筆のをりきうてありけり

かく詠めるにもなほをしけくていとく慰めつりけるまきの小琴山嶺ゥ所蔵の方書
の蟬を拂ひぬる折まいと夏紀畳紙に披めるものあるを見出さうち開けて

彼が尚総角の比、抄録しぬる算術の書二三冊と、半紙二十枚ばかり、長く横綴にしたる、旅中耳底歴、文化十二年乙亥五月吉日、江戸瀧澤と左右三行に、書皮に題しあり、展て閲するに、五月十二日に江戸をかしまだちせしより、七月十八日家にかへり来ぬるまで、日毎のあらまし書きて、俗にいふ当時の手ひかえ日記ハなれども、綴りしなめりと察せらる、かゝれば事皆省略にて、ちんぷり文をなさぬものならねど、その大概を見るに足れり、料らず是に慰められし、親の歎ひなるべし、抑吾かの記録は、人に示さんとにもあらず、孫等が為にとてもあらねば、五月二十五日の條下より、彼が耳底歴を謄寫して、僅に全書となしぬるに、その中に、彼すら知らざる記臆にハ備へ（けあおくわすれたる）しもあるを、推量せずて筆削せしを、有つるまゝにうつせしを左の如し、太郎等後に是を見ハ、又原本と比校して、予が筆の足らざりしも、數

ゟりしを思ひぬかし、琴山翁ヵ自筆の原本ハ極めて細書ゟて、半紙の横本ニ、
半頁四十行或ハ四十行餘あり、真名ニ片假名をまじへさるをもつ
ニハひがゝるニも、名所舊迹神社佛閣ハこれをもて古書を考正して上ニ謄録
具ニあるさんと思ひしなるん、但原本ニ誤脱あるハ聊改正ためるのミ、
せし、尾張なる内津の谷戸村安藤尚建の庭ル巨樹をとくらりハ、文を
續くニ足ゕり是ニよりて彼條下より ぬらひ録セ、

旅中耳底歴

二十五日云云、楓ハ高サ壹丈、書院の方へ出し一枝十さしまさ前書の稿本ニあり 三
間餘、幹者庭门の脇ニありて、庵前ニ出ッ、左の方庭门を掩ふ枝、二三
尺なるへし、又松の高サ壹丈五尺、左右へわゞかる枝十间ゟかり、枝より地ニ至て
三间、古の両巨樹ゟて、庵をとり巻る光景甚妙也、但し庭前ハ、楓一株のミ、
松ハその傍ニあり〇内津の入口ニ妙見の社あり、奥の院まて七町いと美しき社なり、

此ところ、煎茶を出して売ともに、江戸筋違御門外なる茶店尾張屋にて内津茶を数
種取寄せ、家嚴ハ内津茶を嗜ミ給へハ、買とりてまゐらせんやとおもひしかとも、なかなかそ
遥なれハ荷にならんことを厭ハるれハ、買もあらぬ。○むかし野間の内海といひしハ、此内津なる欤
それ故老にとはぬへく地図と古書とを考合して後にさだむへし。今宵ハ内津なる中嶋屋
を宿とせし。大暑。
二十六日、晴。巳時より雨。卯時に内津の宿を立出て、巳下刻名古屋の書賈
永楽屋東四郎を訪ひて、家嚴の口状を述傳へ、留めらるゝを辞し去て、粟殿森の
香之物を一覧せし。此由来及画図ハ、昌泉に家君之筆記有之、故ニ略之。今
日ハ冷気に従ふ。是上へ八町許ニて又萱藪に香之物あり、地名を中加井壽村
と云、聊なる森の内に瓶を埋め、そのめくりに石をたゝみ、方に縁を入れしとか。瓶ハ半分

土中より顕れより埋めさま極めて浅かり。祠の覆ひハ禿祠（ホコラ）のごとく、一間四方ニ
柱を建てゝ、屋根ハ萱葺之、状形粟殿森の香之物の覆ひニ同じ。根本ハ
粟殿の森にて、弱ハ別れ之と云。粟殿森の香之物ハ桶のごとく居風爐桶の
如し。祠ハ損じて傍ニあり。自此一町許下ニ、藤姫の石塔あり。此両所ハ縁起
有之故ニ由来を志るさぬ。今夜酉時ごろニ、津嶋なる山口屋ニ旅店を宿とせし
二十七日。晴なり。今朝ハ牛頭天王の神社へ参詣せし。大社也。此神の祭礼管ハ
暑衰ニ家君の筆記あれハ略せし。但し祭祀の後日、十六日の夜ハ、町内ニ燈燭を
点ずる事を禁せし。夜中三度役人巡歴して、火氣を警しと嚴密之、
今後神輿巡幸せしの折民舎ニ火氣見ゆれハ、白凡を投入ての家必
疫を患ひて、悉死せしと云。今日左屋なる加藤五左衛つを訪ニ、十四年前

家厳遊歴の折相識之、此の人ハ老実にて、家厳を景慕の餘り、歎待殊ニ深かりき、且別ニ舩を艤（ヨソヒ）て送る、舩賃四百文のよしなれを辞して一銭も受られす、かゝる浦ニ到りても、親の光りなり、忝けなのハあらしと思ふもおろかなる〈下〉舩ハ己の下刻桑名ニつきぬ、今夜酉ノ刻神戸驛なる和泉屋を宿と定、二十八日晴、今朝辰時宿を立出て、白子山観世音へ参詣す、大寺之、本堂の左のかたニ不断桜あり、大木也○上野驛ニ、弘法の加持水とて池あり、一間ニ四尺許なるく、周囲（メグリ）ハ石をもて甃り、正面ニ弘法の小堂あり○上野と津の間ニ右へ入る小径（コミチ）あり、一身田へ半道たりき、本堂ハ善光寺ニ同し、左ニ社あり、本堂より四五間少方堂之、此の条誤脱あるへし、解しかたり、○岩田橋より下五町許ニ観音の堂あり左の方ニ国府阿弥陀あり山を蓬来と号し、寺を大宝院と云ふ大寺之〇申時夕立大雷、同時に山崎平八に別れて、平八ハ岩田町なる川喜太玄昌を訪ふ、この人もとハ江戸芝神明前なる書肆、和泉屋市兵衛か実家の弟之と云、こゝハ泉市の紹介にありて、こゝを宿とせ、玄昌夫婦ねんごろにもてなさる、山崎ハ馬場屋敷なる、三上五助か宿とせ、平八か津の家中に所要ありと云へハ、予も両三日逗留せ、今日も大暑之、日暮より冷氣、

二十九日、晴、玄昌か宅に逗留せ、この日阿漕塚を観る、この町より四五町左へ入れハ、件の塚あり、塚上に榎の老樹あり、大サ五間余り周廻と云、傍に阿漕の舟塚あり、松一株を植たり、平地より少許高し、昔より俗説あれとも、こゝろ得かたきなり〇未時夕立大雷〇川喜太玄昌か師ハ、荻野河内守源徳輿（與欤）、字ハ伯益、号鳩峯、今ハ古人になりぬと云、よりて京師留学の束脩を同門に、月毎に銀二十

銭を師家ヨ入用等の餘、七夕歳暮ヨ金弐百疋以て之、但しかのひハ百疋ありとて、○今日晴 天炎暑甚し、

六月朔晴、今朝出立せんとかねて山青堂ヵ約束したれハ、従僕平助迎ニ来る、よりて玄昌ヵ家を辞し去て、三上五助の宿所へ赴く程ニ、門弟丹羽道達送らる、道達ハ、朝明郡川北村醫師周伯の次男之○今朝玄昌宅へ、同所山本健齋来訪、予對面せ○今日大暑○道達號敬齋等の人送別の詩あり、　僻地尋来一俊人、相逢相遇毎ニ相親、何愁萬里經年別、聞道天涯若比隣、予ハ既ニ主人ニ辞し去んとせしか、草鞋をなく折なれハ、和韻ニ及ハす○玄昌送別ニ手巾二條と平安人物志を賜ふ○山青堂所要いまた調ハすとて、又逗留せ○廿日

晡時（ナツコロ）より藤堂家朝鮮陣の折の軍船を見せける、凡八百石積也、申の下刻
宿を轉して、客店山口屋へ迎へける○先月廿六日、名古屋より定飛脚に
就て、江戸へ消息をまゐらせて、二親に無異を告なりぬ、廿六日の条下に漏し、これハ追てかきにまゐらせ、
二日、晴、今日も逗留、五助方より書状を出せ、山崎へ所要によりて、又三日
無益の地に留めらる、歎息せへし○當町なる書肆山形屋伊兵衛を訪ひけるに、
奇書を求するにさせる物なし、家君の命によりて之、即刻山形屋より男もて菓
子一包贈らる、以上二日逗留の宿賃ハ津の家中前田平藏へ用也、大暑、
三日、晴、辰時宿を立出て、烏大明神へ参詣し、藤枝より路を横切りて、
殿村店へ立寄するに、主人ハ他出のよしにて、手代對面せて、殿村氏ハ本居のハ弟子にて、
三枝と號せて、俗稱佐五平 家君の友之、さする要事なけれハ、速に辭しまいて、申の下刻山田

妙見町なり客店、藤屋利平を宿とせし、日暮て佳木を訪ふて、對面せし、佳木ハ、
俗稱山原七左衛門と云、山田の町人、萬金丹賣店の隠居にて、家君と相
識素より風流の老人也、今日も大暑、
四日、晴、辰時宿を立出て内宮へ参詣し、めくりて拝て奉りぬ、此よりして朝
熊岳へ登陟せし、内宮より十八町にて、楠峠に到れり、是より二見浦を直ミ
下（ヲロ）せる、義盛の座鋪跡、手植の古松、伊勢の海、木間二町屋、岩巌石連りて
奇々妙々実に絶えし好景也、此の山の半腹に、弘法の夢想水とて小井あり、上に
大師堂あり、登る事五十五町にて、辨天の社あり、本社ハ六十町目也、萬金
丹ハ本社より二三町こなたにあり、山田にあるハ岐店なるべし○二見ハ是より二里也、
地圖別に有之、此濱にて、沐浴祓禊して、両宮を拝てなる、申の下刻藤

屋へかへりぬ、

五日、今日も朝より晴たり、辰の時に宿を出て、天の岩戸に参詣して、山を登る事八町ばかり岩戸あり、又下る事八町ばかりにて、外宮へ参詣しぬれば、此の日晴天なりければ道の煩ひなく参宮の宿望を果せり、実に　家君の恩徳と有がたく祈念しまゐらせぬ○今朝宿を出る折、佳木より冰草をおくる、家厳に見せなんとて也、又まへには萬金丹と紙一折を餞別にとて、弟と平八とへ両人に贈られければ、此の日申の下刻、松坂まで立のびて、大和屋を宿とせし○今夜殿村店へ荷物一荷を頼みて遣しぬ、　暑し、　是より大和路へ入るなれば、弟は南都を歴覧せんといひしに、山書堂従ひけれど、弟は彼の故ありて、津に四五日柳留せられて、詮益の日をおくりしよりも南都に到るとも、いかなる日をか費すべしとて、大和を遊歴して、奈良まで

又此ハ櫃を抱きて珠を忘るゝに似たり只せくへしとて薦めしかとも、山吉堂強情にして
うけひかねは、遂に恨深りなれとも彼ハ先輩、我ハ弱冠、主客の勢ひなれはあらそひも、且暑表に
家を辞し去り、折家君の教訓さへあれハ心ならすも論し得て、竟にかの意に任し
出たれ、是そこの旅中第一の不幸なり、

六日、朝より晴たり、寅時に宿を立出て、いそく程に、八太駅にて天ハ明けりかくて
今日夕つかた青山峠を越るにあり、雨にあひて難義なりけれハ、径（タヽナ）に伊勢茶屋の
旅舎につきぬ、山の間只この一軒あるのみ、大暑、

七日、晴、巳時小雨、申時に又晴たり、今日酉の時に初瀬の山城屋を宿とせし、
○あふ野、此の処に御丈ケ五丈四寸の石佛あり、弥勒之山岩の高サ九丈五尺と云、
下に弘法堂あり○七見峠、甚急也、名物なハ餅あり、今日小冷、

解云、古の折
是武峯、及
天の川の辯天
へもまゐりしと
聞しか、古の耳
底歴に見え
ざれ、書もらしかせ
し、なるへし、

八日、雨、今朝初瀬山へ参詣して、縁起絵図別ニ有之、山峯より四里ほとて、
吉野川の流れあり、石川にて水ハ浅けり、此流しにて入て沐浴祓禊して登山せし、
吉野へ一里登り口に小阪あり、四町許之、櫻の古木四方に満々たり、花の比ニ来
まりしを送嘁とせし、上へ七町許にて吉水院へ参詣せし、則宝物を見し目録
別ニ有之、庭上ニ義経の馬の足跡、弁慶の力針ありてその形を残せり、力
針ハ生石にて、小穴の跡あり、駒の足跡ハ庭の岩の山の左ゝりをしはに下より四五
尺上に蹄の跡あり○行場ハ吉野山中の社口（なくさ）銅の鳥居あり、申の中刻、
吉野なる村安太夫の宅を宿とせし○吉野川の御歌とて人のうたをうたけれハ、
父母にわかくりちきる草こゝろも今めに捨るよしの川上かゝる俗歌も時に
取りてハ殊勝に覚ゆ、観音札所順礼歌の亜流なるへし、今日冷気、

九日、大雨、今夜子の下刻、吉野の宿りを立出て、大峯へ登陟せし、銅の鳥居より
山上峯まて五十町一里、それより七里あり、甚険岨の深山にて、四里登りて、大天井と唱る処
あり、又十町許に小天井あり、四五町の立岩の、此まて行場六七ケ所あり、峰
より一里許下に、岩の高サ十丈許なるあり、鐘掛是也、むつに登るに足定らず、
剛力に扶けられて登り果て見れは、役行者の銅像あり、見下せは雲深く谷
底は見えず、是より外に御堂の上に十八ケ所の行場有りといへど難所にて、短紙筆に尽しかたし、あら
も東西の閾（ノゾキ）は下の極りを知らず、不動なるありといへとも見えず○此山に八百八ケの
使者なれり、四月の護摩の折には悉出ると云○下向の折、峯より一町許下
まさく、飛天の羽音をなすに似、実に怕るへ、此山之役行者の作像は処々に多し、申
時より晴、今夜酉の時に辻村の宿所に還りぬ、大冷甚し、

廿五

十日、晴、後醍醐天皇の宮陵（こせき）を拝ミたる、画図有之〇六田久右衛門の宅へ
立寄りて対面せり、申の下刻ニ加不路駅ニ到りて、玉屋といふ旅舎を宿とす、大暑、
今日も終日吉野ニ逗留してありし処々を歴覧せハ、遂懐なりしを、山崎か与えて
さと急く故ニ多くハ遺しすなそ恨ミなれ、旅ハみちつれ世ハなさけと世の諺ニいふめれと、
かかる悪友ニ伴れしハ、なかなかに吾不幸也、彼か江戸ニ在てハ家厳ニもらけひし言と多く齟
齬せし彼レ江戸ニ在りし日ハいと親切なりけるか、旅ニ至て薄情なとてかくの如くなるや、人の心
術ハ面のいと義悪ニもてしも、出の日の患難、孰の時かに忘れん、忘れても怕るへきハ人の
心なりけり、

十一日、晴、辰の時ニ宿を立出て、ゆめかふろの駅界ニ外道の肉室の塚といふ
ものあり、五輪の石塔也、信しかたし、それより高野山へ三里也、巳時蓮花往生院へ詣て、

小塔を建立す、家臣厳の命によりて之、是より奥の院へ参詣す、明智光秀の塔
あり、石面の文字磨滅して分明ならず、久田又三郎□□□寛永十六
年月十三日等の数字ある其の餘は讀めず、繪図有之、今夜酉時、橋本峠
なる、河内屋といふ旅舎を宿とす、大暑、
十二日、今日も朝より晴たり、卯時に宿を立去りて、申の下刻に堺に到れり、今
宵は薩摩屋といふ旅店を宿とす、大暑、
十三日、朝より晴天、辰時に宿を出つ、驛内なる大寺にて、阿（河）州葛井寺の観
音開帳あり、此邊第一の大寺にて神社あり、三村大明神是也○妙國寺なる
蘇鐵を観る、繪図有之、又難波屋の松を観る、茶店にて平兵衛と云○住
吉大明神へ参詣す、宮社尤壯麗にて毎年三月八日本社の傍右の方なる

卅六

石の舞臺ありて神樂あり○高燈篭より八町許下の濱にあり横五間二尺
高サ十二間四尺○新家地名に士手あり半町許の間に松五六十株あり
岸の姫松是なり○天下茶屋ハ庭に茶亭あり豊太閤の休息所舊跡也
その前に御茶の水と云井あり蓋をして上に石を置たり恵水といふ二字の木牌
あり其の家ハ秀吉公の時玄米三拾俵の御朱印ありしが後に至て大火の折焼けたり
と云○天王寺の邊に茶臼山あり大阪御陣の折　御陣所なりしハ世の人の
知る所也其のめぐりハ小川也山ハ一个年に一度ひらきて参詣の諸人に入ることを許す其の
餘の日ハ拝見をゆるさず○天王寺へ参詣せし佛閣都て綺麗也亀井あり
亀の半身石垣より顕れて口より水流れ出つ又龍井戸といふあり井の屋根の裏の
天井に画る龍ありその画龍水にうつる甚妙也山の図ハ別に有之さらに京浪花の

るゆハ、世の人知まりめつらしけなけれとも、巡歴の序次をもりて、姑く遺忘に備るのミ。

なるの日巳時、日本橋なる河内屋又六店にて支度して、心斎橋筋の書林河内屋太助を訪ひぬ。右の河太ハ家君の編述ある朝夷巡嶋記の板元なれとも、此度ハ山青堂よ由てせといそかれて、申の下刻京都へ出船す。

十四日、朝より晴たり。辰時船果て伏見に到り、巳時京に入て、四條通りにて祇園會の山鉾を見物せしまんや方揖鉦多し。帛ハ綾錦にて、いとうるはし。かくて三條木屋町なる客店和泉屋与四郎を訪ひしに、折から主人宿所にあらさりしかば、和泉屋ハ、十四年前、家君の旅宿なりし由縁あれハ、坐席をと借りて逗留せまく思ひしに、當日ハ空坐席（アキザシキ）なしといふなるの故に、同町なる伊東又右衛門の坐席を借りて旅宿と定む。今宵飛脚便りに就て、江戸へ書状をまゐらせにき。終日大暑にて堪かたかり。

琴嶺云原本にハ家君の二字毎必闕字あり今謄写に及ひてハ悉くせさゞれ稀にハ原本のまゝに録してその親を敬ひしあとの等閑ならざりしを知らしむ

○京浪花なる男女の髪風俗ハ、家君の西覊旅漫録ニ詳也、されハ稍久しく経ぬれハ、聊かハりたるもあらむ、そをあぐるも無益ニ似たれハ、今亦贅せず、

十五日、朝より晴たり、四條高倉日野屋八郎兵衛を訪ふて對面せらる、此の人の故郷ハ伊勢の松坂なる、殿村佐五平の庶弟、吾家君と相識なる風流の才子なり、

○一文字屋新右衛門を訪ひしに隠居ハ去々年の冬、十二月物故せしといふ、子息ハ不風流なる人也○四條通浮橋の角に、大神宮あり、其上のかたに、目病地蔵堂あり、

○祇園感神院といふ鳥居の額ハ、照高院道晃親王の書也、楼門あり、西の方に蘇民将来の社あり、北の裏路より出て、祇園林真葛か原をよぎり、智恩院に詣づ、浄土宗の惣本寺也、前殿巨大にして奥に綺麗なる佛殿、坐席あり、其の上にも中段又下にも桜多し、下の西に黄八桜あり、洛外ならくハ、

御室と此寺地尤よろし、花の頃ハさこそと想像せらるゝなれ、三間 脱字 三十三間堂歟 有、本
堂ノ辰巳、雨傘天井裏ニ一本あり、普請の折、何物とも知れず挿之と云、本
堂の南、高き処ニ大鐘あり、本堂の東なる石階ハ高し、登れハ一心院左右ニ
あり、恵成大師の傍、昇き処ニ骨堂あり、奥の院之と云○丸山ハ安養寺
と云、妻帯之、高き所ニ長楽寺あり、北也、山の下ニ辨天の社あり、左右皆
料理店之○長楽寺、山の上ニ将軍塚あり、小高き山岩塚之、桓武天皇
奈良京へ遷都の折、皇城の守護神として築せらる、昔天下兵乱あれハ鳴
動せしと云、人の知る所之○東本願寺の墓所ハ、東山下雙林寺のならびに
あり、殿舎壮麗之、骨堂の彫物ハ左甚五郎の作と云、虎石ハ韓戸の上ニ
在り○雙林寺ハ高臺寺の東、高き処ニあり、時宗之、長楽寺、丸山

卅八

同宗之堂の前ニ常盤の松あり、右の小高処ニ、神明の社あり○高臺
寺ハ大寺之、秀吉公及北政所の御廟あり、暉麗之、客殿の門ハ豊太閤の
建立と云、桐牡丹の紋あり、東西ニ胡枝花（ハギ）多く、丹楓（モミヂ）も少なし、下より北の
方ニ祇園への行道あり○青面金剛堂あり、庚申也○八坂の塔ハ法観寺と
云、五重塔也、此辺ニ茶店多くあり○霊山ハ時宗之、長嘯子の墓あり、坂を
東ニ登る左右ニ、僧坊多くあり、其上ニ本堂あり、国阿上人之、傍ニ鐘楼あり、
向ひニ方丈あり、高キ処ニ天照大神宮あり、此の山を鷲の尾山と称し、又国
阿山といふ、一町許登れハ稲荷の社あり、山を下りて辨天の社あり、正法寺と云
○三年坂ハ、祇園より（下脱字歟）少し道之、坂の角ニ、聖徳太子の宮社あり、少し上ニ
大日如来堂、辨天の社あり、又其上ニ子安観音塔（堂カ）あり、泰産寺と云、南側也、

○車宿り　馬駐、この二ヶ所ハ二王門（脱字カ 清水寺の二王門欤）の下ニあり、北ハ清水観音の
二王門、錺摩塚ハ坂の北之、右の上ニ弘法の足跡ありその北ニ成就院あり、田
村堂ニ木像あり、清水観音堂ハ南向之、前ハ崖（ガケ）作りの舞臺之、地主権現
堂ハ背（ウシロ）の高紀処ニあり、此の辺ニ桜多くり、盲目（メクラ）石、奥之院好景あり、
音羽山、音羽の瀧ちまて貝原翁の京都廻りニ詳之よつて今具ニせす、
地主の前なる拝殿の天井ニ画龍あり、古法眼の筆と云此龍瀑布の水を
飲こよ出るといふ俗説あり、寺内の画図有之○経書堂ハ、六波羅坂の
北側之○六波羅蜜寺ハ、本尊、中ハ観音、左ハ薬師、右ハ地蔵之堂内ニ
清盛の社ありその向ひニ後（衍カ）醍醐天皇第二の皇子開山空也上人姿見の
池あり、右のかたニ上人の堂あり、本堂の北ニ阿古屋の松あり、大門の外西ニ閻

卅九

摩堂あり〇愛宕之寺ハ六波羅の向ひ北側ニ本尊ハ観音、阿古屋の松ハ
本堂の西にありその傍に清盛の矢根門あり〇建仁寺ハ、五山之一也、南門の
内に摩利支天、并に坐禅堂ありその後に方丈あり、側に客殿あり、大
寺也、本堂の左に鐘樓あり、右終日悉歴覧参詣して酉時旅宿にかへる
十六日、晴、辰時宿所を出て佛光寺に詣ぬ、古の寺高倉に在り、真宗別
派の大寺也〇因幡薬師に詣ぬ、五條松原烏丸にあり〇五條の天神ハ
松原通りに在り〇本願寺ハ東門跡と称す、六條烏丸にあり〇西本願寺ハ
六條堀川にあり、西の唐門ハ、秀吉公の建立也〇遍照心院ハ、大通寺と
号せり、俗に尼寺と云、東寺の北也〇東寺ハ下京の西南に在り、真言宗
の大寺也、五重塔あり、常不開羅生門と云、然れとも昔の羅城門ハ皇城の

南大门之是ゟハあらさるへし、此寺の南の道ハ九條通りニ當れり○伏見稲荷
の旅所ハ東寺の東ニあり○加増観音ハ九條村ニあり○東福寺ハ
五山の一也、境内ニ萬壽寺あり、東福寺大门内通天橋のみちあり、
廻樓有り本堂廣大之傍ニ客殿臺所あり此材木ハ高麗の木之よしを
彫着てあり傍ニ韋駄天あり小社之本尊ハ釋迦如来大像之三门あり
西ニ坐禅堂あり貝原の京都めくりニ詳之合し考ふへし○五大堂不動ハ
東福寺の北也毘沙门天王ハそり下ニあり藤杜の社の旅所ハ一之橋ニあり
○泉涌寺より五六町おて夢橋あり都て貝原の京廻ニ詳之合し考ふ
へし○新熊野下ル所ニ熊野權現あり今熊野觀音ハ泉涌寺と
熊野の社の间ニあり○大佛の焼迹ニ秀吉公の塔あり五輪塔之傍ニ

カリ堂あり、十分一の大佛を安置せし、京廻に詳之、考ふへし○妙法院ゟ、
親王門跡之○智積院、京廻に詳ニ考ふへし○若宮八幡宮ハ、智積
院の北にあり○安井の宮大門の内に、天満宮、金毘羅あり○尊照院
本堂ハ、大師之○南禅寺、山門前、石の大燈篭一足のミあり、一足ハ、夜
中に名古屋へ飛去りしと云、曇華堂、阿弥陀如来、本堂のうしろに方
丈あり、寺中に子院多くあり、京めくりに詳ニ考ふへし○禅林院見返り本
尊の堂の前に、菩提樹の大木あり、聖衆来迎松、悲田梅、本堂を
永観堂といふ、傍に鐘楼あり、右の高き処に方丈あり○若一王子熊
野権現の社あり○光雲寺○鹿谷、京廻に詳ニ考ふへし、住蓮山安
楽寺、圓光大師本堂の北に、開山安楽寺坊塚あり、堂之傍、高き処に

官女松虫鈴虫法尼の塚あり○法念寺、摸阿育王塔宝篋印塔ハ、
天門の内にあり○萬無寺、佛殿いと綺麗之、山に近し如意に、清泉有○銀閣寺
の庭一覧せし、繪図有之、将軍義政を東山殿と号せし、當時建なりし銀閣
此あり、庭佳し閣ハ二階作り、東水堂茶室あり此上なる山にて、毎年七月大字の
火を点せし、京都廻りに詳し、合せ考ふへし○真如堂、本堂の前に三重塔并に、
地蔵堂あり、南に鐘楼、北に稲荷の社あり、堂の右なる墓所の入口に、奈須野
の原なる殺生石のごとく造立の地蔵あり、堂の東南に、善光寺の如来堂あり○紫
雲石ハ、西雲院にあり、本堂ハ、阿弥陀仏、南のかたに三重塔あり、内に文珠を安置
せり○黒谷、紫雲山金戒光明寺と云、本堂に大師、脇ハ熊谷之、浄土宗
の大寺、松あり、古木之堂の右のかたに客殿方丈あり、向ひに釈迦堂、南に阿弥

四十一

陀堂あり、又東の方ニ熊谷堂東南ニ圓光大師古墳あり、其前ニ敦盛熊谷
塚あり、右の方ハ熊谷入道蓮生法子塔といふ九字の五輪也、左の方ハ大夫敦
盛空顔璘荘大居士、元暦元甲辰年二月七日といふ廿一字あり、寺内尤廣大
なり○日本最初稲荷ハ紫雲山の北也○辨才天社内の連理の枝、軒端
の梅、雲水の古跡、和泉式部の歌塚ハ紫雲山の西也○吉田、百万遍
○聖護院之森、　頂妙寺、法花宗、　右悉京廻りニ詳なれハ略之、且く今考ふ
へし　件の神社佛閣終日巡拝歴覧し畢て、今夜酉の下刻旅宿ニ還りぬ、
百萬遍の辺ニ福塚東塚あり、平地より少し高し、松を栽て、縁起の書なけれハ
何人の塚なるや知れす、又百萬遍堂の右ニ釋迦堂左ニ阿弥陀堂あり、その前
ニ猫間の松といふ古木の松あり、堂のいまた建さりし時より有と云ふ、されとも猫間塚の由来を筆

に載るものを見て傳へ失ひたるにて後人傳會の説なるべし幸ひ見しゆへ記のこし
十七日朝より晴天辰の中刻宿を出る又処々を歴覧せし○誓願寺ハ寺町に
あり大寺也紅梅あり大木也此前面の東西を六角通りといふ○和泉式部の墓も
誓願寺の南誠心院の境内にあり○本能寺本堂の後に方丈あり傍に信
長公の塔あり摠見院贈大相國一品泰巌尊義と彫付てあり○三條上ル
処○革堂ハ寺町にあり觀音三十三所順礼札所の一なり○五霊八社大明
神ハ寺町にあり○相国寺ハ五山の一にして大寺也本堂の後に方丈あり前に蓮池
あり○一條通千本東へ入ル角鹿清蔵を訪ひて對面せし家厳と未見の友な
れハ也持明院流の手跡をよくして童蒙の師たり別に本業ある歟いまだきかず青木子
菴と号し又桃窠と称せし今日角鹿の案内にて禁裡御門内処々を拝見し

且便路の処々を見物セし、條覆寺、雨寶院、妙覚寺、妙蓮院、
本法寺、妙顧院、本隆寺本堂の前面に石の井あり、是曩歳失
火の折、此井ある故焼けざると名つけて千代之井と云、蓮舞院岩神也、
信教寺、七野春日大明神、皆上京也、七野社へ毎年春日山より角に
書簡を結ひ付する鹿々使に来る之諸要次第にて、三月五月、両月の内に
来ぬると云、角鹿氏の話之○舟岡山、此の傍なる山に左り大字あり、銀
閣寺の上の山なる大字ふりなると云○大徳寺、三門あり金毛閣といふ扁
額を掲ける閣あり、本堂の前面に祈禱堂あり、後面に方文あり、大
寺也、寺中に子院多くあり、此寺内真珠庵に一休の木像あり、甚妙作○
雲林院、大将軍○今宮大神宮本社の左に祇園あり、此堂の向ふにキ

圓石あり、此の石をかおゆいと思て手に取れハ軽し、憎しと思て取れハ重し、名つけて智慧の石と云○金閣寺の庭一覧せし、義満相国入道の木像活るか如し、鹿苑院太上天皇云云の位牌あり、実に嘆息すへし○金閣寺より三四町に鏡石あり、馬の駭く故に、焼てなくしると云○此より下向の道に不動あり、渡石あり、繪図あり、京都めくりに詳なれハ、都て畧之○天神の森ハ、金閣寺の向に見ゆ、○北野天満宮ハ一條通りにあり、大門の外に影向の松あり、傍に経堂あり、向に辯才天あり、願成就寺と云、貝原の京都めくりに併見すへし○将軍塚ハ北野の東にあり○三十番観音ハ北野下ノ森にあり○平野の社、仁徳天皇の宮社也、北野の後、加以津川の西にあり○妙心寺○兼好法師の塚、雙岳山長泉寺に在り、しかれとも兼好の示寂ハ外の地にあらせ○仁和寺

△等持院　△龍安寺、　大内山仁和寺北山△雙之岡、仁和寺の南へ、　光孝天皇の宮陵ハ仁和寺の西にあり○御室宮、　三門の内右のかたに五重塔あり○廣澤の池、　鳴瀧、　大澤の池、　名社瀑布の迹、いづれも京めぐりに詳なれハ略之、今夜ハ木屋町なる宿所に還りて、右歴覧し訖て、申の下刻釋迦堂前なる客店大阪屋に一宿して、十五日十六日十七日、右の三日ハ御導者（ミチシルヘノモノ）を傭（ヤト）ひ倶して歴覧の便りよせしが今晩まで御導者をかへしたりしも明日より巡歴中、余一人也

十八日、今日も朝より晴よりて辰時宿を立出て、愛宕山へ登階して、今日より案内の人なし、余一人也、下向に　往生院、　三寶寺、　二尊院、　小倉山、野宮、　天龍寺、　清凉寺、　大井川、　臨川寺、　渡月橋、　嵐山

戸灘瀬瀧、櫟谷、大悲閣、法輪寺、松尾、梅津長福寺、
梅宮、太秦、廣隆寺、木島、右悉歴覧参詣して、酉時木屋
町なる宿所にかへりぬ、今夜祇園行烈を見物せし〇上にしるせし所、益軒
先生の京巡りにも巡り給ひし件の書には、寺号院号古跡等詳なれバ、今此に
贅せず、帰東の日比校し合しおきて、補缺せんと思ふなり、
今日富氏上卯子来訪、汝見饅頭一箱を餽らる、予宿にあらされバ、空しく還れり、
十九日、晴、今朝より暑邪に感じて悪あり、故に休息せし、山崎平八予が炎暑
を犯して毎日処々を遊覧せしを嘲譲せし、彼ハ一貫堅之利と嗜慾の為に
あくされバ、動もすれバその余の志を知らんや、あひの遊歴に雅趣を甚しくもとめて等
困りて家にかへりて、家君のしかくの処を見つるや、主にまかせてあらんに炎暑の

堪てはよふ云もひ人物とも申さハ、家君歎ひぬらんや、吾日毎の歴覧おもの耳の視聴
を廣くせんためのこゝろざし使是親のゆるしまて従ハんと欲するのミ、平八そろうまさうら
ふことも、吾思ふにハ及ぶまへし、呵々、夕つかたより心地清せすと覚しかハ、土卯子を語らく
對面清談數刻ありて宿にかへりぬ、此の人の家ハ、眞葛の原、雙林寺前にあり、実名
富尼近福監、土卯ハ俳名之、俳諧を嗜めり、家君と十四年来の友之、
二十日、晴、辰時宿所を出て、鞍馬に赴く○西念寺ハ、上加茂南川より西南
○美曽路ノ池ハ、加茂の東○岩倉君ハ池の上なる坂を越行、松ヶ崎の方より岩
倉へゆくに、狐坂を通行ス○市原補陀落寺に小野小町、深草少将の墓
あり、妙寿院舊宅ハ、頻りに捜索すれとも知れす○貴船龍王の瀑布
○鞍馬僧正谷、兵法場○奥の院に、尼除不動あり、前に石井戸あり、傳に云、

源ノ牛若丸此の水にて沐浴して、七々日不動堂に籠れりと云云○本堂ハ去年の春三月廿八日炎上しけれハ、鞍大明神の社へ、本尊毘沙門を遷しまゐらせたり。上なる川上地蔵堂へ、鞍大明神を移しまゐらせぬ。今日竹伐りとて、京より見物の者多く来れハ、余も一見せんと思ひて、待つを久し、ひさしうして申ノ時ころに、院主堂に登る程に、行童一人、大刀を持て従へり。次に鞍馬法子十人許登り来り、その中に玉襷せし僧二人、腰に小篠を挿たり。此を丹波近江といふ。堂の前の左右に大竹四本立てあり、二本ハ雌蛇になぞらへ、二本ハ雄蛇に擬ふ。此の竹ハ根なし、蛇の首なる貌形也。昔開山鑑真和尚此の山に籠りし時、雌雄の二大蛇そりわたり出て降伏せり。せし時に雌蛇ハ、和尚の法力によりて忽死せり。雄蛇ハ却て呑んとせしかハ、和尚敬ひて、数珠にて蛇を打殺したまへり。故にその法を傳へて、雌蛇を

△鞍馬ヨリ八瀬へ行ク中程ノ小高キ処ニ金毘羅ノ社アリ四国ノ金毘羅ト同体也上十五日此社ニイマス下十五日ハ讃岐へ行玉フト云土人ノ説也

右迭漏鞍馬の条の次へ入へし

助けて雄蛇を斬るまねひして法師二人左右にわかれて件の竹を伐るくらべを
鞍馬の竹伐りと云堂より右ハ丹波にて左ハ近江へ各祈念し畢て竹を伐く
三段とせし是よりさき院主堂内にて祈禱ありて后後件の竹を又四五本
伐りぬ近江ハ手後れして速なりし丹波ハ妙に伐りたる伐り終て竹を持て走れり
其の間勢ひ甚急にて其を斬るに法あり雌蛇ハ長八寸三分雄蛇ハ九寸三分と今夜
蛇神へ人身御供をあたへけるとそ其の夜丑時山より松明にて貝を吹鳴
らして向の山に登りて祈禱せしと云 ○梶井ノ宮ハ御門跡也 ○澄據
の阿弥陀　音無の瀧 ○瀬加以の水 ○朧清水 ○寂光院
右京めくりに詳なれハ略之只記憶に備んために歴覧の地をあるまてのことさゝそへき
京都廻りに漏れたるあれハ詳ニ之ヲ △○今夜木屋町へ還りけれと道遠けれハなり

酉時八瀬まて来て、近江屋といふ旅舎ニ一宿して、
二十一日、晴、辰時宿を出立て、又処々を歴覧して○御蔭の社ハ、山野村の東ニ
在り○竈風爐○比叡山へ登陟して、天台ニ来て、寺号を延暦寺ト云、此山ニ
三塔あり、南ニ東塔あり、北の方中成を西塔、又北成を横川と云、東塔ニ根
本中堂あり、大殿あり、前ニ文殊楼、講堂あり、山上ニ僧坊処々あり、南
の方十二町斗て、山谷ニ無動寺あり、湖水を見下して風景尤佳し○本黒
谷ハ山の中程ニあり○西塔ハ山の処ニ相輪樘あり、長サ四丈五尺、法華延命法
童院とも云○轉法輪といふ、釋迦堂也○恵亮大師堂あり○辨慶荷ひ
堂あり○西ハ常行堂、阿弥陀、東ハ法華堂、普賢也○椿堂ハ、觀音之
○浄土院ハ、傳教大師奥ニ入定の廟所あり○山王院ハ千手觀音ハ、辨慶の

四十六

守本尊之〇辨慶祈出しの水〇戒壇院ハ本尊釋迦如来〇大講堂ハ本尊大日如来〇根本中堂ハ本尊薬師也〇鐘楼三门ホ有之〇無動寺ハ親鸞上人の舊跡之〇辨天の社ハ云動寺の下ニあり〇上坂本ニ山王の社あり日吉の社と云日吉比叡音訓相同し後世謬てヒヨシと唱ふ二十一社あり八王子もサ一社の内之小高き森の内ニ在り〇東照宮の御宮ハ上坂本の内南の方高き所ニ有り下ニ慈眼大師の寺あり〇白毫院ニ宍室あり山中偶鹿の叢ニ臥るを見る実ニ登陟の人煩悩を洗滌して清浄心ニあらぬ宛灵山之〇新羅明神ハ坂本の北ニあり〇山中ニ民家多し町あり昔當山の盛之し時をおもふへし〇志賀唐崎ニ一ッ松あり唐崎明神の社あり〇龍壷ハ山中の在郷ニ在り谷の内ニ大石あり石の内ニ圓井あり此穴龍宮へ通スと云〇牛石ある

龍壺の三四町下にあり、大石之形牛に似たり、此下に不動尊あり、石に彫付するなり、
○白河村に石工多し、白河の山上より湖水を眺望すれハ奇絶言語に述かたし、まことに
遊ひし後に思へハ、武蔵の金沢八景なとハ甚た狭小にして盆石の山水に似たり、
右寺々ハ所々京都めくりに詳なれハ只題目をのミ抄出して歴覧の順路を挙く、
かの書に漏れたるハ異日増補して且校正をくわへん、
二十二日、晴、朝より宿を出て上加茂へ詣て、是より千本一條通りなる白鹿氏を
訪ふて対面して告別のためなり○畑柳泰に対面して清談数刻にしてかの畑
氏ハ十四ケ年前、家君と面識之、今夜かたらさに六角堂へまうてしに一相識に
誘引れてハ是非なくして芝居に立寄りぬ、妹背山の狂言なり、絶而志にハあら
さりし、酉の下刻より雨、

二十三日、　山﨑平八当地の所要果されハ、大阪へ出まく欲せし、例のことく出立を急くより、先ッ彼を立去らしるに、予ハなほ京都に在り、書賈中川新七を訪ひしに、餞別として、女工の針二箱を贈られけり。新七ハ、寛政中より文化四五年の比まで、妻を携へて、江戸に来て估業をしたりしが、文化に至りて、予が近隣、元飯田町中阪下へ書籍の開店してありしかハ、素より相識也。本店の主人没してその子総角なれハ、後見の為に呼返されて、今ハ京に在り。又古筆鑑定家河津秋平の妻も、良人没後京都に還りて、尼になりて、親戚の門徒寺にあり。予が総角の比の面識なりしかは、なつかしひ尋ねしに、往時をいひ出て泣きけり。○書肆銭屋を訪ひしに、主人他出にて、対面せざりき。今日三条通寺町東へ入町なる、松屋孫七が所蔵　禁裏御局位の後、御浄衣の時、御用の草履とて見せたりき。その形

表

裏

如此、

昔足半（アシナカ）といひし類なり、欲、馬の履に似たり〇日野屋八郎兵衛を訪ふ、別を
惜んとて之、角鹿同道して、東山なる土卯子を訪ひしに、宿所に在らさる故にその句
ある、西定雅を訪ひぬ、古の人も家君と面識ありて、俳諧の宗匠之、古の家に芭蕉
の肖像あり〇雙林寺前に、芭蕉堂あり、此し上に、大雅堂の碑、大雅の母の
墓あり、又その上のかたに西行庵あり、西行櫻といふ古木あり、塚は雙林寺にあり、
大雅の碑以下は名所記并に名所図會に詳なれは略之、今夜酉の下刻に、又
土卯子を訪ひしに、いまた帰宅せすとて、本意なく木屋町なる旅宿にかへりぬ、今日
未時大雨大雷、
二十四日晴、辰時宿を出て、東福寺門前をよきりて、稲荷に詣し、大社にて
神殿輝麗之、世俗伏見稲荷と云〇深草に律院あり、又宝塔寺といふ

寺あり、亦霞谷と云地方（トコロ）あり○藤森の社ハ天王之○伏見処々一覧○竹田に安楽寿院あり、奉行屋敷へ立よりしに、既に帰東の後なれハ、家君の口状を伝ふるに及バずして○御香宮も巨大之○男山八幡宮をかくてなし、裏に石清水、瀧本坊あり、護国寺薬師堂あり、此より橋本へおりる、予不案内なりしゆへ、今日大坂へ向ふまく思ひしかども途中にて日暮ぬれハ如意なるも幸として、今夜戌時なりに守口駅まで来て、旅店大庭屋に一宿しぬ、

二十五日、今朝晴、大暑、巳の比及ぶ心斎橋筋唐物町なる書林河内屋太助がり到着して、主人に対面して、太助則予の為に宿を擇みて、唐物町西へ入る客店、大和屋嘉蔵を宿所として、天満の天神の祭礼を見物して、河太の主管（バンとう）曹七を接内の為に隷（ツケ）られ、御旅所戎嶋へ参詣し、且御本社へもまねでぬ、大川筋にて、神

輿御通行、船ニて御帰座あり、今夜戌の下刻より大雨、亥時旅宿にかへりぬ
二十六日、今朝雨、巳時始て出、今日定飛脚に就て江戸へ書状を出ス、夜、木
月十四日より京師見物中、一日も大暑にあふことはなし、今日など殊に聊冷之、
山崎平八旅宿にきたりしかど、只今携て此方へ来て同宿せん、巳下刻より大
雨、申時に至て些し止、甚冷気にて八月月見後の気候の如し、
二十七日、今朝も雨、辰の下刻より雷、次第に大雷にて堪がたし、実に百千の
雷霆一度に落るが如し、天鳴り地動きて四方暗夜に似たり、其中霹靂尤
甚しくりしめの雨なれバ、今日ハ甚しく冷気○河内屋太助より使をもて、饅頭
一重贈る○米屋町東へ入る馬田昌調来訪、かの老医ハ十四个年来の家
君と友たる文学あり、風流の人之○本町五町目、河内屋五市を訪ひ、他行にて

四十九

對面に及びぬ○堂嶋米市場米屋彦太郎、并に船場掘木町大津屋政五郎を訪ひしに、右に同じ。これらハ年来、家君に書を寄せらるゝ人々、その中に尼崎屋七三郎ハ北野寒山寺の後へ転宅せしと聞えけれハ、ゆかず○江戸堀へ入中尾建斎といふ人あり。今茲五月上旬初て家君に書をおくりおこせて、名まうせてとあれハ、甚あらく辞せよと命せられしハ、それを尋ねしに、酒屋といふ書賈の隠居にて、その身の望のかなハぬ故歟、殊に無礼の老人なれハ、弔ハ詞を書そへて出しぬ○此節処々より贈らるゝ物多かりしかハ、河太より進物の饅頭ハそのまゝ馬田氏へおくり遣しぬ○安堂寺橋東詰北へ入る俳諧の点者八日庵を訪ひて對面し、中々おかしき人物也○本町松屋町天神橋筋なる正本屋利兵衛を訪ひぬ○西本願寺人金物役貴田半蔵を訪ひしに、おりから在宿せすと云○南御堂前なる俳諧の点者花屋

菴を訪ひに他出のよしなれハむなしく旅宿へかへりしに程なく花屋庵来訪西
凡を贈らる○高麗橋三丁目小倉屋弥三郎を訪ひぬ皆是先年より家
君へ書を寄せらる人々なれとも面會せされハさせるすなし○西本願寺
東本願寺　坐麻　御霊の社　天満天神　今日河太より案内者を
つけられて諸家を訪ひ且寺社へ参詣右の如し巳の下刻より雨晴れされハ之
終日冷氣夜中些し暑かへさに河太へ立よりてよろしくひを送て旅宿にかへりぬ
二十八日今朝晴　落暑　巳時より曇る　昨今処々洪水の風説あり　摂津河
内大和山城等去る廿五日の夜雨より処々水高サ壱丈二尺増せしと云依て
伏見往来の船を出させす陸も亦橋々落て往来留る　大坂の橋々ハ上に
石を並へ又橋に水をのせて是を左右に多く置て橋を流されさる防とせし

○八幡山の向、壹町許堤きれて、処々の家流れたりけれハ、道ゝ堤の出崩れたる処四ヶ所、或ハ三十間、或ハ五十間、水出より入りて海の如し、大和ハ出水尤多しと云○大阪高麗橋、今橋筋の辻ニ、高張挑燈を出して、すてごだんと書しけるゆへ、その故を問ふニ大坂おハ、夜中まゝ子を棄るもの多かりけれハ、かくさるゝあたりハ、夜番出ることゝいへり○今日午の下刻雷鳴○今朝稲荷へ詣て○新清水ハ洛東の清水とその堂大同小異ハ、舞臺ハいと低し○天王寺へ詣ていぬる日京へ赴く折既ニ一覧したれハ亦贅せず○天王寺門前なる佐伯重甫（狂歌を嗜みて芸坊と号せし）を訪ひしに、主人ハ四年前より長病ニ臥しけるか當月十三日ニ没しける、子息ハ足疾ありて籠居のよし、重甫の内室、予ニ對面してそのよしを告ぐる、此の老医ハ家君と舊交あれハ、予彼と面會の折、京学の可否を問んと思ひつゝ来りけるに、此凶変を告られ、驚嘆ニ堪さるのミ

○生玉の社へ参詣も、今日祭礼也、北向八幡宮ハ本社より一町許こな
たにあり、辨才天ハ本社の北にあり○午時より暑気甚し、未時夕立 雨、
申の下刻、雨些し止ム、日暮て大雨、天明まて雷鳴 枕を驚かせり、
○二十九日、曇、辰の中刻 大雨巳の下刻雨止ム、今日八幡の下なる服部
島上村、洪水にて堤きれより九年以来の大水之と風聞あり、

浮世小路淀屋橋筋西へ入　書家　森川曽五号竹窓
過所町淀屋橋筋東へ入　歌家　尾崎春蔵雅嘉
江戸堀壹町目　儒家　篠崎長左衛門號三嶋

是等の諸名家と面會、雅話清談ありて旅中の俗腸を洗ひて了ぬ、亭ハ
菲薄不才の後生なるに、伊勢及京 浪花に来ぬるに及ひて往く〳〵雅と

ある俗とある愛敬せまとしちものあし是併家君の餘徳のみ身ハ今千里の逆旅よあれとも親の吾守りおありぬふを思ふるも、ありくま神まれ佛まれ親よますてあるへしやい山﨑是をねらて思ひけん、動もすれハ酔よ乗して慢侮嘲謔甚し、畢竟吾年ありた能を侮るのみ彼ハ細人之以礼を以て弟子足らも況其の為体を詳よきるもへしもあらそ孤燈よ對ひて獨嘆息のあまりそゝろよ此の記よ及びすまん○今日花屋庵を訪ふて始て面談せ、かねてハ讃岐の金昆羅安藝の嚴嶋へも詣もやと思ひしかど、独旅よあるをもて、河内屋太助か親切よ諫めとゞむるよよりて、ゆかりも、せめて兵庫までもまて遊覧せまく欲せしかまそも洪水あるく果さすて、ありぬ今より十四个年以前家君の京攝よ遊歴し玉ひし折も洪水よあふて、さはりて行ぬ由記あり、かくりハ覊旅漫録よく具よ知まり

親子前後の遊歴ニ、何そ水災のひとつかや、是とも一時の不幸とふへし〇酉の下刻 大雨、連日耳ニ入りの、只洪水の噂のみ、

七月朔日、 朝より晴なり〇法善寺の堂の向ひニ、金毘羅の社あり、後ニ辨才天の社あり、前ニ池あり、寺内ニ小道具店あり、直ニ後ハ千日寺之、西門ニ出て往還道也、左右ニ 種々の石塔あり、火屋の前面方丈の傍ニ、三勝半七ら墓あり、前ハ材木の置場なれハ、見易からす、墓石の四隅ハ削りし如くまるく缺ケたるその傍ニ、石の古井あり、圖説ハ家君の筆記ニ詳也、故ニ略之〇天満天神の社地ニ、淀屋辰五郎ら奉納の手洗盤あり、又梳久ら墓ありと聞しかハ、今日そをたつねまく思ひしか、件の社ニ詣て、人ニまたつねしか、限なく捜索しぬれとも、知れす、是非なく別當所へ立よりて云云

と問ふに諸物ハ素より知らじといひけり、猶いぶかしけれバ、かへるさに正本屋利兵衛が方へ立寄て、主人に件の虚実を質し問ふに、本利答て、天満の本社の後に、ちひさき塚あり、しかし今もありやなしや知らずと、これらを桃久の墓ことふ家老あれとも語据なし、淀屋が奉納の浄手盤のみハ昔も及ばせてらひ祀とらえり○今日河内屋太助を訪ひ、又馬田昌碩を訪ひぬ、暮より馬田に案内せられて、水辺を遊覧せり、今日亭午より大暑、

二日、晴、大暑、江戸へ書状をまゐらせて○馬田を訪ひ、又河太を訪ふに、かへさに人に誘引れて、納涼の為、漫行(ソゾロアルキ)して、かねて難波新地に到り妓院に燈籠多く見物の嫖客群集せし、始ハ予是を知らずしてその遊里なるを見て、外(ハヅ)してひとり旅宿へ還れり、

解云濱匠か
ふひ娘のお噂
申せし狐の事
あらおもとさん
載てる由を
文にせしなるべ
し

三日、晴、河内屋太助の案内にて阿弥陀か池を一覧して小寺へ、且屋形
船に乗せられて川口を遊覧して、皆河太の饗應之、河太の手代曹七
平七、主人の意を受て予か資助（タスケ）となる事多く、亦是家君の餘德之、
濱ハ品川より陜れ入海之、酉刻旅宿へ還る、程なく久兵衛〇お駒狐と
いふ野狐あり、二三年以前より去年まで、難波村なる御米藏の傍、摠嫁
の出る邊に、折々美女に化て行ゝきる人これをなのをとへハ、則答ふ、去年
白日に老狐の出しをある人戯れに驚しけり、是より彼美女出ぬと云、
四日、晴、今朝辰時に大阪を立んとせし折、河内屋太助より太白の砂
糖一折、馬田昌調よりハ手巾三筋、餞別として贈らる、其外の餘聊ての餞別を
贈る人數ハいと略之、かくて八軒屋より乗船、薄暮に船果て、酉時伏見

なる東屋を宿として大暑。
五日晴。巳時より曇る。辰時宿を立出て、出起して水口駅なる□市を宿として、
横田川の邊、出水して皆切れたるか、やうやく水退きて、いぬる三日より人の往来
を許せしと云。今夜微雨。
六日。今朝曇る。雲は墨を流せる如し。寅時宿を立出つ。海道荒れて
石は山の如し。巳時より大雨。午時より晴。今朝より大風終日之。午の下刻より
又曇る。申時急雨。関駅の東、太古寺縄手、水推て百六十間切れたり。因て
人の通行を禁止せらる。已ことを得ず伊勢路に入て、一身田を過て、上野駅に
出て、扇屋といふ客店を宿とせし。路すからの小橋は落ち、谷々崩て難所多
かり。関より上野まて六里。今朝より冷気甚し。夜中雨○信貴より法螺

出て八、近辺の家流れたり、大和河内ハ、十四年前の洪水より一尺高し、大阪ハ、以前の水よ
比すれハ猶浅かり、大和北大水、初瀬町二十五軒流れたりと云、
七日、曇、折々急雨、忽晴、蒸暑、辰時宿を出づ、大風終日二、路中の大小橋落
ちて残るもの無し、桑名も洪水にて、七萬石損毛あり、其余も近國水災同し、伊勢ハ
神戸領七千石損ス、海道ハ尚水退かさる処あり、桑名ハ上水にて、人通行出来れとも人
家ハいまた乾かすも、紀州も亦洪水と云、路辺よりハ此の風災の外なし、今夜酉時桑名
の船場なる客店に京屋を宿とす、夜中又急雨、
京都祇園町遊楽井筒屋忠助　尾州知多郡岩村医師一野圭重
八日、今朝風雨、辰時雨止、同時に宿を出つ、佐屋廻りにて、巳の下刻船果たり、
此辺大水、田圃も往還路もひとつになりて海水の如し、水の盛りなりし時ハ、民舎の

屋根より水一尺高く登りぬ人馬多く死しけると云終日猛風いと烈しく冷気も亦甚し申時宮驛へ来て熱田の神宮へ詣づ大社也則當驛なる銭屋を宿とせし

九日雨辰中刻宿を立出づ藤川の太平橋落たりけれは餘の橋も流されさりしハ稀也岡崎の大橋ハ損しけれとも往来人の渡るをゆるし酉の下刻赤坂なる多葉粉屋を宿とせし今朝冷気甚し亭午より温暖今夜大雨

十日今朝小雨寅の下刻宿を立出づ亭午より晴わたり俄に大暑甚しかりし申の中刻濱松驛なる清水屋を宿とせし

十一日今朝小雨辰の下刻宿を立出づ天龍河水増けれハ上の瀬を渡しぬ大井河ハあやふく渡されしと聞えしか未の中刻袋井驛なる若松屋を宿とせし終日寒冷初冬の如し雨ハ巳の中刻止けれとも終日晴れさりし

十二日、今朝曇、辰時宿を立出て、曳くて餞する也、今日御状箱通行のよし
聞えしかハ、将進まれし故に、山崎ハ新坂に逗留して翌まて待んといふ、その時予か
云、今日の御状箱通行せしハ羽臺も亦逗留せへし、徒る無益の日を費さんより、
是より秋葉山へ参詣せんといひしを、平八敢従ハすして、今日御状箱通行の有しハ
決着あるへしといふに、秋葉へ廻らハ三日路の損となるとて動かさす、予ハ秋葉へ参詣の宿念
あれハ、濱松より獨別れて詣んと思ひしを、山崎に諫められて果さす、折に便
宜を得たりしに、亦復彼にさゝえられて、忘れしも彼とあらそふにかへてさらんも本意ならねと、
かくても思ひかへして、竟に秋葉へ詣さりしハ、吾生涯の遺憾なりき、大和めくりせし南
都に遊覧を始めて、又吉野に再宿せることを始めて、處に至て秋葉山へ詣んと欲せる
宿念せしなるに、なまじいに断れしハ、同志の侶にあらねハ之、居ハその地をも撰まさるへく、隣をも撰む

五十五

へしとらふを晏氏春秋にあるか、是に依て家君に兼りぬ、旅も亦宿りをえらまるべく
道つれを擇ふへしと思へは遺恨に堪さりしを始るひ思ひめくらせは、同志の伴侶に
あらまほしといへとも我ありし彼と倶に出つれは、家君今度の遊歴を許しあへし、彼か
學めやせすあり、吾遊歴の本意を遂まじかれは孝に損あれは、又左に益なき
事あるまじと念して共に寓然と、この日をあかしつる○午の中刻新阪なる
旅店多葉粉屋を宿とせて、午の下刻小雨、即時に止む、薄暑、五月の氣候の如し
十三日、今朝晴、巳時より折々小雨、昨日予かいひしことくきのふは御状箱通行せすして、
今日なりとゆるしぬ、又ひとつに新阪に逗留せし、
十四日、晴、寅の下刻宿を立出て、辰時より大井川初て明く、旅人を渡せしよしなり、
辰の中刻渡り果て、申時阿部川を渡りぬ、今夜酉時江尻驛なる大竹屋を

を宿とる、大暑　○山崎帰心矢の如く頻りに路次をいそけとも、予ハ帰路より
脚氣おこり日毎に後れさるをえす、此の間の艱苦甚し
十五日晴、寅の中刻宿を立出て、亭午に富士川を越え、今夜酉時三嶋
驛なる綿屋を宿とる、近日稀なる大暑之
十六日晴、辰中刻より曇、山中霧深し、暁天寅の中刻宿を立出て、午の
中刻より晴る、今夜酉時、大磯驛なる大笹屋を宿とる、今日箱根を
越る折、予一人路を横ぎれて、箱根権現へ詣つ、曽我の社あり、美社へ
十七日、晴、暁天寅の初刻宿を立出る、大暑、山崎ハ帰路をいそきて
毎暁くの如し、今夜酉時新町驛一名程谷なる藤屋を宿とる、今日藤
澤なり予ハ別れて江嶋辨天の開帳に詣へ、日暮て新町に到れり、終日風

五十六

夜中大風、
十八日、晴、寅の中刻、新町の宿を立出、大暑、程を料るに今日午後家に還りつくへし、二尊を拝しまつるへし、珎重々々、

履険西遊三伏長　突然秋水断橋梁
欲駕何得楊州鶴　徒與梟鳥返故郷

文化乙亥秋七月十八日輟筆

瀧澤興継

蓑笠漁隠云、上に録せし西遊日記をこの旅中耳底歴と比校するに、五月の條下に漏せるもの三ケ條あり、かゝれは又こゝに抄録す、

旅中耳底歴初條に云、文化十二乙亥夏五月十一日、卯時、江戸出立、駒込に

町の茶店にて山崎を待合せ是より戸田河を渡りて羽黒山へ詣づ社前石階
の下に瀧壷あり山の上なる社の右に榎の古木あり此樹の両股のウロより清水
涌出づ参詣の人竹の筒にて汲とりて乳出ざる者これを用ゆれば験あり當社の神
体は大蛇也近村の民折々拝することありと云此外まゝ家君ゟ送り云云

又五月二十二日の條下に云

福嶋より西なる婦人の髪の結ひさまは皆嶋田わげ也須原より野尻は尤髷
も些こあれども多く嶋田わげ也十三四歳の婦童は嶋田なれどもその髷皆
頭より大なり其形状左の如し（この下ニ画図あり今略之）さらの婦人の髪は江戸の婦女子
なり多し丸髷は図の如く根を一寸ほど上へ揚て結へり予嘗家君に来り
しことあり寛政中江戸の婦人髷を大きく結ふをとゞめぬ當時画工歌麿呂

五十七

その風俗を錦繪ニ画きしニ髪の髷真の婦人の髷よりいよ〳〵巨大に、田舎の婦人ハその画をうつして江戸にてハかゝる髪の風流行せしと思ひて、糊張の髷入といふものを仮枕のごとく造りて、髷を大きくせしあるより甚しかりしとぞ、然るニ今件の婦人の髷の大きなるハ、寛政中流行の名残なるべし、

又五月十八日善光寺の條下ニ云

今朝善光寺の如来の開帳をおがミたる毎日朝のミ開帳あり、是より久保寺村なる幸助か宅へ立寄りて對面せしに、此の幸助ハ武田信玄の家臣、大田勘助といふ者の裔孫へと云、その本家にハ武田家の武器あまたありけれども、今日ハ主人他出せるといへハ絶てみることを得ず、只幸助か所蔵の槍をみせたり、川中嶋陣の折、武田の陣中にて用ひたるへしと云、その図左の如し、

地黒金蒔画形状極めて不細工にて今普通の椀より甚太し

奥継按するにけだし士卒の物にあらず大将分の食椀なるへし

此の餘大石内蔵介か所蔵の草手匣あり青漆のなめし革に二ッ巴の紋あり内ハ黒塗にて大石内蔵助と書たる紙の小牌張付てあり元禄十五年幸助か先祖の子弟江戸へ冬年公に出たるものあり料足して大石内蔵助か隠宅に仕へふりかゝりてハ来正月晦日まての定めなりしに十二月中旬俄に身の暇を取せられ折定めの給金と此の手匣を紀念なりとて賜りしとそ初ハその人仕へし主人の名をさへ覚えさりし程に久保寺村へ帰てかへりしよりほどもなく浅野家の四十七義士等仇討の風声世に高けれハ久保寺村へも聞えけれは此に於て此の草手匣の姓名に心つきて彼子弟の江戸にて仕へたりしハ大石内蔵助なりしよしと初て悟りて一家驚嘆せ

しと云、此両器ハ実に當時を見るに足まり、珎奇といふへし、
右三ヶ條耳底記に載せしのミ、西遊日記に漏しより奇談なれハ別に
録せんとおもひしかちなあらく、事に紛れて見遺せしなるへし、
蓑笠漁隠又云、亡友の琴嶺か旅中耳底歴あることを、余ハ知らさりしに二十
年を歴たりしかくて今茲琴嶺か没後に遺墨を捜索せる折、料らすも
是を得て驚歎感し思ふよしあり、當時彼を旅に出しする折、余誡て云、醫を
病用に羈されて、旅行をせさりしものミかは、再遊ハなし易からし、履歴の間神
社佛閣名所古跡ハ漏さすしてよく観よといひしを彼敢忘すして、京に姑く
逗留の折、炎暑を犯して日毎ことに洛内洛外を徧歴せしハ実に彼か為
のミならすて、吾言に背かしとてなるへし、かゝれハ此の耳底歴ハ後に親に問れ

ん抔咎ん為の用心にこそありけめ彼が當時の心術をおもふに昔年十八の後生なれ
ともその氣質のおとなびたる四五十歳の人にひとし心術年齢より先へ走りて
自然に杪を縮めしハ是短命の兆（サガ）なりしを今はた惜しむもかひなかりけん
又云今この琴嶺が筆記を見ておもふに昔年十七八にし時かやうの物を
あらはしつけんにおもしや彼ハ劣るとも優るべうハおのれに在て予が志の年来琴嶺を
文墨に疎かりけれバ不才子ことの思ひしおろかなるに彼が筆硯に親さりしハ病苦に堪
さる故みてく志なりしにあらさりし當時拙兒吾口調を早晩に見習ふて綴めな
とられぬまで勘からき彼の壯健なりしにおいハ疎文をも多く家へ送りて生涯區々と
あるにおもしかの身の不幸はいむべし
又云琴嶺がたびゝをせしハ右の西遊の外文化の年予に從ふて江の嶋に詣て

けふ小田原なる道了権現へまうでしたるあり。その後母の大病おこたりし折、母と倶して江嶋辨天と道了権現へ参詣し、又塔之澤なる温泉に七日ばかり湯治せし事ありけり。かくて又文政五年秋九月下旬、予が指揮に従ふて、祖先の墳墓を捜索の為、僕政二郎を従へて、入間郡河越へ赴て、程に先野火留なる平林寺へ詣て、高祖の舊君松平信綱朝臣、并にその四男、頼母介堅綱主、及び彼君累世の廟墓に拜謁して、寺の過去帳を閲し、且吉田侯の廟守役屋代氏の家へは舊縁あるものなれば、その家に立よりて、彼御家の故事を質問し、而て河越に到りて、城下にある処の二十一ケ寺を隈もなく渉獵しつ、墓碑ハ更也、諸寺院の過去帳を閲しけれども、竟に便りを得ざりけり。その折河越舊家の町人榎本弥左衛門が先祖の録せし書に、天正以来の舊記をしるしてかへりまで、予に告る事詳なりけり。

屋代氏の宅ハ平林寺門前西の方に在り。時に七十八歳也。

榎本弥九郎ハ河越本町にて飴餅菓子を賣る小商人也。

去の明年より、病着いよ〳〵發りて、年末痊可をぬまりしかハ、江嶋へ詣るを志て、いと〳〵稀になりにけりける程に、天保四年癸巳の夏四月二十七日、母と叔母と倶にして、江嶋辨天の開帳をおがまんとて出立しに、叔母の所望によりて、鎌倉金澤さへうち廻りて、五月二日にかへり来にけり。去の比ハ折々脚氣も發りて、且遠歩に息苦しく覚しかハ、江嶋へまうで易りくさるに、叔母君の所望辞しかたくて、弥しける也。鎌倉金澤へ赴紀しをあく、殊にしるき難義なりしといひけり。かくて六月の比より病着重くなりにけれハ、去の後ハ遠く出ることを要せずて、是なん生涯のひとの名残なりしよ。ける。かゝれハ西遊の外ハ、路遠からぬ旅なれハ、紀行あんとをもせざりしかハ、只西遊日記と旅中耳底歴の散しも失ひしハ、孫等が為に、片玉隻金といふべし。抑人の親として、子の遺文を謄寫しあつむるをもて、まいり紀めハあるを、孫と

いふもあらせハ吾おの筆を費さんや況その子の行状を綴りしめ和漢に例なし
とらふとも只今具ハにするさまてハ誰か又かり償ふ孫等ハ親を知るよしあるへし況
謄寫の間とも忘れハ坐に往事のこゝろゆかしく筆さへいとゝ渋りにおん一両月を
閲しつゝやうやくおほくを録し果てハ浄書するに暇もあらねハそを又異日人に課て
寫させへうおもふ南無玉照堂君誉風光琴山嶺居士頓生菩提
不信非不信　南無阿彌陀佛
おいとのやふにまろ兒なら兒まて西のそらやすらかとせめぬるぬしみはせしかり
かく我はめくらそらめくのこゝろは草親のみるめいなかみえけり
遐くハ戸田茂睡の本向野の歌塚近くハ鈴木芙蓉の亀戸の画碑皆
是憂苦を遣んすさひわさその子のためにせしめて吾身ひとつの秋

あらねとも、いつれの時にかこのうれひを忘れん、謄寫一行毎涙千行、萬巻の書を看破りえし人情ハ、その界を免れかたし、子夏か賢なる、失明の患ひあり、孔子の聖なる、伯魚先たちて没しぬ、是を前世の業果といひて、釋尊ならハ兎も角もあらんや、佛説も亦人によるへし、時に

天保六年といふとしのうるふ七月二十六日、此の書をとりて火のわさに附し果ぬ哉

隠士　瀧澤解　時年六十九

同好知音之益友木村默老翁手簡

御賢息様御来駕従来御弱質御多病ニ而終ニ早々御遠行
ニ而殊ニ未タ青年春秋之富有之候処御身且御書中ニ而
承り候処御立志之程御篤実之段感嘆之至ニ御愁
さこそと被推察候御嘆息乃御愁之段不覚落涙仕候事ニ御座候
如何なる豪傑大丈夫ニ而も至極愁傷ニ及候事ニ候
心気を傷損被成候ハ人情ニ候得共夫ニ而も何卒拙上
御心気を堅剛ニ御持被成候而御賢孫様御成長を御楽ニ而
ゝ御凌被成候様奉存候先ハ釈迦ノ経ニも有之候通孔子一
生之老婆心ニ而御座候因テ切々御憂苦を御慰メ申上候

一助ニも成候ハゝ、小子か身上咄し仕候、

一 第一老人之願ハ齢之義及七旬ニ成ハ、撰聟之儀候、大切ニ候賢息
も其先立、又孫ハ尚々幼稚ニ候へハ、切ニ世禄之家あるハと思
召候趣、至極御尤ニ御座候、此儀小子是迄色々愚意ニ考候
処、天地人倫、都テ之理ヲ大数ニ大凡筭勘有之候と
存候、譬ハ春長キ時候へ共、夜短く、夜長キ時ハ亦昼短て
夏之候、冬ハ昼夜等分之時候さのミ暑くハ無之候、日月之盈缺
も同断ニ而、満月ハ一ヶ月ニ一夜ならてハ無之候、花も莟
樹ハ実寡く、葉も可食草も、根ハ食用ニ不堪候、至極
好キ事有之時ハ、又悪キ事も出来候、福ハ禍之所伏と申、

是等皆自然の理と存候、江戸ハ人才を集め候、幾億萬人
あれども、其際限ハ無之、其内ニて名を人ニ識られ候者幾人歟
漸指を屈するにても候、然るに先生ハ文も円にも、分て優なる巨魁
にて、実に　皇朝の李笠翁と称しても可有候、但凡庸の人ハ笠翁
を只説詩文章の名家と而已存候とも、此翁ハ元末明末に生し、
夷狄韃清の民たらんを歎き候て、終て才を放ち候故、世を著述に
遁し候て生涯を送る者と申るを書候も、何ぞ存候らん、最なれ
なる事と存候、先生も此気も、只世の人ハ戯作小説の名家
と而已存候る、先生の先生たる所以を識る人も鮮なき事ニ
と存候、眞葛の嫗の獨考を先生ニ訂正を受候と申しハ婦人に

志く識以金し千萬人ニ勝れ候所如右先生ハ不出世之大才
ニ而諸賢息様も言行可稱候所其價ニ而無之故ニ何レ
ニ而も鈇道ハ出来候彼指門の以弄勤申と存候
一　世禄之者斯ル場ニ至り候而も此業ハ安ミハ可論ニ候へ共皆凡庸
碌々之徒ハ俗ニ申ス浅キ様子ハ屁も近キ事を論し不及候小子ら
如キ不才ニ而も顕職ニ居家道も立諸子世を渡り候男女も
子息も有之候故嗜り小子ハ直ニ若年ニ而も云推察ニ而
成候へ共中々計り兼候ハ大ナル相違ニ而御坐候愚息ハ拙家
之長子ニ而子ニ生レ候処長子ハ早く残念ニ候小子ら父二十五歳ニ而没
早世祖父ハ老衰ニ及候甚痛小子ハ纔ニ拾弐歳ニ而祖父之

次男ニ長子ニ仕り候家督を嗣せしを当主之助と申候、追而小子 六歳
ニ而、右当主之助ハ長子ニ而候ニ付、叔父ニ養嗣ニ被致候、其後
叔父当主之助へ追々男女十餘人之子息致出来候事、中々難
之事ニ有之、右之叔父養父一生涯之内、十子種々之心労憂苦中ニ
筆紙ニ難盡程之事ニ御座候、養父も五十餘歳ニ而致物故、跡ニ残り候
男女之子供も皆々小子ニ而、尼介当中ニも叔父実子之長男松野
某と申者、子ニ而御座候者、当主之助浪人困窮致候ニ付、当主之助没年ニ而
小子ニ今五拾両恵みを申し、其年ニ十ケ年之間、玄米十石ニ而
給金として其次ニ男子名ハ明徳と申者、十八歳ニ而致発狂、十六ケ
年之間悩候而致没、其間ニ難費之方ニ而有之候、其後妹之内、

太田某へ嫁候者致離別帰り候而再苧坂某へ嫁候処、此者も
致發狂、只今小子方ニ居候、其次ニ妹ハ勝法寺と申門徒寺へ
嫁候処、是も亦發狂ニ而當今小子方ニ居候、其餘尚壱人之
妹ハ労咳ニ而致死候、右様ニ吉凶打続き候而、此度小子家督後悉
小子之處置ニ而有之、其間ニ雑費苦心如何斗ニ候哉難推察
下され候、又小子身分之義ハ全体嘗テ藩老公之時ニ而松城
内ニ而九ニ格別之学問所出来、是ハ家中格限ニ而家柄番頭
以上之子共を此所へ集り候儒臣七八人ニ教授を致命、講釈
輪講或ハ復文詩作等、毎月十五日ツゝニ而稽古有之、近習目付一人
ツゝ其ハ日毎ニ出席しぬ其日ニ之次第直ニ老公へ達し候事ニ、小子義ハ

幸ニ七八ケ年之間ニ相優れる甲科ニ登り候ニ付、為褒賞唐紙壱束、
白縮緬壱疋を賜り候、其後一年を経て小性役ニ被命候、而後文化
七ニ至る、当時之君公、水府より本藩へ御養嗣ニ御入之節、小子を被選
擇ける其傅ニ被任候、然ルニ奇遇にて有之候も、君公之御幼名熊次郎殿と
申ける年之御年之、小子も幼名熊次郎と申ける年之年ニ御座候、君公も
御養嗣、小子も貴嗣ニ御座候得ハ実ニ奇遇かと存候、故君公ニも
小子を至て被信候得ハ、小子も不被浅御座候ニ依て、小子も
実ニ赤心を盡しける、君をして尭舜ニ至らしめんと朝夕心掛候へとも、
老公ニも一体驕奢強キ御生質ニ候、故御生涯巨萬之浅賤を
被費、倉廩府庫悉空乏しく、三ケ都之借財如山なしハ当今

君公之御仁慈と申せとも、いか方なる儀如くに可至極し御難義之依て
君公御家督後、直に小子を勝手方之家老に被命御示被て言聴
も謀用られ候ニ付、孫務骨肉砕身して君之心労を休んと存欠米
栄左衛門と申人、地理経済に熟達者を卑賤ゟ取出し坂出浦と申
処に十五町四方之塩濱之築田仕候論右栄左衛門と申人て仕候ニ付、
初ハ小吏も其人も不附候ニ付、後之年月の内右塩濱忽成就いたし、
年々之入弐千金餘も御勝手之大益を起され、此始末ハ同所に
建られ候、君命之大石碑、本藩之儒臣岡田様の文にて江戸
米菴書之碑文記之有之候、其後九年前、江戸邸中取
締之事を被命候而、小子も出府仕、跡勝手方同席ニ、覚政典ハに

六十五

被命候儀ハ亦能其任ニ堪候上ハ天君公之仁慈之恩恵ニ依而
十ケ年程之間五穀豊熟致空乏之倉庫ヘ此節ハ追々
有餘之残財致出来候ハ、併是迄之内同席中ニも能々
妬候る彼是議論も起り或ハ小吏之徒ハ己か私慾之不遂
所より恨を含候族之浮説を申觸之種々難義之事共申し立
君公專ら信メ動キ不給遂之間も無浮雲閉候テ天日を
掩ひ候より出来候様之族是全君公之仁慈を邪説ニ被迷不
給候而明断之依り候て之ニ付是等前後之考合候處本藩狭
少之為ニも江戸京大坂之本藩邸ニ居候家士を始として
在之家士ニ至迄之負數五百人餘ニて及候難相成甚困り候共儀

此の本文ニ、長子ハ早世とあるハ、則默翁の冢男、木村平次明政、文政十三年、二十二歳にて早逝せし、二男を默次郎と云、二才ニて殤ぬ、よりて三男木村六之助尚明を冢子ニ立てらる、四男を木村枝之助惟明といふ、此の餘女子三人ありと云、

異才之士遂まあるもの、既ニ五山堂の詩文の如き、三都ニ而誰も知者ハ無之候か、様之中ニも小子か如き短才ニ而能き者、不量も顕職ニ就命候も、誠ニ僥倖と可申也、僥倖有之故ニ、長男ハ早世、亦三人ニ發狂人、短命之者多り、雖貴賤、毀誉ゟ逼迫を不免候ハ、全其差引ニも可有之哉、福之跡ハ禍の初ニも可有之やと存候、小子完早還暦之年を過候へハ、亢龍之悔を思ひ、早く致仕隠遁、剃髮ニ而も仕度之所存ニ付、默光と附居候へとも、只今之様子ニ而ハ、迚も一應二應之願ニ而ハ、君公可被許とも不被存候、併花ニ百日の紅なけれハ、事ニ寄り候へハ、君寵も頽ろ衰ふるも可有之、荘子ニ所云犧牲之戒、不存寄無據仕合ニ而、退ニ不被退地位ニ坐し候も、虎ニ乗候勢ニ而、

此上ハ只進退を天命ニ任せ候存念ニ罷居申候
右ニ付誠ニ身の上ニ繰言ニ而無益ニ御座候へとも誰そ上ニも言語
難尽、憂苦有之候とも申上候御咄申候人もなく候而ハ御心ニ聞ま候
端やもに成哉と前後錯乱ニ候儘御ら入電覧候様ニ御座候
一 色々奇話御座候へとも不取紀御憂鬱ニ御座候中例る示事存候
是分も何を御書之致候之処田舎ハ何も是も有之[illegible]候事
当春帰讃之後、五月中旬比京師ニ而地(?)存候処、盗賊
陰徒ニ而[illegible]御座候、右ハ御書の記へ書加へ候成書ニ上梓
御目ニ可掛候、早々不悉、
七月七夕
黙老

著作堂老先醒

別啓 玉机下

蓑笠漁隠云予江戸ニ生れて江戸ニ同好知音の益友稀之
只此默老翁と伊勢松坂ニ而友あるのミ、篠斎桂窓両賢
実ハ琴嶺子の訃のきこえし比、おくれし秀詠あるをも既ニ上ニ録し、又
默のおちも素より詩歌の成りたるニあらで、然るを香料ニそへて
かゝる別輸めく慰めかしハやよく有らむ心をくみてあんなれバおその
人ハ人ニ贈る言をもさるをいて称へて且その論弁自他の得失
を挙て吾憂霧を啓れしハ詩歌と異なる感深く、倫是同志の

六十七

の友なくハ、人を知るにあらざりせバ、かくの如児ひめおきさへ志あらし後はなく
見せられんや。そをさいの編末に載せたるハ悼りなるにあらねとも、此
書ハ廣く人に示さんものにあらず。孫なる為に貽さんと欲せるに
外なけれハ、志のひとつに謄録してかつ題跋に代るものゝ、太ニ郎か後年
これを閲せバ、栄枯得失の理を覚悟して、十七年の学才にまさる
ものあらむ。友ハ誠に択ふへし。吾に三箇の益友あれバ、それらの文
遊の多からぬを憂ひとせず。人の損益ハ、多くその友にあり。孫等よ、
吾まいの友をえらぶ、よくその友を択ふことあらハ、かならずしも裨益あらむ。
吾友達乃如くなるへし。
後の為此記　終

龍澤藏書

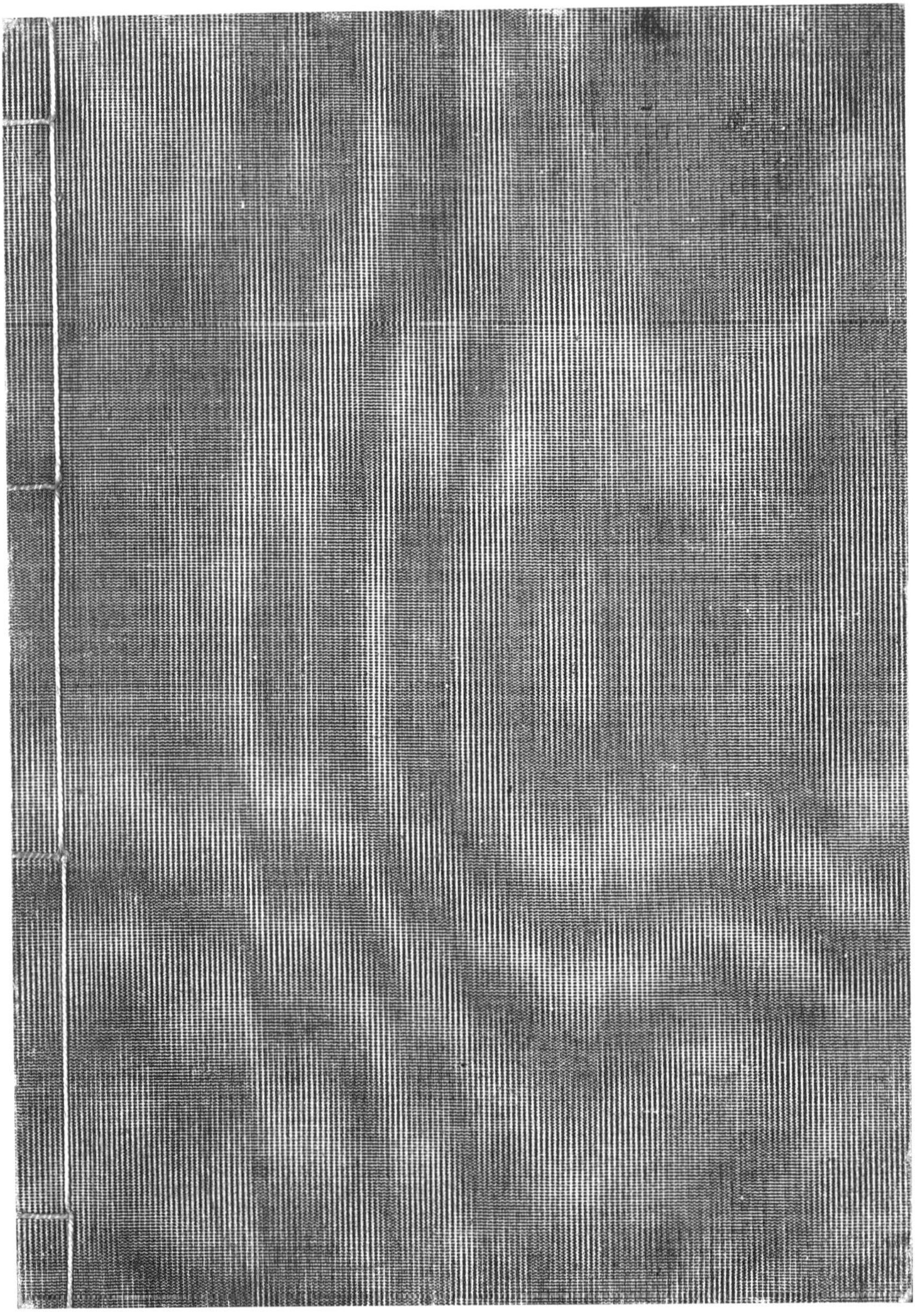

読『後の為乃記』雑抄

馬琴稿滝沢家家書『吾仏乃記』「家説第三、百卌二　作後之為之記二巻崖略」に、

是年天保六年秋八月下旬より、解、嫡孫の為に家記二巻を稿す。名づけて、後の為の記と云。其第一巻は興継が行状を書つめたり。第二巻は、興継が少年たりし時の詩稿と、十八歳の時ものしける京摂紀行を集録す。親として其子の行状をしるす事、其例あるべくもあらねど、倘この書微りせば、太郎が成長に至りて、父を知るに由なければ也。この書稿成るの後、筆工に誂へて五、六本を写さしむ。明年天保七年其浄書製本成りしかば、吾同好知音の友讃州高松なる木村黙老人及伊勢松坂なる殿村篠斎・小津桂窓へ各一本を贈りて、香料投恵の報ひとす。又渡辺花山は興継が総角の時より相識、同門の画友にて、且肖像を誂へたれば、他にも一本を贈りぬ。この後二、三年を歴て、右の後の為乃記をお次が成長の後に見せばやと思ひしかば、四谷へ移徙しける後、天保十年の春、解みづから其写本に傍訓を施して、是を長女おさきに取らせしに、おさきは始よりおつぎを欺きて己所生の母也といひしに、言の破んことをおそれて、閲せしのみにて返しにき。吾志に異なれども、又折もあるべしと思しかば、詰らずして受納めたり。この故に、吾自筆の稿本の外に副本二本あり。其一本はおさちに取らせよとて、他等が母に遺訓したり。其書、家に読者なくとも、吾三知音黙老・篠斎・桂窓の蔵弆にあなれば、故児の為にはなか〳〵に栄ありけりとやいふべからん。

天保六年五月十八日歿嗣子琴嶺哀悼録『後の為乃記』につき、筆作の動機や諸本成立の由来を述べて頗る適切をきわめた文であるが、着稿の日時等に多少の誤りがないでもない。後年の記憶によったためであろうか。『吾仏乃記』当項執筆天保末年の頃、滝沢家には馬琴稿本と、筆耕の副本二種、つまり元来太郎用だったものと同妹おさち用の、計三本があったことになる。おさち用はもとその姉おつぎに宛てたもので、馬琴による天保十年の傍訓本だ

った。右『吾仏乃記』にいう諸本中、現存の知られているのは、家本の一本、及び贈桂窓本・同黙老本、それに家本の別一本だったかと推せられる鈴木牧之本の、以上計四本。自筆稿本や自筆傍訓本、贈篠斎本・同崋山本は失われたか、いまその所在を知らない。

馬琴、寛政六年に長女幸（さき）、同八年の次女祐（ゆう）につぎ、翌九年十二月二十七日、始めて息男鎮五郎興継を元飯田町中坂下の家に得た。時に三十一歳。妻お百は三十四歳、三つ年嵩の家付き姉女房で、馬琴がここに入夫してから五年めに当る。興継幼にして諸師につき琴嶺、更に医を志して宗伯を称した。かく男ざかり、女ざかりのこの二親の子にしては生来、特に後年頗る虚弱の質で、終生これが馬琴の苦労の種であった。追って十二年には季女鍬（くわ）を挙げ、子女は以上の一男三女。文政元年琴嶺二十一歳、馬琴はこの者のために神田明神坂下同朋町に別に家宅を求め、母百及び妹鍬をも共にこれに移り住まわしめた。末女お鍬を添えたのは、残して後に手のかかるを案じたか、放してお百の手助けに、或いはその心淋しさを思いやっての気くばりか。既にこの前年次女祐は出でて他に嫁しており、元飯田町の本宅に長女幸のみを留めたのは、家事万端、馬琴身の廻りの世話をもみさせようとの配慮からでもあったのだろう。かくて夫婦別居、滝沢の家は元飯田町と神田明神坂下の二家に分かれる。この度の処置について、越後の友人で『北越雪譜』の作者鈴木牧之に報じた、同年七月晦日付馬琴状再復に、

倅宗伯、篤実と申のミにて、文雅の才ハ一向無之ものニ御座候（市中にて無疵にそだてあげ候手段。いろ／＼也。無益の事故、略申候）。当年廿二才（ママ）にて、療治は可なりにいたし候得ども、父子の業大ニちがひ申候故、同居いたし候てハ発達の為によろしからず。依之、今般別宅いたさせ候心がけにて、神田明神下、其外処々に相応の売家有之、この相談にとりかゝり居申候故、別して多用に御座候。素ゟ老妻を遣し置候つもり也。倅并ニ妻と別居いたし候てハ、としわかき娘のミに

て、拙者甚こまり候へども、拙者くぢけざる内、彼ものをとり立遣し申度、右の通りニ仕候。此上ハ相応の嫁ほしくなり申候。甚なれ〲しき申条なれども、御地ニて貧家の娘、江戸住居望ミの仁等御聞出し被成候ハヾ、御しらせ奉願候。貞実にて候へバ、外ニ望ミ無之候。江戸市中などの娘は、なか〲にはすハに育候故、安心不仕候。とかくすぢよくそだち候すなをの女子、ほしく御座候。格別御懇意につき、をこがましき事まで申演候。

書外、御賢察可被下候。

右所引の本文は『鈴木牧之全集』によった。琴嶺二十一歳の今日まで無疵に育てあげてきたという。市中は是名利好色の地、若い者にはとかく誘惑の多いところである。それをこの歳まで無疵とは、下世話に所謂箱入りの、虫つかずの、とでもいうことか。嫁でも取らそうかといった年頃の、一人前の息子に対する父親の言葉として、さて如何か。やや度に過ぎてお節介な言い種、その陰で育った、純粋無垢だが神経質で脾弱な、青白い一人の青年の姿が、先ず思いやられよう。それをこの際、思いきって別に家を持たせ、独立させようとする。真意は、業を異にする父と子がこれ以上同居しては、これから世に出ようとする若い者の将来によろしくない、との親心からであった。出世の邪魔とでも考えたのであろう。父子業を異にするとは、文事に依って身過ぎの手立てとする馬琴に、大名家お出入りの医師を以って世に立とうとする琴嶺、との謂いである。作者、文筆家などとはいうものの、自意識はどうであれ、世間の目からは畢竟戯作者ではないか。戯作者と医家——要するに格が違う。いま滝沢の家の正統を承けるは勿論医であらねばならぬ。こうした意味合いからでも、馬琴の琴嶺に寄せる期待は、甚だ大きかった。それにしてはいつまでも親離れしようとせぬ琴嶺を或いは歯がゆくみての、ややつき放した、この度の処置だったかともいえよう。滝沢家再興は、琴嶺にかけた、馬琴二十年来の夢であった。そのためには先ず住み家を与え、さてそれから妻女を迎えさせる。自分の達者な内に少なくともこれだけの筋道はつけておこうとの肚づもりからだったようだ。男子二十歳を過ぎれば、そろそろ妻帯立家を心がけるのが、当時の常式ではなかったのか。但し五十二歳の馬琴、既に自らの老を嘆くものの、世を譲って後の楽隠居など、さらさら念頭にはなかった。これも又、当時の普通でない。

追って同十月二十八日付の、同じく牧之宛状に、

（前略）かねて入手御聴候孩児琴嶺別宅の事、八月二日に相談とゝのひ、手附金等逓与(ワタシ)候後売主田舎へかけ合の事有之、罷越候よしにて、明けわたし不申、伜も竊に気もみ候様子故、捨置がたく、かけ引の指図いたし遣し候へば、おのづから片(かた)心にかゝり候て、著編ははかゆき不申。やうやく八月廿日に沽宅引とり、廿一日に移徙いたさせ候。右引うつりに付、家財を分ち、諸買物等悉皆愚老が指図ならざれば事ゆき不申、諸買物も一円金已上のものは、馬等乗り出して買とり遣し不申候ては、即座の間に合不申、宗伯姉夫(ムコ)なる男も律義のみにて、伜同然様ゆゑ、右両人下町辺を三日走まはり候て、物ひとつも求得不申、高からふかやすからふかと之のみ屈託いたし候事、一笑仕候仕合故、御遠察可被下候。さて右之沽宅、三ヶ年以前ニ建候由にて、普請は新しく候へ共、玄関前に敷石等もなく、納戸ハあら壁のまゝにて、勝手向いまだ造作もなし。之は最初普請をしかけ候処、金子不足故、造作はなかばにしてそのまゝに住なし候と見え申候。右に付、建具等も足らぬ処多し。いづれにしてもこのまゝにてハ不便利にて、打捨置がたし(中略)。ともかくもとり繕ひ然るべしと申つけ、九月二日ゟ番匠三、四人づゝ入り込、納戸・勝手向の造作いたさせ候うち、此節霖雨にて職人なまけ、短日なればいよ〳〵はかゆき不申、拙者は八犬伝

草稿最中にて寸暇無之候に付、見まはり候事なりがたく、伜は気若ゆゑ、気ばかりもみ候へ共、多くは職人によきやうに致され候て、最初にとり極候大づもりの金高一倍にかゝり、漸く九月廿日頃に番匠は手を引き申候。引つゞき泥匠に壁の中塗・上塗いたさせ、程なく畳師・経師・石工等追々造作、玄関前までとり繕ひ候へ共、座敷・納戸前前後の庭、これまでごみ溜同様にて、植木は一本もなし。こゝもさすがに捨置がたく、本宅の植木可然もの種々、大なるは車にて牽せ、小なるはかる子に運ばせ、足らざるものは宗伯隣家のうへ木屋に申付け、まづかなりに庭にいたし遣し候内、あつらへ候杉戸など追々出来に付、十月十五日に、之迄祝義・音物等受候別懇の人々十人ばかり、并に親類を招き、新宅開き内祝の饗膳をハり、右新宅の一議漸く世話うすらぎ候(中略)。是全く再び家を興さんと存こみ、只一人の伜をもり立て、弐十年来のその心がけ、一日も忘れ不申、先祖の遺徳、父母の大恩、亡兄の遺志を身一つに引うけ候。我らこそ生涯市隠清貧にてをはれ、何卒伜をば人がましく、先祖の祀もその霊の快く受させ給ふやうにしてとらせんと存居候赤心を、家廟の諸霊助けたまひて云々。馬琴お喋りの、浮かれきったこの陽気さはどうだろう。まるで軽口だ。面白さに、つい長文を引いてしまった。彼の生涯中、最も幸せな一時期だったのかも知れない。「本宅にハ拙者と長女のみ罷在候。下女は一人召仕置候処、不埒の筋ニ付、当七月暇を遣し、其後相応の代り奉公人も無之」といった状況だったが、妻子とかく隔たったため、お互の情愛がこれまでより却って深まった、などと書き添えている。「日々のくらし方、衣食住その外箸の転びし事まで、拙者方へ問合せ、悉其指揮によりて進退いたし候故、同居の折〻一倍に世話多く、之にハ殆倦果申候。世帯二つ引受候ハヽ、余ほど世話なるものに候」と。箸の転んだまで——何だか脂(やに)下っての軽薄口上、全くいい気なものだとしか言いようもない。滝沢家再興への執念もさることながら、こうまで得意顔に構いたてられては、息子の琴嶺、不甲斐ないというより、まずは何の立つ瀬もあるまいと案じられる。何事にも口を出さねば気の済まぬのが馬琴の性分となら致し方ないとはいえ、琴嶺の影いよいよ淡く、自らの意志を持たぬ繰り人形のようで、もの哀れでさえある。勿論、馬琴の一家の主人としての使命感や自覚、愛情、琴嶺の父親に対する尊敬と信頼といった誠意を、決して否定するものでない。神田新宅の名宛所、

昌平橋外神田明神石坂下同朋町東新道　　西丸御書院番橋本喜八郎殿地内

琴嶺　滝沢宗伯

元飯田町の本宅から十数町離れており、地坪は四十坪、建坪十六坪程度で、本宅よりよほど手広だったという。それでも後年、なお何度か敷地を買い拡げ、部屋数も次第に建て増していった。

文政七年、長女幸に町人吉田新六勝茂を婿養子に迎えて元飯田町の旧宅を与え住ましめ、この者に己が名跡滝沢清右衛門を譲り継がせて、興利を名乗らせた。これを機に自らも剃髪して笠翁、更に篁民と称し、やがて又一同共に改めて琴嶺居所に転じ、同住した。時に五十八歳。以降滝沢の家は神田明神坂下と元飯田町との、新旧本別二家二流に名実ともに分れる。とすれば、ずるずるべったりの元の杢阿弥、牧之に伝えた尤もらしい同居不可説は一体どうなってしまったのだろう。馬琴や琴嶺の性格上、別家別宅などそもそも無理な注文だったのかも知れない。飯田町宅が歴とした、大名お抱え医師の居宅にはふさわしくなく、又馬琴としても家付き女房の家を離れたい、というのが本音でなかったかとさえも勘ぐられる。尤も、婿養子との同居は諸事家庭悶着のもとだ、といった世故によるはいうまでもあるまい。がともかく、元飯田町旧宅は自分の名跡、明神坂下新家を以って、亡兄の遺系を承け、その絶えたる滝沢の正流を再興させようとの存念に違うところはない。琴嶺歿後一年の天保七年、明神坂下の家を

捨て、四谷信濃坂に再び新居を求め、住みかえ、嘉永元年、馬琴はここに終った。八十二歳。

文政十年琴嶺三十歳にして、漸く紀州藩家老三浦将監家医師土岐村元立季女路を娶る。さきに神田明神坂下に新居を構えさせたのも、早く妻女を得て滝沢の家系を興させよう魂胆からだったとのことは既に述べた。それがかく十年近く遅延したのも、専ら琴嶺病弱の故かとみる。当時の一般としては晩きに過ぎたが、ともかくこれで滝沢家存続一応の目途はついた。「吾、七、八年来興継が為に娵女を徴れども相応しき者なかりしに、こゝに至りて其宜しきを得たれば、速に熟談す」、と『吾仏乃記』にはある。関帝籤最上吉の卦により、この縁を定めた、ともあった。お路時に二十二歳、これもさほど早いという方でない。奥勤めによる遅れなどでもあったのだろうか。江戸女の蓮葉ものではないにしても、牧之宛状に望んだような女性だったかどうかはさておき、その里方が琴嶺に同職同格の医家ということが、当結縁に最もの理由だったのだろう。この者、もと名は鉄、縁類中の同名を避け、嫁しての翌日にかく改めたのである。二人の中に、太郎・幸・次の一男二女を儲けたが、天保六年五月八日に琴嶺は神田明神坂下の家で歿した。享年三十八歳。お路その妻となって八年か、三十歳にして夫を失い、六十九の頽齢に及び、馬琴はただ一人の後嗣に棄てられたわけである。就いて馬琴、匆々に『後の為乃記』なる一書を草した。

管見『後の為乃記』の諸本は、天理図書館に寄託の滝沢家伝来の家本、同館蔵小津桂窓西荘文庫本・大阪府立中之島図書館蔵木村默老本・国会図書館蔵鈴木牧之本、以上の四。すべて同装、孰れも自らの稿本によって筆耕謄写せしめ、間々手自校訂を加えた数本の内で、馬琴よりそれぞれに直接付与したものである。諸本作成の手順は前年天保五年の『近世物之本江戸作者部類』に全く同様で、先行のこれに準じたものとみえる。ともども由緒ある正本と称し得よう。なお、明治四十四年国書刊行会版饗庭篁村編校『曲亭遺稿』に翻刻所収あるも、基づくところを明示せず、上冊のみの不全本だが、よってこれまで当書流布の功を否むわけにもいくまい。

今回当餘二稿本の拠った滝沢家本についていえば、大本上下二冊、「滝沢／蔵書」の朱方印を捺す。『吾仏乃記』にあると同刻で、並びに家記家書の一本たるを意識して、特にこれを用いたかとも思うのだが、馬琴の直印か、或いは後印か、『路女日記』等にもみえ、むしろ後か。上冊には遺孤の嫡孫太郎に宛てた馬琴稿「琴嶺滝沢興継宗伯行状」を主文とし、故人への馬琴・桂窓・篠斎三者による哀悼歌文、その他幾許かの箇条を添え、末に「人性命有定数、并吉凶悔吝自戒」の一章を後補して下篇とし、終る。表記はしないが、従って琴嶺行状記等を上篇に宛てた、とみる。右上下篇合一冊、全四十七丁。下冊には「琴嶺詩稿残欠」等及びその旅行記二種の、琴嶺遺稿を収録。まま馬琴の文をも交え、巻尾に天保六年七月七日付馬琴宛「同好知音之益友木村黙老翁手簡」、続けて馬琴跋を付載、全六十七丁。上冊末記に「みな月廿日に稿しをハりつ」とのみあって年次をいわぬが、琴嶺行状記識跋「天保六年乙未の夏六月稿し果しつ　滝沢太郎どの」に勘考し、勿論天保六年。下冊本文末には「天保六年といふとしのうるふ七月二十六日、この書をともし火のもとに録し果にき　隠士滝沢解、時六十九」と識署。上冊巻首記の「天保六年八月朔　滝沢篁民謨」及び「崖略」は、従って上下冊筆了後、それ等をあわせての総序、概略であった。上下冊の間にかく二ヶ月余もの隔たりあるは、馬琴この種著作の例として、多少尋常でない。

馬琴日記天保六年度分は佚失して欠落、ために『後の為乃記』成立の過程を、時序に即して逐条明確に追うわけにもいかないが、伊勢松坂の知友小津桂窓や同じく殿村篠斎に宛てた当時の馬琴書翰、さては滝沢家に伝襲の諸記録等を通じ、凡その経緯はたどり得そうである。尤も、篠・桂との書通往返に於いて、馬琴出翰分残存の歩留りは概ね良好だが、馬琴宛来状は悉皆無、ついて知るところ一つもない。馬琴からの返状により、その内容の些かを推するばかりである。諸本中、馬琴が生涯最も信頼を寄せた善友殿村篠斎に与えたこの書の消息につき、全く手がかりを得ぬのは何としても遺憾という外ない。逆に、篠斎・桂窓と共に馬琴三友の一人で、讃岐高松藩の、久しく江戸詰家老だったが、去夏来帰讃の木村黙老に与えたその旧蔵は現存するものの、当書をめぐって彼我の間を往来、これが成立の仔細を物語ってくれるでもあろう書翰は、下冊末に抄出された天保六年七月七日付馬琴宛状以外すべて不伝、馬琴来状更にいうまでもない。牧之本については、改めて別に一考せねばならぬ点もあるようだ。

琴嶺不幸より未だ旬日を経ぬ天保六年五月十六日、馬琴は桂窓に宛て長文の一書を認め、早便を以って松坂に遣わした。文中にいう、「三月廿一日・廿八日両度ニ此方ゟ差出し候拙翰着、御覧被成候よし」と。右三月二十一日付桂窓宛馬琴状追而書に「尚々、忰事御たづね被下、忝奉存候。此節ハ少々快方ニ御座候。乍然、出勤いたし候様ニハ成かね、何分こまり候事ニ御座候」云々。出勤とは、松前藩お出入り医師としての勤め方のことにかかる。同じく二十八日状の「尚々、忰義も同様よろしく申上候。此者、此節ハ病苦ハ薄らギ候へども、いつも同様ニて、こまり候」などとあった。右両度の書中では、ともかく最近の琴嶺病気やや快方、というのである。この年一月十一日付篠斎宛状に、

> 忰事、去春中ゟ去年一ヶ年、引籠罷在候。寒ニ入、別して不快、下部の腫気まし、或ハ暴瀉いたし、痰咳並ニ喘息つよく、度々危殆ニ及び候へ共、又もち直し申候。別人ニ候へバ一トたまりもあるまじく候へども、それが持まへのやうニ成候故、凌ギ候事ニ可有之と、懇意の老医も被申候。只、廃人同様ニ御座候。愚父存命の間ハ、その身ハさら也、妻子どもやしない候得ども、ゆくすゑハいかゞ致し候哉、心もと事（ママ）ながら、苦労ニいたし候ても詮なき事故、天命ニ任せ候外無之候。御憐察可被成下候。

と。同日付桂窓宛状に「忰事ハ去年春ゟ病患、且寒気ニいたミ、十二月中ゟ腫気もまし、気喘等つよく、困り入候。且、老婆ハしもつけをとがめ、足痛ニて、一歩も運動いたしがたく候。活キてはたらき候ものハ媳婦のミ。去年ゟ無人ニて難義ニ候へども、ともかくもして凌ギ罷在候。御憐察可被成下候」ともある。去年一ヶ年は廃人同様だったのが、この節漸く症状も少々収まってきたというだけのことに過ぎない。それさえ何か気安めのようで、なお到底常人の態などとはいえたものでなかった。琴嶺の健康に対し、いまはもう投げ切って、一種の諦めといったような沈欝さささえちらつく文章である。かつて、十何年か以前、明神坂下のこの所に別家するときのあのはしゃいだ調子に、何とした相違だろうか。そうした滝沢の家の実情を知る桂窓からの書通には、毎々琴嶺不例を見舞うの一条を添えるのが長年のしきたりで、馬琴も都度に病児の容態を丁寧に記し、懇切に答謝の辞を綴るを例としていたようである。琴嶺問病応返の文通、馬琴・篠斎間では更に一層立ち入って丁寧だったが、往来書翰の残存しない黙老とでも、ことは同様だったかとみている。馬琴の琴嶺にかける期待の大きく、それだけにその失望の激しいことを、皆々よく知るからである。馬琴来状への端書には出・着の外にも返書の日付けを併記するのが通常なのだが、上引三月二十一日及び同二十八日付桂窓宛状ともそれはない。しかし、五月十六日付桂窓宛状の「四月廿二日之御状ハ五月七日ニ来着、是亦忝拝見仕候」に見あわせ、三月二十一日と同二十八日両度の馬琴来状に対し、桂窓は四月二十二日、まとめてその返書を認めたものとみえる。恐らくこれにも、いつものように琴嶺の容態を問い慰めるの一項が挿まれていたことであろう。馬琴が当状を受取ったのが五月七日、琴嶺歿のその前の日だったという。前掲五月十六日付桂窓宛状に「四月廿二日之御状……右御状並ニ御評とも、五月七日ニ着いたし候。当日ハ心地甚穏ならざる事有之」などある所以である。来翰への返書には早々に筆を執るのが習いの、この度はかく十日近く遅れたの

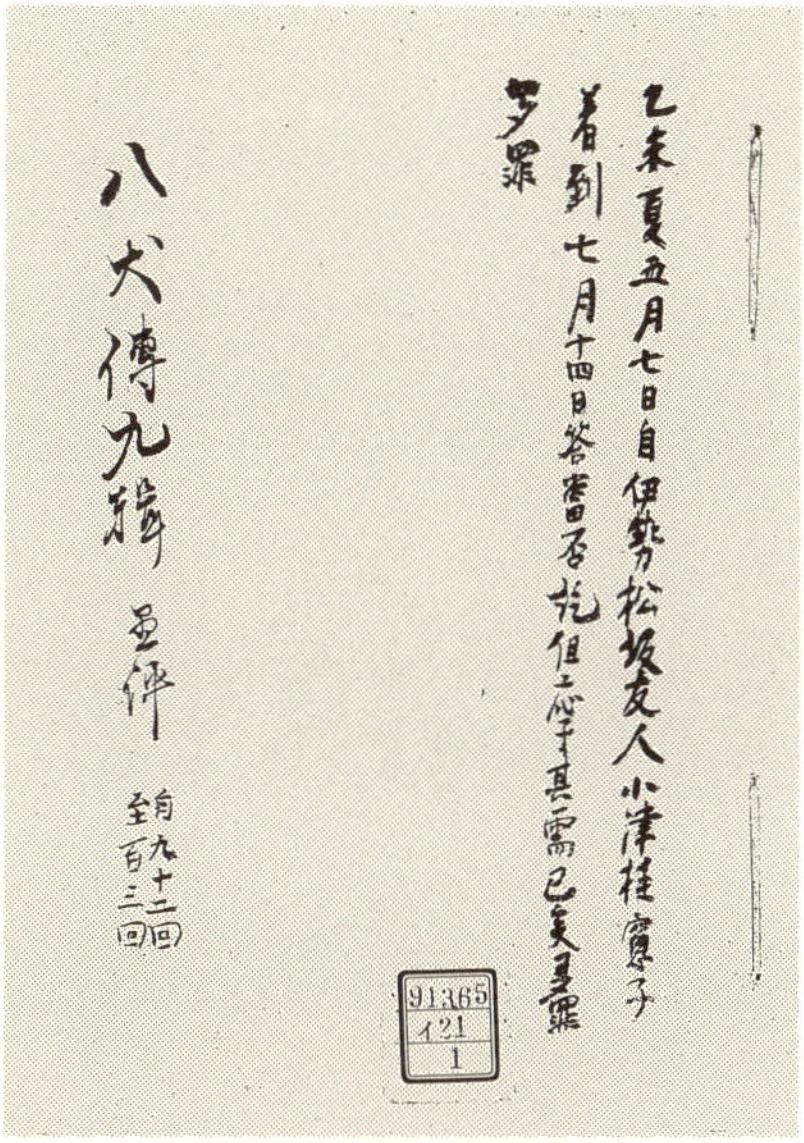

八犬伝九輯桂窓・馬琴評答

も、まことに詮ない仕儀ながら、現に馬琴の身辺にこうした非常の大変があったのである。

かの桂窓宛五月十六日の馬琴状には、それに同封の御評も受けとった、ともあった。馬琴新作出刊の際、特に八犬伝については、それが彼等の間で一つのきまりのようにもなっていた所謂作品評答に関する記事である。篠斎や桂窓・黙老その他馬琴贔屓の常連達によって都度になされた作品論評に対し、作者馬琴は一々それ等に答書を綴る。この応返二つを併せて評答というのだが、今回のは『傾城水滸伝』第十三篇と『南総里見八犬伝』九輯中帙九十二回至百三回への桂窓評で、眼目は勿論後者にある。

天理図書館蔵右八犬伝桂窓評は、上述四月二十二日付馬琴宛状中に同封、五月七日江戸着。桂窓評冊の前表紙に馬琴筆「乙未夏五月七日、自伊勢松坂友人小津桂窓子着到。七月十四日、答当否訖。但、応于其需已矣。多罪多罪」と朱識。馬琴の答書は、琴嶺歿後一ヶ月余の間、『後の為乃記』にほぼ時を重ねての筆作にかかる。些か後日談に属するが、『後の為乃記』とともにわが評答も届けようが、多分八、九月頃になるだろう、とも桂窓に伝えている。しかし、『後の為乃記』の筆耕作業が意外に遅延したため、とりあえず評答ばかりを届けようとした。かかる憂愁中での執筆、只管桂窓評への、馬琴の心意気ともいえよう。天保六年閏七月十二日付桂窓宛状に、八犬伝九輯貴評御答出来致し候を、引留置も不本意之至ニ御座候間、今便ハ先ヅ八犬伝九輯の貴評のミ致返上候。右拙評ハ例以別楮にしるし候得ども、此度のハ、乍憚貴評御精妙ニて、弁論可仕条も多からず、且、病中の所為ニ候間、則、拙答ハ頭書ニいたし、尚又愚意与岩齬の条ハ別に奥へしるし申候。尤、貴評・頭書とも、いぬる比、一本筆工ニ写させ候間、又被遣候ニ不及候。貴評ハ此まゝ御留置れ、異日篠斎子ニも、御見せ被成候様奉存候。返すぐも御妙評、感佩多く御座候。

右評答は『天理図書館善本双書』第十三巻「馬琴評答集」に所収複製。

三月二十一日及び同二十八日の馬琴状には、このところ琴嶺病態についてそれぞれ上述の如き報告あり、ともにやや持直し気味、とみえた。右両状に対する四月二十二日付桂窓からの返書には、馬琴のそのような手紙に安心して、琴嶺のことに及ぶ条々、毎々如例の筆致よりはむしろ軽い調子で、近頃快方への祝意を籠めてさえ綴られていたことであろう。それを受けとり、披見したのが琴嶺遠行の前日、五月七日のことであった。そして、翌八日朝、琴嶺は死んだ。命絶えだえな息子を傍に見ながら、この凶事を夢にも予測しなかったからとはいえ、その平安を祝い願うあたりの桂窓状を読む、彼が心中はどれ程に空しく辛かったことであろうか。それが誠心慰めや励ましの文辞であればある程、馬琴には一層非情、痛恨の極みだったかと察せられる。しかしそれはさておき、桂窓状に対する五月十六日返書の肝要は、あくまでわが近作への評答やその他諸種用件についてであって、琴嶺死去の如き、謂わばわが家の一私事に過ぎぬ。五月十六日付馬琴状での琴嶺不予に関する条項は、いつものように追而書や尚々書ではないにしても、諸事諸件を済ました後の、ほぼ末尾近くに書かれてあった。かくあるを大人(おとな)の、男の書翰としてのあるべき様と考えたからであろう。いつに変らぬ馬琴流の杓子定規な堅くるしいいき方である。そうした肩肘張った痩我慢の、精一杯な虚勢の姿とは裏腹に、琴嶺最近の病歴から死に到るまでの顛末を、まるで記録のように克明に綴り進めるが、やがて次第に昂ってくる綿々たる悲しみの行文、惻々たる嘆きの筆意は紙余に溢れて、蔽うべくもない。文字を選び、筆を抑え、情に激するを懸命に避けようと努めつつ、なおかつ制し切れず、ともすれば悲傷の渕に溺れようとする様、目にみるようで、却って痛ましい。しかも、文の格に於いて、節度を失ってはいない。流石当代の文筆である。

一、毎度被懸御心配、御尋被下候悴宗伯事、長病療養終ニ不届候而、五月八日朝五時、致死去候。享年三十八歳ニ候。去年六月中ゟ歩行不便ニ□□(ムシ)て、屋敷へも罷出がたく、引籠り居候へども、されバとて打臥候而のミも不罷在候。半起半臥ニて、折々読書抔いたし、一ヶ年をおくり候。三月中旬ゟ少々快方ニ付、四月ニ至り、出勤いたし度よし申ニ付、しばしとゞめ候得ども、猶申候間、足ならしの為、近所池之端弁天開帳抔ニ、隔日或ハ三日ニ壱度参詣いたし、その外近所親類共方抔へも罷越、とくト足をかため、その上ニて、いよ〳〵快く候ハヾ出勤いたし候様申聞、池の端へ□□(ムシ)両度参詣いたし、飯田町あね方へハ壱度罷越し候。飯田町へハ十四、五町の道ニ候間、帰路ハ大ニなやミ候よし。これら、暇乞ニ成候。四月十二日、池の端弁天へ参詣いたし候後、病苦いやまし候様子ニ候処、四月十〔四〕(カ、ムシ)日昼前ゟ痼火上升いたし、乳の辺ことの外いたミ、十八日迄昼夜呻吟、苦悩甚しく、聞候ニも忍びがたきおもひニ御座候キ。十九日頃ゟ右胸痛薄らぎ候へども、一向ニ食気無之、しら粥抔少々づゝ啜り、凌ぎ候キ。然ル所、廿五日・廿六日両朝、痰血を多く吐キ、いよ〳〵危殆の症をあらハし、是ゟ夜中不睡ニて、折々胸痛ニて呻吟いたし候。しかれども、毎朝勉メテ予が機嫌を伺ひ、胗脈いたし候。昼の内ハ床をあげさせ、半起半臥ニ罷在候。療治ハ始終自療ニて、外人の療治気ニ入不申候而、いやがり候故、その意ニ任せ置候。五月一日頃ハいよ〳〵衰へ候ども、柱ニつたひ、予がほとりへ罷越、機見を伺ひ、胗脈いたし候事、例のごとくニ御座候キ。二日ゟ坐敷内も歩行成かね候ども、其節八犬伝九輯十一巻め百十一回め分十五丁稿本申来、如例校閲可致よし申ニ付、とゞめ候得ども、見申度よし尚又望候故、見せ候処、悞脱へしるしつけ、昼後ニ媳（つま）を以差越候間、右悞脱書直し、同日夕、筆工へわたし候。これが稿本校閲のかたミに成候。三日ハ亦復胸痛ニて、苦悩甚しく、四日・五日・六日ト、追〳〵ニ殆危（マヽ）ニ及び候間、懇意の老医招キ、療治受可然旨、媳を以申聞候へ共、とてもかくても必死の症ニ御座候間、其義御無用ニ被成可被下候。此病着本復いたし候ハヾ、已来医ハやめ可申ト媳へ申聞候而、遺言等いたし候よし。七日ハ弥絶命ニ及び、甚心痛の折から、貴兄四月廿二日之御状着、八犬伝□□（数字分ムシ）貴評も拝見仕□□□（ムシ）。此節の心もち、御さつし可被下候。七日ゟ絶食ニて、八日朝、痼火又上升いたし、今をかぎりと存候哉、予を呼むかへ、とし来の洪恩を謝し申候。脉を胗し候へバ、既に□（ムシ）脈ニ及び候故、正念をすゝめ、程なく落命いたし候。くハしくハ筆紙まハりかね候。御憐察可被成下候。同十日巳中刻、棺を菩提所小石川茗荷谷浄土宗伝通院末清水山深光寺へ送らせ候。

法名

玉照堂君誉風光琴嶺居士

予、六十九歳ニ至り、ひとり子をうしなひ、嫡孫滝沢太郎当年八才ニ候。その次孫女六才、これハ四才の春ゟ悴あね、子なく候□（ムシ）、養せ候。その次も孫女、三才ニ候、媳ハ三十才ニ候。媳の両親、心術氷炭ニ候間、尤心配いたし候。かねて覚期の事ながら、今更当惑いたし候事に御座候。孫を見立候半とハ存候得ども、七旬ニ足をふミかけ候われ等故、余命おぼつかなく、只事々物々こまり候外無之候。悴事、年中病臥といへども、たすけニ成候事少からず。第一、勝手向のしまりニ成候。第一、売薬の事、忰・娘両人ニて引うけいたし候。第□(ムシ)、よみ本・合巻等も稿本ハ必下よみいたさせ、悞脱を補ひ候き。近来多く脱字等いたし候故、稿本ハぜひ忰ニ改めさせ候キ。奇書珍書をかり出し候節ハ、必忰ニも見せ、互ニ討論いたし候故、わきてたのしミ成候処、已来ハ誰ト共ニかたらん。読書に思ひを□□(ムシ)候望大ニ成候也。

一、忰、不才ニて、風流ハ無之候へども、医術ハ精得候事多く、病名抔つけ候事ハ老医ニもまさり候事多く、療治も毎度あやまちなき様ニ存候間、たのもしく存居候処、望画餅ニ成申候。十三ケ年前、正月廿四日ゟ病発り、癆症ニ成□(ムシ)申候様子ニ付、雑費をいハず、楊弓・釣り抔ニ折々つれあるき、子年五月ゟ九月迄、小瀉昼夜八、九十度づゝの多抔も、療治ニ費へいとハず、財用をつくし候へども、定業、ちから不及候。今さら考見候へバ、十八ケ年已前、忰廿一才の秋、当地ト居いたさせ候節の易卦ニ、十八ケ年めに没し候事、その節あらハれ候へども、神ならぬ身のそれとハ判じ得ず、今思ひあたり候ハ、六日のあやめ、十日の菊に御座候。決してをしまず、ふかくなげきも不致候て、天命也とあきらめ居候へども、後事了簡ニ及びがたく、只こまり候のミニ御座候。此節筆とり候も物うく候へ共、格別の御知音と奉存候へ者、諄言ニ及び候。此一条ハ、篠斎子へも可然御伝可被下候。彼人へも申遣し候へども、同様の長文二通ハ認かね候間、此段奉頼候。

引用は琴嶺不予の仔細を報ずる条にのみ限ったのだが、なおかく長きに過ぎた。それにしても、この切々たる文の流れはどうだろう。しかも、事を叙し情を尽すに適確切実の筆致は、自ら抑揚を得て、なまじ読む者の心をうつ。胸中にわだかまる思いの限々を、せめて他に漏らし訴えることで纔かにその痛みを癒し紛らわそうとするかの如くにさえもみえた。かく堪え忍んだ心中の欝屈を、打ちあけ語りあえる相手としては、わが縁辺の身近に、更には江戸の地に、誰一人居たであろうか。ただ考えられるのは、彼が所謂善友の、先ずは伊勢松坂の殿村篠斎、同じく小津桂窓、この二人に何程か調子を異にするものの、かの讃州高松の木村黙老、この三者のみか。つまり彼が自ら選んで『後の為乃記』を贈った人々であった。渡辺崋山、それに牧之本の鈴木牧之との間柄は、以上の三人と大分事情も違うかと思うのだが、ついては又改めて一考しなければなるまい。

『吾仏乃記』廿六に「文化十四年丁丑二月八日、金子金陵没、享年六十四歳。吾親族にあらず、興継が画の師也。猶備には雑記に載て、第十二巻にあり」と。琴嶺早歳より、崋山とは金陵に同門であった。琴嶺よりむしろ馬琴の方が、元来は琴嶺との関わりを通じてだが、崋山を友として篤かった様は、馬琴日記等にも散見する。その画技の優秀さもさることながら、真の文人にして且つ剛毅の士大夫とはこれかと、彼の人品骨柄、識見に魅かれての故とみる。冒頭所引『吾仏乃記』に、崋山にも『後の為乃記』の一本を贈ったとある。琴嶺臨終に際し、その肖像を描くを依頼したことへの謝意としてであった。そもそもこの執筆の依頼も、その写実的な精緻の画風に期待し、琴嶺とはかつて画友たりし縁に従ったのは当然ながら、やはりその人柄によるところ大だったかと思う。これも前引文政元年七月二十九日付鈴木牧之宛同状中に『北越雪譜』挿図用の雪虫の図を崋山に依頼したところ、虫眼鏡が手に入らぬ故まだ描けぬとのことなので、馬琴は長崎に便ある者に蘭製の虫眼鏡を注文したとか、牧之から依頼の中に立って芭蕉像の画作を申し出た、などの記事もみえた。かねて実力の程を買ってもいたのである。琴嶺の肖像について『吾仏乃記』百廿五に、「この朝、父解、幼孫の為に興継の肖像を貽さまく欲して、勝茂をもて渡辺登（画名崋山）を招くに、主用の障ありて来ぬることを得ず。登は三宅備中守殿の家老にて、興継と同門の画友也」。そして、「翌五月八日の晡時、渡辺登来訪。解、則琴嶺が肖像の事を談ず。しかれども死後、時後れて及びがたきを遺憾とす。登、則龕を開きて見んと請ふ。因て、勝茂に燭を秉せて、寝所に造らしむ。登則紙筆を乞ふて且龕を開かせて、琴嶺が枯相を写看一時許、薄暮に至りてかへり去れり。この肖像、期月にしていまだ成らず。三年にして稍成れり。しかれども死後の枯相を写したれば、肉脱骨立、五、六十歳の人の如し。只其趣あるのみ。お路等、是を遺憾とす。天保十一年の秋に至りて、解、この肖像と琴嶺が遺墨と裱褙二幅にして、是を太郎興邦に与ふ」。重ねて同書百六十八条に「天保十一庚子秋八月、解又興邦が為に下谷二丁町なる経師万吉に課て、琴嶺の肖像・画幅を裱褙せしむ。二幅也。其一幅は天保六乙未年春正月二日、琴嶺が筆すさみに寿福の二字を書たるあり。是絶筆なれば、則是を篆額に代て、解、其略伝を添たり（中略）。蓋、其肖像を観て、追悼の心禁じがたければなり。其歌、なか〳〵に見ぬ影ならば先だててなげかざらましみじかよの月　此肖像、渡辺花山に誂へしより玆に五年也。この度箱を作らせて、蔵めもて興邦に与ふ。吾考妣故兄を祭る如く、年の忌日毎に等閑すべからず」。琴嶺の命日逮夜にはこの像を懸けて毎々供養したこと、お路の日記に逐一明らかである。天保丁酉八年五月八日琴嶺三回忌、「この日渡辺登、琴嶺が肖像の着色を果したりとて、使をもておこしぬ。この画三年にして稍成りぬ。篗に掛て久しかりけれど、絹の煤に染りたる処さへ見ゆめり。此度も亦裱褙に遑あらず。媳婦等是を遺憾とす」云々とも『吾仏乃記』百四十七条にあった。琴嶺像画幅崋山落款「天保丙申蕤賓朔七日　友人渡登追真」。丙申は七年、蕤賓は五月。以上の由縁を以って崋山にも『後の為乃記』一本を贈ったが、かの三友とは違い、馬琴にとっては畏敬の友でこそあれ、みだりに胸中の憂愁や、鬱屈などを漏らし訴え得べき世界の人ではなかったのである。

群馬大学の板坂則子さんから、もう十数年も前のメモなのだが、と早稲田大学図書館蔵八犬伝稿本第九輯巻十二下冊二十二丁ォに、次のような馬琴自筆貼紙があることを教えられた。

蓑笠漁隠云、本輯七冊ハ今玆乙未の春二月六日より硯を発りつ。五月初の七日に至りて第十一の巻百十三回の二十四頁まで綴りしに、件の次の日八日の朝、独子也ける琴嶺(名興継、字宗伯、称琴嶺、号守忍庵、又玉照堂主人)が長き病着、起つよしもなく、三十八歳を一期として竟に簀を易しより、なおいハけなき孫等が上、そが母親の覧るさへ(カ、ムシ)老が身ひとつにかこたれて、心たましひ衰へたれバや、背跼り、腰さへ疼みて、人の扶助に起居をすなれバ、忌ハ関ても尚垂籠て、朝露夕槿の果敢なきを観念の外なかりし程に、夏は過ぎ、秋も亦八月なかバになれる比、吾病着ハおこたりしかど、筆攪る技の懶さに、坐して食へバ箱も空し。現世渡りハ苦しきものから、かくてあるべき身にしあらねバ、中の秋の月見る比より、嚮に稿し遺たる十一の巻百十三回の足ざるを補ひつ。十二の巻上下二冊ハ十月十四日に百十五回の終りまで綴り、書肆の責を塞ぎぬ。抑、予が年毎に編る稿本ハ、傍訓などに誤脱あるを、みづから急に□(九—十字ムシ)間これあり。この故に、稿本の一、二回成る毎に先琴嶺に訂さして、その錯へるを彼此と補ひぬるも久しくなりぬ。然れバ、這回の稿も第十の巻までハ他に校閲を委ねしに、十一の巻の半分なる百十一回十五頁ハ五月朔日に

文は中断して、以下を欠く。右引用については、同館大江令子さんからも一校を得た。句読は私意に従う。刊本の後語付言にも宛てるはずの案文なり、下書ででもあったのだろう。刊本九輯中帙巻之十二下の末記付言に「八犬伝刊行の書林文渓堂等、贅言して言、本輯中帙七冊の編述ハ、作者蓑笠翁約束あり。大凡五月下旬までに、遺なく綴りて取せんとて、今玆乙未春二月六日より、はやく硯を発かれしに、果して五月七日に至りて、十一の巻第百十三

回の二十四頁まで、稿本過半出来しを、筆工・画工・劂人の手に渡して、をさ〳〵刊刻を急ぎしに、次の日五月八日の朝、翁の独子にて侍りける、琴嶺先生の訃聞えて、長き病着、起つよしもなく、この朝辰時に、簀を易にき、と告られけり」云々。「先生稟性尤孝順、言行老実ならざることなし」とか「翁の悲愁査すべし」などともあった。先生とは琴嶺、翁とは馬琴。更にその喪去後のことに及び、

事の障りは是のミならず、六月の比より欤、翁も亦恙あり。僕時々訪慰めしに、一日翁の云、予が老て不幸なる。嚮に琴嶺を先だてしより、心たましひ衰へたれバや、背局り腰さへ疼ミて、人の扶助に起居をすなれバ、忌ハ関ても尚垂籠て、朝露夕槿の果敢なきを、観念の外他事あらねども、坐して食へバ箱も空し。現病着のせんかたなきより、なほ苦しきハ世渡りなる哉（中略）。抑予が年毎に編る冊子物語の稿本は、傍訓などに誤脱あるを、みづから急に読復してハ、見遺すも多かれば、一、二回づゝ綴る毎に、先琴嶺に校閲させて、指摘を他に儘せれバ、そを補ふに便りよかりき。因て這般の稿本も、十の巻百十一回までハ、皆琴嶺に見せたるが、十一の巻の中央に至れる、百十二回十五頁は、五月朔日に綴りしかども、この比ハ、琴嶺が病着既に重やかなれバ、予ハ見よかしともいハざりしに、他がはやく聞知りて、いかで校閲せまくほしとて、病の牀に在りながら、いと叮寧に誤脱を訂して、親の資助になれりしに、又見すべくもあらずなりたる、是すら嘆きのひとつにあなれバ、

たゞさせん便りも今ハなき人の見はてぬふみを綴りわびぬる

以下、八月下旬に到り馬琴の病気も快復したので、十月望日に予定の十二巻上下二冊百十五回の終まで完稿したことを述べている。上引刊本の後語、まま版元文渓堂の手に成るが如き体をとっているが、稿本の貼紙に比校して、

勿論馬琴自身の筆にかかるはいうまでもない。八犬伝稿本校正助筆のことに関する条々、何故こうまで思いつめねばならぬのか、琴嶺がその執念、まさに鬼気迫るの思いがする。以上三種の文例、即ち桂・篠宛各書翰と刊本の後語並びに草案、その構文や運筆大方に類同ながら、なお相異るところ無しとはしない。私信、公刊書或いはその文案といったことによる差等ばかりでなく、時を経るにつれて次第に沈静していった馬琴心緒が揺れの跡をも見るようだ。それにしても、琴嶺不幸のことに言い及ぶあたり、馬琴の筆致はいついつまでも湿度が高いようだ。そうまで執心して校正入朱したこの八犬伝百十二回十五丁分の稿本は、琴嶺その日の姿を偲ぶにこの上もない機縁(よすが)ともなるのだが、これもいまは失われたか、所在を存知せぬ。

琴嶺の喪事に疲れたのだろう。六月頃から馬琴自身も所労づいてしまった。それさえあるに、先年来病気勝ちの古女房お百は今度のことで諸事取乱し、もはや半癲半狂の態で、到底面倒見切れず、同居に堪えぬとて、これより早く元飯田町の家に移してしまった。とすれば、後に残るは病馬琴とお路。前引八犬伝後語にいう「琴嶺を先だてしより、心たましひ衰へたれバや、背局り腰さへ疼ミて、人の扶助に起居をす」の人の扶助とは、誰を指すのだろうか。これまで馬琴日記に所見する限り、むしろお路をたしなめる記事ばかりが目立っていたようだが、いまこの時、馬琴のお路への思いは果してどうだったのだろうか。特にかく非常の際、分別もあり、親身になって頼り甲斐のある相談相手は娘の里方でもあるはずなのだが、生みの娘お路とその両親と、互に氷炭の由なるを、馬琴は明らさまに記して、嘆く。ついてはこのあたり行文の実意、お路の名に仮ってむしろわが存念を述べたかとも解すべく、これまで馬琴自身、必ずしも土岐村夫妻に宜しかったわけでなく、さほどにも信用していなかったようだ。重ねていう、己が身内、娘の縁家筋、まして江戸文壇の甲乙人、この地に於いて語りあわすべき誰一人をも持たぬ、馬琴であった。

　五月十六日付桂窓宛馬琴書翰上引中、何よりも心打たれる思いをしたのは、必ずしも琴瑟相和す仲ともみえなかった琴嶺が、勿論先立つ身の不孝を憚っての心遣いからでもあったのだろうが、その遺言のあれこれを、父馬琴を措いて妻のお路に申し述べた、との一条だった。当の琴嶺、又廻りの者の誰もがその死を確実に覚悟し、観念したのは五月六日の頃からだったようだ。この日馬琴は、ともかく医師の診察治療を受けるよう、お路をして琴嶺に申し伝えさせたが、琴嶺はあくまで自療を主張して、はっきり父の申し出を断ったという。この期に及んでの、せめても医師としての矜持、意地だったのだろう。そして、お路に遺言したのである。万一命を取りとめるようなことがあっても、もはや再び医の道には進むまい、とも言ったという。琴嶺から医を除けば、他に何があるというのだろうか。この言葉の裡に、これまでの自分に無理にもすがりつき、わが人生を肯定し、だがそれはそれでもう済んだことだ、といった感懐、諦念といったものを読みとり得ないだろうか。翌七日、馬琴はその肖像を崋山に依頼したことは既に述べた。そしてこの日も夜中を過ぎた頃か、改めて琴嶺はお路に遺言した。まだ年若の身のわが亡き跡、もし望むならば再婚しても決して恨みはない。が、まだ幼い子供達や年老いた両親の面倒をみてくれるなら、これに過ぎたるはない、と。これも馬琴は後にお路から聞いた、と『後の為乃記』にはある。かくて翌八日朝五つ時、息を引きとった。午前八時頃である。年老いた、たださえ気難しい両親と、一人は飯田町姉の家に養女に遣わしたとはいえ、まだ二人の幼い子供を後に残し、死んでいく琴嶺である。既に十三年以前から発病と馬琴は伝えるが、とすればお路の嫁入る数年前のことである。つまり病人の世話にきたようなお路であった。いまそのお路に見とられつつ、さほど長いというわけでもなかった二人の間のことを、琴嶺は如何に思いかえしたことだろう。夫としてはまことにつれなく、到らぬことばかり多かったわが仕打ちの一つ一つへの悔悟、それに堪えてきた妻への相済まなさ、これからも続くであろう更に苦難の生涯への思いやり、といったものではなかったか。根は怜悧でしっかり者の、むしろ一本気で勝気の、元来は他の面倒見さえよかったらしい本性が、滝沢の家風にすっかり押えこまれてしまい、一家の誰彼すべてからまるでよそ者のように冷たく扱われてきたお路だった。性格的には凡そ反対の彼女に、却って心底では引け目を感じたのか、いじらしく思えば思う程に逆に辛く当っては、わが本心に素直でなかった。夫婦不和不熟の責はすべて自分にあるといった反省を、その時、琴嶺は持たなかったであろうか。考えてみれば己れを示すに訥々として不器用至極、融通もきかずかたくなで、唯々偏狭小心だったが、性根は几帳面で生真面目一方の、善良な男だったのだから。これを、馬琴の言葉にかれば、そのまま孝順老実か。遺言は懺悔でもある。ともかく妻のお路に遺言したことにより、いまわの際に臨んで、琴嶺はまさに得道正念、救われた、かと思う。「琴嶺、水を求む。媳婦が水に湯を加えてもて来て、やがて薦めしを、快げにうち飲て、端然として息絶けり。実に天保六年乙未の夏五月八日朝辰の時、享年三十八歳也」、とも『後の為乃記』にはある。些か感傷気味な美文調だが、表現はやはり的確だ。これが所謂末期の水となったのであろう、まさに大往生であった。そしてお路は、これからのわが生涯のいき方を、この時はっきり心に定めたか、と考える。回心とでもいうのだろうか。滝沢家に於ける以降自分のあるべき立場への自覚、やがては馬琴に対する捨身（しゃしん）にも近いひたむきな奉仕の心構えも、この時に根ざしたか、と思う。志ある、強き女への変身とでもいえようか。心なしか馬琴のお路への態度にも、これまでに違ってきたかとみえる節々が、その後段々目につきそめてきたようだ。そうしたことが、やがてお百はもとより、近親一統中に、あられもない誤解の輪を却って一層かけひろげ、深めたようでもある。

天保六年七月一日付桂窓宛馬琴状に「然者、五月十六日ニ自是差出し候拙翰、道中川支ニて少々延着、同廿六日相達シ、被成御覧候よし、承知仕候。右御回翰弐通、五月廿八日御差出シ、六月六日ニ小網町御店ゟ被相届、忝拝見仕候」云々。江戸と松坂間、早便でなら八日、遅れても九日のところ、折柄梅雨の長雨増水による川支でかく延着と桂窓からの返状にあったが、ために弔文が遅れたことへの言い訳でもあったのだろう。ともかく五月十六日付馬琴状は同二十六日に松坂着、桂窓はこの日始めて琴嶺の死を知ったのである。翌々五月二十八日、桂窓は早速馬琴宛二通の返書を認め、小網町のわが江戸店まで届けた。二通とは、内一通は追弔状、いま一通は哀悼歌でもあったのか。馬琴はこれを、六月六日にそこから受取った。そして同日早々、桂窓宛返書の筆を執っている。

五月十六日付桂窓宛状に、琴嶺死去の経緯について同日別に篠斎にも報じたとある。同じことの詳細を重ね記すはこの際殊にもの憂く、詳細はそちらからも篠斎に伝えて欲しい、ともあった。無理もないことである。この五月十六日付篠斎宛状をわたしが読んだのは自筆の原翰でなく、その写し、所謂京大本によってであった。その際言うを失念していたが、前引天保六年一月十一日付篠斎宛状も、実は京大本だった。『京大本馬琴書簡集篠斎宛』については、当『餘二稿』七を参照。同翰琴嶺喪事のくだりは、やはり末尾近くに記されており、いうが如く、桂窓宛状よりも大分の省筆が目立つ。

一、毎度被掛御心頭、御尋被下候忰宗伯義、長病終ニ療養不届候て、五月八日朝五時、致死去、同十日四時過、御菩提所小石川茗荷谷浄土宗伝通院末清水山深光寺江為致安葬候。享年三十八歳ニ候。法号、

玉照堂君誉風光琴嶺居士

年来御面識之御事故、此段、御承知可被下候。かねて覚悟の事ながら、今更当惑いたし候。命の長短ハ天命に

候へバ、をしミも不致、かなしミも不致候へ共、老後如此不幸ニて、後の事いかゞ可致哉。嫡孫滝沢太郎甫ノ八歳ニ御座候。次ハ女子ニて六才、これハ四才の春、長女方ニ子ども無之候故、養女ニ遣し候。その次も女子ニて、三才ニ成候。媳婦ハ三十歳ニて、壮年の事故、始終之事、無覚束候。且、媳婦、両親、心術氷炭のけぢめ有之、一向ニ不合候故、忰も生前この事をのミ嘆息いたし候キ。いかで嫡孫をとり立候半とハ存候へ共、予が余年たのもしからず。忰年中病身といへども資ニ成候事多かりしに、今ハ資候もの一人も無之候。老婆ハ予が齢ト三、四歳の姉ニて、七十二歳ニ候か。両三年以来以之外老衰いたし、且痼症ニて、一向ニ用立不申候処、此節の悲愁ニて又一しほおとろえ候。忰が喪事ハ壻共打より、せわいたし候へども、万事の差配皆予が指揮ニより候事故、殆つかれ果候。此節ハ喪中故、廃業・廃筆ニ候へども、尚日々多用ニ御座候。只事々物々困じ果候事のミニ御座候。御憐察可被成下候。忰病中のあらましハ、今便桂窓子へ得御意候。彼仁ゟ御聞可被下候。長文、同様之事を弐通認候事尤懶く、且気力も無之候故、乍略義右之通りニ御座候。貴兄ハ年来の御知音故、貴兄へ得御意候て、桂窓子へ伝達可奉頼候処、何事も只今ハ手遠くならせ候事故、御帰宅の否はかりがたく、無俍(カ、或ハ礼カ)の事ながら、右之趣ニ仕候。忰身存(ママ)之一条者、桂窓子への文通、矢張貴兄へ得貴意候ト思召可被下候。尚色々申試度事有之候へども、此節方寸乱れ、筆とり候も物うく覚候へバ、勉て如此御座候。日がらたち、心中穏ニ成候者、尚追々可得貴意候。追々赴暑中可申候。御自愛専一ニ奉存候。

五月十六日付同人宛状別翰に、

さ月八日、よんべよりけふも日ぐらし雨いたくふりて、をやみなければ

わが袖に雲ゐるらむかさみだれはなみだとゝもにふりくらしつゝ

なお『吾仏乃記』には「本日五月八日は昨夜より雨、終日。九日は晴たり」ともみえる。今年は端午の節句から六日・七日にかけ、子規の啼く声も日々にしげく、それにつけても琴嶺の身の上を思いあわせるばかり、さて明けて八日、折から夜来の雨が今日も終日降りくらしていた、というのである。

右篠斎宛状中の「娘婦両親心術氷炭のけぢめ」云々の語は、桂窓宛状前引にもほぼ同文所見。馬琴日記等に参考して、「娘婦**と**両親」とそのところでは読んだ。それは同時に馬琴の心情でもある、とあわせ述べた。単に行文上からは、「娘婦**の**両親」と解せられないものでもない。ことの実際は、是亦馬琴日記にも散見するところである。さきに桂窓状その箇所のその読法につき、右二つの孰れをとるか、あり様はためらわぬでもなかったのだが、この篠斎宛状にあわせ考え、かくは定めた。即ち、実の両親と娘お路と、互に心術氷炭相容れず、との読みに従ったのである。「不合」とは折合い悪しく、仲宜しからずの意。土岐村夫妻、殊にその妻女が軽佻の性に対する滝沢での評判は必ずしも香しからぬを、これまでお路は常々気に病んでいたようである。「娘婦ハ三十歳ニて、壮年の事故、始終之事、無覚束」とは、俗に三十後家は立たぬ、ということか。そうしたお路のこれからの身の振り方も心配な、といった卑俗の見だけではなく、これを機に万一離縁帰家することがあっても、あの両親とではうまく過ごせるだろうか、とむしろお路の将来を思いやっての言葉として読んでみた。「悴も生前この事をのミ嘆息」していたとは、かく病弱の身の早逝は必定、わが亡き後のあれこれを常々案じ困じては、父馬琴とも語りあった、ということであろう。かの琴嶺が遺言をも、お路の将来を気遣って、むしろ善意からの離縁、更には再婚をといった風に読みとって、物語風な想像が許されるとならば、お路はそれをその場ではっきり否定した、とみるのである。かくて琴嶺は安心立命して合掌瞑目、成仏した、か。お路とて勿論このようなことは他言すべきでもなく、馬琴もとより知らぬ、二人だけの秘めごとの一幕でもあったであろう。世間によくある例に従って、お路が今後の身の振り方への、不安なり更には不信の発言とも、このあたり馬琴の文章は読みとられもしようことは、元より承知である。お路なる女性、嫁しては夫に不熟、さほどに相和せず、婚家の一同にも親近されることなく、生みの両親とも心術氷炭だったとすれば、どれ程辛いこれまでだったろうか。前引五月十六日付篠斎宛状に「忰年中病身といへども資ニ成候事多かりしに、今ハ資候もの一人も無之候」とは、言外にお路をも含んでの言い種だろうか。それが、琴嶺の死を契機に、やがて次第に文字通り馬琴の耳目となり、手足となり、支え助けて、馬琴亡き跡は滝沢の家をわが女手一つで取りしきっていったのである。健気にも労苦に満ちたその後の生涯の一伍一十は、馬琴歿後直ちに筆を執り、己が死の直前まで、舅父の後に書き継いで一日も欠かすことのなかった、その日記の一々に明らかであった。一人の人間の、女の一生といったことについて、彼女の日記を読むごとに、いつも深く考えこんでしまう。

篠斎は桂窓より大分の年配であり、馬琴との友交に於いても遥かに先輩だったが、洵に長者の風韻ありとして、馬琴は誰よりもこの者を敬重していた。とすればことの順序として、琴嶺喪事の如き大事の経緯は、篠斎を立てて先ずこれに報ずるのが筋道のところを、敢えて桂窓に委ねたことへの非礼を詫びて、釈明する。琴嶺歿の折柄、よし偶然であるにもせよ、現にその前日に届いた、先ず桂窓状への返翰、といった特別な事情のあることもあった。が何より、篠斎は藩用や家事取込み等のため、このところ松坂の本宅を離れ紀州家の城下和歌山に移居中で、その間の事情を必ずしも詳しくせぬ馬琴は、連絡の煩雑紛糾を避けてか、篠斎宛の手紙をさえ桂窓に託したのである。五月十六日付桂窓宛状に「篠斎子事、内々御尋申候所、云云被仰越、忝承知仕候。何分ニも不仕合之御事、甚慨しく存候のミニ御座候。此節、帰宅被致候哉。御状ニ、当月中帰宅と御聞及のよし。此一封、早々御届被下候様、奉頼候。毎度御労煩と奉存候。若山行後、両度書状差出し申候へども、今に返事無之候」と。目下のところ、篠斎に関する消息はすべて桂窓を通じての伝聞で、書状を送ろうにも片便り、宛所の目途さえ立ちかねるといった有様だったのである。馬琴の篠斎・桂窓宛書状は同日に執筆され、その内容やや繁簡を異にしながら、互に相わたること多いのを常とする。共通の件々について、詳しくは先ず桂窓に、篠斎には概略のみを通じ、それへの伝言、更には書状そのものを回覧して当面の用を弁じ、筆労の煩を省くといった例は、これまでも、又この後にも何度かあった。常々は年少の桂窓から篠斎へ、の方便をむしろ礼に適うとしたからであろう。西荘文庫所伝馬琴書翰集中に篠斎宛のが何程か混在し、又その反対の場合もある所以である。ましてこの度は篠斎の和歌山行き、松坂不在中といった事情をかねて承知していた。かの篠斎宛状の「何事も只今は手遠くならせ候事故、御帰宅の否はかりがたく」といった問題をさえ、当時篠斎は抱えていた。そこでこの度の篠斎宛状も桂窓のに同封、松坂着後、それへの廻送を依頼したわけである。五月十六日付篠斎宛状の端書は篠斎筆にかかるものだろうが、「未五月十八(六(マヽ))日出、六月朔日着、六月廿日返書出ス」によれば、桂窓の手を経て、多少延着ながら六月一日無事入手、この日始めて篠斎は琴嶺の死を知ったのである。そして、六月二十日に馬琴宛返書を認めた。『後の為乃記』上冊、桂窓小津久足の琴嶺哀悼歌に続き、

おなじ里なる殿村篠斎ぬしは、ことしきさらぎの比より、しバらく退隠の地をしめて、紀の若山にをり、そこよりいたミのせうそこに、香料さへとりよろひておくりこされしが、又吾八うたのかへしと聞えたるは、

安守上

親のなき子の子いかでとはぐゝミて子のなき親よものまぎれせよ

以下計八首歌を連ねている。記事は六月二十日付返翰に同封の歌稿によったはずである。右六月二十日和歌山差出し篠斎状江戸着の正確な日時については何の資料も持たぬが、恐らくは七月上中旬、或いはむしろ下旬といったところであろうか。

天保六年五月二十八日付桂窓よりの香料や弔状哀悼歌文を六月六日に受けとった馬琴が、同日早速桂窓に宛て返書の筆を執ったことは、既に記した。同書中にいう、

一、此節絶愁にくらし候内、琴嶺病中の事并ニ吉凶悔吝奇異の事、懺悔物がたりに書つめ候て、嫡孫成長の後、見せ可申候と思ひ起し候へども、いまだその気力もなく候故、筆とりかね候。もし出来候ハヾ、貴兄并ニ篠斎子ハ格別之知己の御事故、内々御めにかけ可申候。尤、おもしろきものニてハ決して無之候へども、亦御心得に成候事も可有之候。琴嶺なくなりては、奇書珍書も写させ候張合無之候。何事も是迄の目あてちがひ、木にもつかず草にもつかず、書を見候ても是迄とちがひ、討論いたし候相手無之候故、おもしろからず候。三十八年前伯兄没し候節、かくのごとくニ候処、其後琴嶺成長ニて大ニなぐさめ候ひしに、又琴嶺ニも棄られ候故に、枝をはなれし猿のごとくに成果候。嫡孫幼稚ニ候へども、後見すべきたのもしき親類もあらず、この身ハ桑楡の暮景に及び候へば、日は暮なんとして道遠かり。百憂千哀只野生の一身にあつまり、当惑之外無之候。是〳〵家の衰んことをかなしミ候外、他事無之候。御憐査可被成下候。是はしたり、つひおかしからぬ長談ニ及び、御らんもいとハしく思召候半。委曲ハ十六日早便へ出し候拙翰ニ得御意候間、今便ハ省略仕候。

あの日から既に一ヶ月ばかりも経った後の手紙である。その死別を、棄てられた己れと嘆き、木を離れた猿と自嘲する。馬琴らしくもない、自制や自尊のかけら程もみられぬ、弱音としか読まれかねない行文ではないか。いまは老残の身の、もはや精根もつき果て、張合いも失せてしまった、と手放しで悲しむ。「嫡孫幼稚ニ候へども、後見すべきたのもしき親類もあらず」とは、わが弟妹や実の娘三人の縁家、それにお路の里方土岐村に当てての言か。ここでもお路は出て来ない。とすれば、太郎養育の責はすべてわが老肩にかかるというのである。せめて亡児病中の行状、それにまつわる吉凶等のことを草し、亡き者への鎮魂、且つは自戒の書にも宛て、併せては遺孤の幼孫太郎達が成長後の一読にも宛てようと志したが、あまりの絶愁に未だ筆を執りかねている、との旨を報じた文章である。嫡孫幼稚という太郎は時に八歳のまさに頑童、お次は六歳、お幸三歳、一読をその成長の後に俟つとはこの謂いであった。右書状に記す逐一、よしその語を使わずとも、所謂『後の為乃記』上冊の記事にそのまま相重なる。未着稿ながら、六月六日のこの時までに既に当書述作の大旨、少なくとも凡その構案は、ほぼ現本にみるような形で調っていたとみてよかろう。上冊成稿天保六年六月二十日の日時から推して、巻初所収「琴嶺宗伯行状記」識記の単に六月とのみあるのは、少なくともこの月中、詳しくは前引桂窓宛状六月六日から識跋六月二十日までの間の、その孰れの日か、むしろ早目の時期に当る。『後の為乃記』上冊主文「琴嶺宗伯行状記」病中記事の条々が、五月十六日付桂窓や篠斎宛状に多く相重なる以上、本書述作の少なくとも腹案、縁起といったものは早く六月六日状執筆以前、五月十六日あたりにさえ溯らせ、考えあわせてもよかろうか。上冊のみについていえば、琴嶺歿五月八日後早々に発案、凡そ一ヶ月余にして着稿、その後大略十数日間での筆業とみて多く誤ることはなかろうか。琴嶺歿後諸事繁忙冗雑の間を盗んでの執筆だったことになる。そして家事益々紛糾、殊に上冊筆了後間もなく六月下旬頃から、馬琴自身も終に体調を崩してしまったという。馬琴生涯での最悪の時期でもあっただろう。折からの苦熱、病患の中を、桂窓への八犬伝評答や『後の為乃記』下冊を更にも書き継いだのである。

『後の為乃記』は懺悔物語、且つは吉凶悔悟自戒の書でもある、と馬琴は自ら語る。誰に対し、何を懺悔しようとするのだろうか。親として為すべき程の業（わざ）はあれも果した、これも尽くした、と冗舌に過ぎるまでに数えあげているではないか。しかもなお心の不安を抑え得ない。かく天寿を完うせしめ得なかったことへのうしろめたさを、わが不徳の故として己れを責め、反省し、せめて琴嶺の伝を綴ることにより、死者への贖罪、わが免罪の符にでもしようとするのだろうか。兼ねては、ただ一人の世継ぎに棄て去られた身の空しさ、悲傷を噛みしめつつ、その悲しさ、苦しみから逃れようとでもするのだろうか。琴嶺死の前日にさえ、八犬伝評を読み、八犬伝を草している。人は読み、書くことにより、そのことの苦悩から解脱し得るものなのだろうか。

琴嶺はわがただ一人の息子であると同時に、滝沢の世系を継承すべき唯一の男子である。とすれば、その死は滝沢家衰微の兆、どころか家の歴史の断絶にも繋がりかねぬ大事、大変である。琴嶺二十一歳、神田明神坂下に新居を求めてこれに移り住まわしめたことは早くに記した。意は只々に滝沢の正流を再興するにあった。そのときの易卦に、これより十八年後、ここに琴嶺歿すとみえたが、当座はこのことの奥秘を正しく解し得なかった。というより、むしろ軽んじ、敢えて無視しようとさえしたではないのか。それから十八年目といえば琴嶺の三十八歳、恰もこの年に当る。天は偽らず、まさしくそれは琴嶺この度不幸の予兆だったのだ。いまさらにことの真実を、身に沁みて思い知ったのである。天網何の逃れるすべもなく、人皆これを宿業といい、命数と諦観して、せめて心の安らぎを求め、得ようとする。要するに無知怠慢、むしろ傲慢としか申しようもない。そのときどきに戒心しようとも

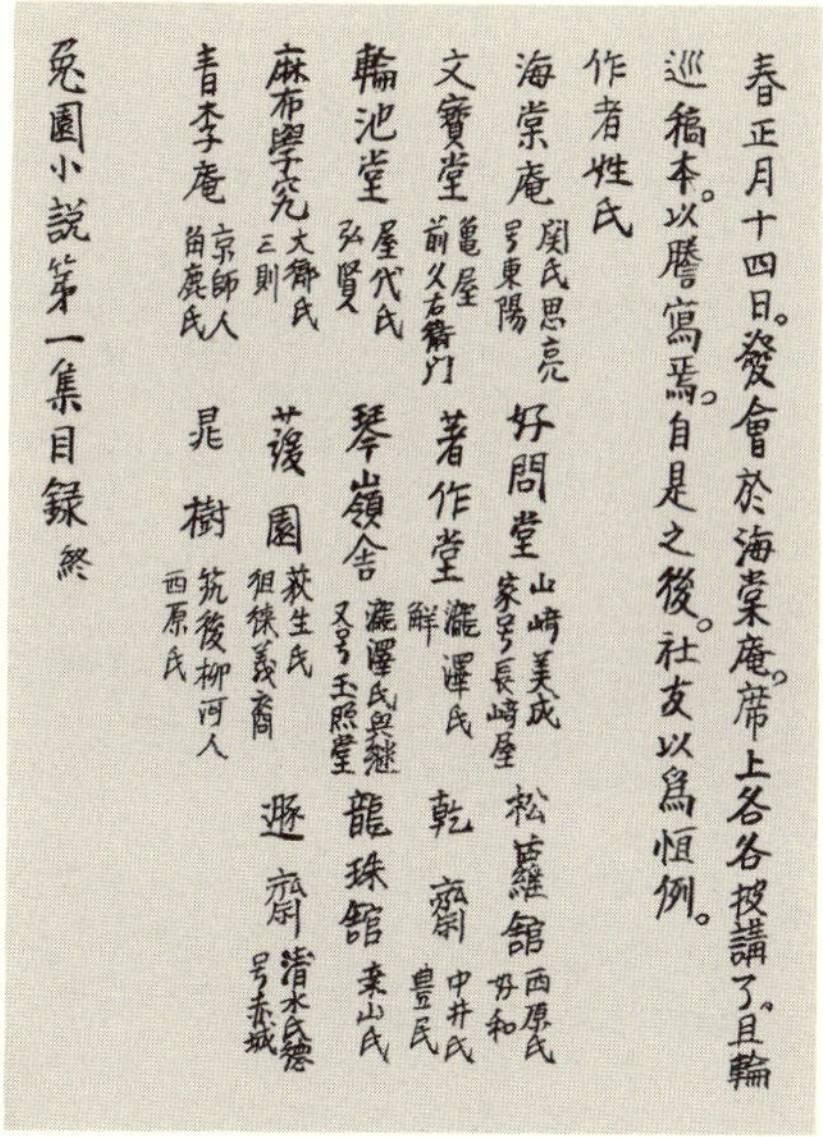
春正月十四日。發會於海棠庵。席上各各披講了。且輪
巡稿本。以謄寫焉。自是之後。社友以爲恒例。
作者姓氏
海棠庵 関氏思亮 号東陽　好問堂 山崎美成 家号長崎屋　松蘿館 西原氏 好和
文寶堂 亀屋 前久右衛門　著作堂 瀧澤氏 解　乾斎 中井氏 豊民
輪池堂 屋代氏 弘賢　琴嶺舎 瀧澤氏興継 又号玉照堂　龍珠館 桑山氏
麻布学究 大郷氏 三則　蓑園 荻生氏 狙徠義斎　遯斎 清水氏 号赤城
青李庵 京師人 角鹿氏　昆樹 筑後柳河人 西原氏
兎園小説第一集目録 終

兎園小説第一集目録作者姓氏

せず、よし思いあたるにしても、心に深く留めようともしない。いまにして漸く思いあわされる節の数々を悟るわけだが、そうした吉凶奇異への対処に必ずしも深切周到でなく、無関心でさえあろうとしたわが不遜のこれまでを、懺悔物語に綴り、悔悟し、自戒し、これを鑑に、吾が家の後の為の記に宛てよう。先ずは嫡孫太郎の成長を俟ってこれに読ましめ、故父のあり様(よう)をも且つ知らしめよう、というのである。琴嶺の死にめぐりあわせて運命論者のような馬琴の姿を、改めてここにみる。読み方によれば、彼一流の屁理屈、一種の逃げ、いい気なものだといった論も生れるかも知れない。何にもせよ、ただ一篇の琴嶺伝としてならば決して面白いものでもあるまいが、吉凶戒悟の論として、更には後に桂窓にも伝えたように、勧善懲悪の書としてならば、他にも参考するに足るものあるか、の言ある所以でもあった。これ等の弁を、あながちに現実逃避の、持って廻った言いのがれと聞き流すには、その文辞、あまりにも真摯、切実に過ぎる。

馬琴は滝沢の家の歴史に対するわが見果てぬ夢のあれこれを、一人の息子琴嶺に寄せ、ために却って期待過多、所謂過保護の慊いなきにしも非ずだった。幼少より諸道に就学、長じての兎園会や耽奇会での風流文事等々、すべて馬琴のお膳立てに唯々(イイ)従ったまでに過ぎぬ。そして最後が医であった。琴嶺はその一々に何の逆らうこともなく真ッ当に受けとめ、その負託に応ずるにわが力以上、精一杯に努め、やがて荷重に耐え切れず、体と心の均衡を失い、病み疲れて、まるでぼろぼろの恰好で死んでいった。最後の最後まで努め、尽して、死んでいった。馬琴の伝えるところ、死を目前に控えての琴嶺所業の一々、凄絶の限り、正視に堪えぬものがあった。己れを捨てて、ただ専心一筋に父馬琴への随順の生涯だったともいえよう。常日頃、時にはそうしたことのために惹起されたであろう意識せざる反抗なり不満鬱憤のはけ口の一つがお路へ、だったのだろうか。さほどに睦まじかったともみえぬ夫婦の仲らいも、琴嶺のそのようないき方に多く由来するとすれば、すべてそれは馬琴の琴嶺への思い寄せ、家意識のなせる業か。若き二人のために、うたた哀れに思われてならぬ。一体馬琴、そのような己れを反省したことがあっただろうか。根は限りなく従順で善良だが、人付合いは下手で不器用な内弁慶、潔癖で疳性等々、琴嶺の性格や体質、行歴のすべて一切、何もなにも父馬琴とのかかわりに溯源するか、と思われてならぬ。お路とて、はっきりして、少々勝気ながら、心根は正しく、生真面目一方の女性だったようだ。すべてが父馬琴の、或る意味では、被害者ともいえようか。しかも皆、善人ばかりであった。すべてこれ、人の世の宿業か。

勿論わたしは、馬琴の誠実な善意や愛情、心くばりの濃やかさを、むしろありのままに信ずる。琴嶺への思いに何の不純なもののあるを言いたてるつもりは、毛頭ない。だが、愚直なまでに方正ともいえる琴嶺にとって、父馬琴の存在自体が何としても重荷であり過ぎた。馬琴の自分流な愛情、善意ながらもその期待過多や干渉が、病弱で、ただもう世間知らずな小心内攻の琴嶺に育てあげ、やがて何もかも圧しつぶしてしまった、とみる。敢えていえば、そもそも琴嶺病弱の体質やその性格までが、馬琴の独りよがりの教育や躾け方による、とも考えられなくもない。極言すれば父馬琴が、更に春秋の筆法に仮れば、馬琴の家の歴史への思いが一人の息子琴嶺を殺した、ということにもなるか。外に向けるべき眼を、馬琴は余りにも内に向け過ぎた。皮肉なものだ。辛いことだ。漠然としてではあるが、そうしたわが罪の怖ろしさに、懺悔物語などいった、まがまがしくも仰山な自虐の言葉遣いをも、敢えてしたのだろうか。そして、いまさらながらに自分を責める。琴嶺への哀惜や、引いては己が身の不幸もさることながら、ことはそのまま滝沢の家の歴史、その衰微や断絶の問題にまで展開していく。すべての罪を自ら負うを覚悟の上で、懺悔物語としてそれ等の一切をここに筆にしようというのであろうか。

一体に馬琴、当節流行の粋や通、意気とか洒落といった浮薄の世界には心してことさらに縁遠く、いつもかたくなに身構えては理屈臭く、自意識過剰で権高な、口数のへらぬ、従って敵も多くて、むしろ世渡りにはぎこちない型の男だったようだ。煙たがられてはこわもての、憚かられ、果ては憎まれたり嫌われて、仲間外れにされてしまっては江戸文壇での一匹のはぐれ狼、まるで孤立の有様だった。このような馬琴を、家にあって女房のお百や嫁のお路は、特に琴嶺はどのようにみて、如何に接していたのだろうか。そうしたいき方とは全く別に、篠斎や桂窓、それに黙老といった二、三の所謂益友には、それだけ一層、身内の者にさえ覗かせなかった心のたけの隈々までを開けひろげつつ、筆を限りに訴え、語りかけ、手放しの愚痴、果ては甘えといった筆致さえ、見えかくれする。それが異常とも思われる程に再々の、長々しい彼等への手紙であった。信条としては偖おき、やはり性根は、押しつめての孤独には徹し切れず、生半可で気の弱い、真底淋しがり屋だったように思われてならぬ。渡辺崋山に対して示した、あの畏敬の念を何と解しようか。恐らく自分とは全く異質で、及びもつかぬ、真に背筋の通った、本物の男を、彼に見出したからではあるまいか。いまわの際の琴嶺の肖像を彼に依頼したのも、死者との生前の縁とか、単にその画技といったことだけではなかったはずである。義と理を楯に、その蔭で何かと筋を通してはわれとわが身や心の建前をたて通し、護ろうとはするが、あり様は善良で、心いきの繊細な、気の弱い、恥しがり屋の、まるで外見とは反対の、一介の文人だったように思われてならぬ。

人の子の親としての悲しみや悔悟の情は当然ながら、琴嶺の死によって最も大きく馬琴の心を揺るがしたのは、滝沢なる家の盛衰や命運、危機感といった、家意識である。いまここに構想する『後の為乃記』なる一書も、建前としては滝沢家子々孫々のための後鑑ながら、先ずは幼孫太郎成長の後、並びに他の孫女達にも与え示すべき家書、家記だというのである。それにしても未練がましく言いわけに過ぎて、泣きごとの多い文章であった。あれもこれもと、似かよった他家の不幸を例に挙げるなど、理屈はともあれ、全く男らしくもない所業ではないか。しかもなお滝沢の家の歴史、記録といった名分論をかざして筆作しようとする。矛盾に満ちた馬琴生身のままの姿を、残ることなく読みとらせてくれるのが、この『後の為乃記』であった。いってみれば、たかが江戸市井の中での渺たる一滝沢家の興衰ではないか。さてそれがどうあろうと、別に何ということもあるまい。しかし現実に動機が何であれ、馬琴が『後の為乃記』を滝沢の家書に宛てようと考えていたことは、本書の序文やその本文、題名、或いは『吾仏乃記』にも既に明らかで

桂窓本後の為乃記表紙

はあるが、最も端的には、桂窓や默老に贈った『後の為乃記』自筆題簽書名の下にことさらに書きそえた、同じく自筆の副題「滝沢家書」の四文字により、その意図は何よりも歴然としている。ことは恐らく、いまは散佚した篠斎本にも相通ずるかと思う。

これまで馬琴の長い生涯中、茫然自失して虚脱、滝沢家の存亡にかかわるといった危機感に襲われたのは、四十年程も以前か、長兄羅文興旨死去に際してのことであった、と懐古していう。寛政十年、馬琴二十歳。ことの仔細は、詳細過ぎるまでに日記風に書きとめた寄託本馬琴稿『羅文居士病中一件留』にみえる。時に先ず彼の為し且つ志したことの第一は家代々の菩提所深光寺墓域の整備であり、そして亡兄の遺図を承けての、滝沢家の歴史、家記の撰述であった。この家記こそが、以来文字通り畢生の筆業ともなった『吾仏乃記』の五巻五冊である。琴嶺死去の一事すらも、長い目でみれば滝沢家史上の一齣に過ぎず、それは『吾仏乃記』中の一章とも称すべく、現にその書その条に組みこまれた章句は、既に冒頭に引いた。しかし、歴史の流れでの一事象とのみみるには、当座の馬琴にとってことはあまりにも生々しく、堪えがたいまでに痛恨限りない事柄であった。等しく家記として琴嶺の死を扱った文章ではあるにしても、『後の為乃記』と『吾仏乃記』と、その筆致の凡そ等しくないのは道理である。

喪児憐愍の情は当然ながら、一家一門の長たるの責任、更に具体的にはさしずめ正嫡を失った滝沢家今後運営の方策、幼孫太郎の教育育成といった次々の懸念が、今の彼にはおおいかぶさってくる。それにしても、二、三年ほど前から病みついたというが、既に七十の齢を越したお百この度のとり乱しようはどうだろう。といってそのまま見捨てておくわけにもいかぬ。前引六月六日付桂窓宛状に、

老婆ハ気ぬけのやうニ成候てハ書斎へ引籠り、朝〻晩迄打臥居候間、心もとなく存、去ル廿三日、すゝめて飯

田町長女方へ逗留□（ムシ）。右ニ付、本宅弥無人ニ成り、ひろき家に小児等ともニわづかに五人ニて罷在候。甚絶愁に候へども、読書もいまだ心すゝミ不申候。長キ日をわづかに消し申候。御遠察可被成下候。

流石に馬琴も手に負いかねたのだろうか、お百の世話を飯田町に託したというのである。飯田町長女方とは勿論幸・清右衛門勝茂の所謂旧宅。当家に子女なく、二年程前か、琴嶺・路の次女次（つぎ）を養女に遣わして後嗣に宛てていた。従って、琴嶺亡く、老婆出での後の明神坂下のひろい家に五人とは、馬琴にお路、それに八歳の孫の太郎に同じく三歳の幸（さち）、さていま一人は誰なのだろう。このような家族の中で唯一人満足な働き手といえば、当年三十歳のお路ばかりだったかと思われる。幸いお路は達者な性（たち）で、これまで殆んど病気らしい病気もしなかったようだ。だのに馬琴の筆は、これまでいつもそうだったが、強いてこの者に触れるを避けているように思われてならぬ。前引八犬伝九輯中帙巻之十二下後記に、この年六月の比から、琴嶺歿の傷心に、背跼まり、腰さえ疼み、人の扶助により起居した、とあるのは既に引いた。当時にあって、こうした馬琴を扶助し得たのは、お路を措いて誰がいたのだろうか。しかも馬琴は、この者の存在を全く無視したように、桂窓宛状のここでも亦絶愁の語をくり返し、嘆くばかりである。絶愁とは、かく無人数になったいまの寂寥を、誰に語りかけ頼るよすがもない孤独な心情を、最も切実に握んだ言葉でもあったのだろう。こうした近況を更に追っかけ、七月一日に桂窓宛又々申し送っている。

一、蔽屋無異とハ申ものゝ、老婆事、ひとり息子を失ひしより悲愁のあまり、終ニ大病と相成り、且、放心の様子ニて、尤心配。媳婦一人ニては看病とゞきかね候間、飯田町長女方へ逗留ニ遣し置、保養為致候得ども、追〳〵病症重り候様子ニ御座候。忰中陰果候へバ、そろ〳〵筆をとり候半と存、みづから志を励し居候内、又ヶ様之心労出来、いよ〳〵筆とり候気力無之候。御遠察可被成候。

放心とは気がおかしいとの意か。飯田町でのお百の病気は重るばかりだ、という。この桂窓宛状に殆んど同じ内容を、より一層困惑の文字で綴った文章が、これよりやや後の、京大本同年閏七月十二日付篠斎宛状中にもみえる。琴嶺歿から既に三ヶ月余も経ったというのに、馬琴の心はなお鬱々として晴れやらなかったのである。

五月七日迄、琴嶺大病といへども息のかよひ候程は、八犬伝九輯中帙の筆を輟めず候ひしが、八日より今日まで既に百ヶ日近く成候へどもさらに著述の心なく、況読書抔も心すゝまず候上、土用入の頃ゟ病恙有之、打臥ハ不致候へども、於今起臥不便、是彼ニていたづらに光陰を送り候。依之、貴翰の御請も意外ニ及延引候。是等之巨細は猶後条ニ可申上候へバ、こゝにハ未罄候。扨又、喪子の憂のミならず、家事も折々心配有之。且老婆事、五月中ゟちからおとしの病患ニて、媳婦一人の看病行届かね候間、五月中旬ゟ飯田町長女かたへ遣し、保養いたさせ候。とかく気むつかしく、本宅へ帰り候事を嫌ひ候よしニて、長逗留ニ成候。右ニ付、忰と老妻と、死生の差別ハあれども、母子二人減じ候故、広キ居宅に老人と小児等のミにて、弥にハかにさみしく成候。用心の為に野生ハ中之間へ出罷在候処、東之方書斎向三間ハ無用の座席ニ相成候。万事大不便、御遠察可被成下候。是等わが身のうへばなしニておかしからぬことを諄々たるハ老人の癖と、御宥恕可被成下候。

読書などは勿論だろうが、「さらに著述の心なく」とは、琴嶺が最後の最後までも原稿の校正に協力してくれた、〆切り期限に約束のあるあの八犬伝のことである。そうした中での家内のごたごた、その第一がお百のことであった。お百が飯田町お幸の家に移ったのは桂窓宛状によれば五月二十三日、琴嶺歿より十数日後の、ようやく二七忌の済むか済まぬ内のことではないか。飯田町旧宅は、家付女房だったお百には、かつてのわが家でもあった。琴嶺亡き後、義理中の嫁お路との同居を嫌い、実の娘お幸方での気易さを喜んだとでもいうのだろうか。先に桂窓宛状には、お百の病気が次第に重くなって本宅に帰れぬ、と説明した。この篠斎宛では、お百気むつかしく、本宅に帰るを嫌った、とその実情をやや明らさまに報じている。「本宅へ帰り候事を嫌ひ候よしニて」とは、余りの長滞在に、流石に何度か帰宅を促がしたが一向に聞きいれようともしない、ということをお幸からでも知らせてきたのだろうか。お幸にしても、本宅への、ことに義理ある中のお路へ特に気を兼ねたのか。しかもお百は、病気がだんだん重く、持前の癇性も次第に激しく、一向に帰ろうとはしなかった。もうこうなれば七十の子供の駄々である。世間の思惑も他への聞えも弁えぬ、わが儘といえば随分の勝手放題、年甲斐もなく、何ともはしたない限りの振舞いといわざるを得まい。お百にしても二、三年ほど前から病みついており、もう世間並みな正常の判断力を失ってしまった状態にあったのかも知れない。しかも疑い深く、癇癪ばかりが強い。老人性ヒステリー、というよりてっきり老耄である。それさえあるに、肝腎の馬琴も、土用入りの頃から体調を崩してしまったという。天保六年夏土用の入りは六月二十五日、二十八日が大暑で、明けは七月十二日。八月末頃には快くなったとあるが、つまり暑い最中(さなか)から秋口にかけて、愚図ついた体で過してきたわけである。その面倒をみるのは、お路以外に誰なのか。当時滝沢の家で満足に動けるのはお路一人だけだったはずとのことは、何度か述べた。そのお路にしても、八歳を頭に二人の子供を抱えた上での、なおただでさえ気難しい、病がちな二人の年寄りの面倒をみなければならぬとすれば、苦労の程並み大抵のことではなかっただろう。何かと十分に手の廻りかねぬ点があったとしても、致し方もあるまい。それを「媳婦一人の看病行届かね」といったのだろうか。篠斎宛の手紙から、お百の飯田町宅行きを、一応世間の常識にならって、かく読みとってみた。それにしては、一体何に気難かしくてお百は帰家することを嫌うのであろうか。馬琴このあたりの文章、心落ちつかず、腑に落ちない数々が何かと残る。

お百この度の飯田町宅行きは、果してそこに記してあるような、保養のためといったただの綺麗ごとからだったのだろうか。それにしては、五月二十三日に明神坂下の家を出たまま、少なくとも篠斎にこのことを報じた閏七月十二日、琴嶺の百ヶ日近くになっても帰ろうとはせず、この状態は以後もながながと続くのは、何としてもただごとでない。このあたりの馬琴の言葉、奥歯にもののはさまった、舌足らずの、不自然といえば不自然きわまる、説明不足なものといわざるを得ない。一体どうしたというのだろう。あまりに立ち入っての身の内話を、流石に憚ったのだろうか。いくら許しあった仲とはいえ、だからこそそれだけにやはり限界というものが、男の付合いにはあるらしい。現にこのことについて、桂窓には殆んど説明らしい説明をしていないではないか。男にとって、女どうしのいがみ合い、家の中でのもめごと話など、別して男友達には口にし、筆に上すのも照れくさく、嫌らしく、恥かしく、慎しむべきことの第一。馬琴このあたりの行文にその気味なしとはせず、とみるのである。男の気取りといったものであろうか。何もかもさらけ出したつもりでも、尚且つ裸にはなり切れぬ、馬琴とてもそうした中途半端な、普通の男だったのだ。六月六日の桂窓宛状には、気ぬけのようになってしまったお百の身を案じ、養生のためにもと、飯田町宅に遣わしたとばかりあるが、それより早く五月十六日付篠斎宛状には「娘婦ハ三十歳ニて、壮年の事故、始終之事、無覚束候」という。当状は琴嶺の死を始めて篠斎に報じたものである。琴嶺が死んでからまだ十日も経ってないのである。それから三ヶ月ばかりを経た閏七月十二日付状には、本宅に帰るのをお百、とかく気むつかしく嫌った、とも伝える。果して実際は何なのか。

興継が世を去りし後、一日、老婆お百、解に咡きていふやう、娘婦お路は年尚少かり。おさちを添て離縁し給へ。然る時は御身と妾と、太郎を守育るに炊婢一人あらば事足りて、なか〳〵に後易かるべしと云。解これを聞ていへらく、其主張故なきにあらねど、吾もおん身も年既に七十に及べり。縦余命五、六年ありとも、太郎は尚十五歳にも至るべからず。他不幸にして早く父を喪ひしに、又祖父母のこゝろをもて母をさへあらせずなりなば、そは大不慈といひつべし。且お路は、嫠居して児子を守育まく欲す。又其父母土岐村夫妻も情願、離別の意なし。然るを今慭に是等の一義を発語せば、みづから家を乱すに似たり。無用々々と諫るものから、老婆は敢従はず、解が媳婦を愛する故に言を設とのみ猜忌して、恨みて同居せまく欲せず。遂に飯田町なる旧宅に赴きて、勝茂・おさきと共に居んとて、屢召べども敢かへらず。この故に乙未冬十一月上旬、解が女弟お秀・お菊等、執扱ひて老婆を諫諭せども、勝茂・おさき、久右衛門・お祐等まで、小人女子の臆断もて、母の言を理ありとして、燃る薪に油を潑げば、老婆は弥かへらまく欲せず（中略）。お鍬等も亦父を非として、嫂を憎めり。

お鍬の、父を非とするとは、お路を離縁しようとせぬ父を非とする、ということである。そして結局はお百の飯田町宅同居を許し、その養料として金五両一分をお幸方に遣わす等のことで、ともかく一応落着した（『吾仏乃記』家説第三、百卅三「堪忍有大益弁」）。やはり、ことの真相はそうだったのか。要するに、お路との同居を嫌ってのことであった。しかも、馬琴との仲を疑ってのことでさえあった。かく家の治まらぬはわが不徳の致すところと老馬琴は嘆くのだが、女子と小人といった言葉を、この時ほど身に沁みて思い知ったことはかつてあるまい。お百のこうした言動を、姑と嫁との間にありがちなこと、というよりもうすっかり老惚れ女の囈言、埒もない焼餅と、さほどにも驚かなかった。大人げない、はしたないと、或いは笑って無視すればよいことかも知れない。しかし実際は、まるで言いあわせたように、三人の娘までが三人ともお百の言い分に肩を持ち、口を揃えて馬琴への不信を言いたてる。嫁姑の問題に小姑が加わったわけである。それに、馬琴の妹お秀・お菊まで捲きこんだ以上、まさに一家一門をあげての大騒動であった。この齢になって馬琴は、一人の息子に死に別れただけでなく、長年連れそった女房は勿論、すべての娘一家中にまで逆かれたことになる。それも、お路離縁のことにかかわり、馬琴のお路への愛が、とは又どうしたことだろうか。愛という言葉の意味を今風に男と女の中でのことにとるか、やや古風に慈悲とか情愛・不憫の意にするか、問題もあるところだが、少なくとも馬琴はお路の肩を持ち過ぎる、といった批難に誤りはあるまい。琴嶺の死を待ちかまえていたかのように、お百がお路離縁の旨を馬琴にいい立てたのが、その飯田町行き以前である以上、それは五月二十三日までのことであった。つまり琴嶺歿後早々、というより琴嶺生前よりのかねての所存だったので、その死をきっかけに表沙汰にし、一気に決着をつけようとしただけのことであろう。お百は琴嶺生前から、お路を、お路と馬琴の仲をそんな目でみていたのだろうか。離縁問題が機縁となって、そのこじれから、馬琴とお路のかかわりといった話がたまたま飛びだしたというより、むしろ馬琴・お路の愛が離縁話そもそもの本音だったとすれば、それはもう畜生道、家の中はまるで地獄ではないか。馬琴、更には琴嶺、早くそうしたお百の目に気付いてはいなかったのだろうか。かの五月十六日付篠斎宛状の、お路まだ三十の壮年故云々の語、まだ年若い女の身の上を考えての好意がてらの離縁沙汰といったことなら、むしろ世間の常識である。ところがこの文言の裏に、実は舅と嫁不倫云々といった問題が籠められていたとしても、篠斎果してそこまで読みとっただろうか。娘達のすべてがそのようなお百の言葉に口裏をあわせて同ずるとすれば、常日頃の馬琴やお路に、よしあられもない誤解にもせよ、それと取られるような素振りでもあったというのだろうか。殆んどが廃人といってよい琴嶺の惨めさに対する肉身としての同情が、逆にその妻お路への憎しみに移り変ったとでもいうのだろうか。一家一門からの嫌われ者、憎まれ者お路だったようだ。お路離縁などと理不尽な言いがかりを退けたのは、身に覚えのない故、とは勿論信ずる。お百の言い分を馬琴は、『吾仏乃記』では、孫可愛さの故と解釈している。馬琴としては、そう言わざるを得なかったのだろう。夫琴嶺に死なれて、一番困るのはお路ではないか。その当のお路は、滝沢の家に留って、立派に太郎を育てあげようと健気にも言い、里の両親もそれを願い賛成しているではないか。そうしたことを逆に、お路のふてぶてしさ、居据わりとでも受取ったのだろうか。かくて、お路一人が悪者になってしまった。このようにこみ入った事情が介在しているとすれば、お路への表だっての同情もこの際考えものである。そうした心の矛盾は、翌七年八月、「老婆の猜忌」も一応解け、やがて帰宅はするが、ことはその後々までも続いたのである。こんな心の葛藤が、篠斎宛状のあの不鮮明で煮え切らぬ文章となったのではあるまいか。

> 去夏琴嶺没後、家内に種々の難渋出来いたし、了簡に難及事有之、一日も心中穏なる日はあらず候。これらのわけ合、中〳〵筆楮に載がたき義に候間、御賢察可被下候。抑、当三月上旬より、去春中琴嶺病の事抔、何となく胸に浮み、一日も往時をしのばざる日は無之候。此中にも、此著作を止めては、第一旦暮に給しがたく候間、まがつみをおし払い〳〵、煩脳（ママ）をつき流し〳〵、著作の筆をとり候苦心、いか様に可有之哉、御賢察可被成候。右家事の難渋は、借財抔申事にはあらず。家内無異に候はゞ、野生存生の内は、是迄のごとく美事にくらされ候事に候へども、只一人不了簡のまよひ故、何分家事治りかね、去六月中より今日迄も、日々心配いたし、種々勘弁を以、琴嶺一周忌済し候迄は、只今迄のすがたにて罷在候半と存候事に御坐候。娘婦も老実、至極精悍しく、琴嶺没後別してよく家事をとり賄ひ候へども、それが却て害に成候様なる事にて、品により幼孫迄手前江さし置がたき始末に成行候。当時の拙宅、八間、畳数三十五、六畳敷候而、広過候間、沽却いたし、

手狭の家へ転宅を心がけ罷在候へども、小家とちがひ、家内十人もくらす人ならでは住こなしがたく候間、久しく宜き相手無之候。無是非、相手有之候迄罷在候。然処、五月後より、老拙一人、下女一人位にて可罷在哉の為体に成行可申候。ヶ様之事、是迄、他人江対し口外不致候事に候へども、貴兄は三十年来格別の御心知りと奉存候間、あらましのみしるしつけ候て、著述の前々のごとく出来かね候趣を御しらせ申度迄に候。此一条は御切捨被下、例の御懇友にも御内見御無用に被成可被下候。畢竟野生不徳にて、老後至極の心労、大難義のまがつみ出来の事、可恥義に候へ共、是則天命に候へば、せんかた無之候、書余とくと御勘考可被成下候。

右は国会図書館蔵篠斎宛馬琴書翰、天保七年三月二十八日付、四月十二日着。引用は『上野図書館紀要』第四冊によった。馬琴自身も真相は書余に勘考して欲しいというが、それにしても実に難解の文章である。これ程までに馬琴を苦しめた、まがつみとか煩悩とかは一体どういう意味なのだろうか。家内でのいざこざ、取込みは去年の六月中より起り、今なお続くが、原因は只一人の者の不了簡による、という。その不了簡者の一人とは誰のことなのだろうか。不了簡とは、具体的に何を指すのか。去年の六月といえば、その年五月八日琴嶺歿、同二十三日お百の飯田町宅行き一件のあったその翌月のことである。そのおこりはお路離縁の話からで、更に問題は馬琴のお路に対する愛といったことにまで深刻化してしまったのである。お路が姑お百を始め、小姑のお幸やお祐にお鍬、つまり滝沢一家の誰彼なしに嫌われていたらしい様子については既に述べた。馬琴すら、敢えてお路の肩を持つような素振りは見せなかったようである。その当のお路が、琴嶺亡き後は「老実、至極精悍しく」立働く、と馬琴は篠斎に伝えている。精悍しくを何と訓んでよいか。たくましくとか、まめまめしく、かいがいしくなどいった程の意味だろうが、正確にはよくわからない。琴嶺歿後、別して家事の取りまかないぶりは見事だったが、それが却って一層お百達の疑惑や憎しみを買ってしまった、ともいう。お路の家事とは、お百無き跡、大人とては馬琴とお路二人だけの家の内でのことである。そのため「幼孫迄手前江さし置がた」い始末になるかも知れぬ、とは是亦厄介な、含みの多い言いまわしである。幼孫といえば長男太郎と季女のお幸。この二人共なのか、太郎を留め、お幸一人だけを連れてお路を実家に返す、とでもいうのだろうか。「五月後より、老拙一人、下女一人位にて可罷在候哉の為体に成行可申候」――前引天保六年六月六日付桂窓宛状の、琴嶺歿後、お百さえ飯田町に行ってしまったいまは、広い家にただ五人、といった文言につき、五人の内四人までの名を挙げ、あとの一人は誰かと答えを残したままだったのが、それはここにいう下女のことだったのだろうか。琴嶺一周忌の済むまではいままでの姿で過すつもりという。だがその天保七年五月八日以降にはお路を離縁する覚悟をしなければならぬ羽目になるだろう、とでもいうのだろうか。この問題は次第にこじれ、ためにこの三月上旬頃以来琴嶺を偲ばない日はない、と。この頃から既にそのようなことを考え始めたのであろうか。老成者篠斎は、ある意味では馬琴などより数等世間知りであった。恐らくこの頃の滝沢一家の尋常でない空気を、漠然としか記されてはいなかったものの、馬琴からの書状を通じ、薄々に感じ取り、それとなくことの由を尋ねるようなことがあったのかも知れない。馬琴は篠斎の誠実で世故にたけた人柄を信じ、桂窓には勿論、誰にも打ちあけたことのない心の秘密を、かく漏らした。それがこの書状だったのではあるまいか。「此一条は御切捨被下、例の御懇友にも御内見御無用」の懇友とは桂窓。この書状、いつものように桂窓まで廻覧することだろうが、以上云々の箇所は切りすてて桂窓にも内聞に、との意である。馬琴の桂窓に対する、篠斎とは自らかく差等があったのである。

天保六年の夏五月、興継が身故りて後、思ひがけなき口舌家の内に発りて、堪がたきこと三、四年に及べり。其渕源を推考るに、故児が七七の忌の果し比、長女おさきが薦めによつて、老婆お百を保養の為に、元飯田町なる旧宅に遣して逗留させしより、猜疑起りしを、解いまだ悟らず。其後、老婆が媳婦を里へ還し給へとて薦めしに、解其不可を説諭して許さゞりければ、疑心ます〳〵暗鬼を生じて、好言美語も甲斐なきまでに至れり。こはじめ解が謹慎等閑にて、遠慮なかりし昨非也。李下の冠、瓜田の履、用心せずばあるべからず。爾れども、この時解は六十九歳、老婆は七十二歳也。且、独子を失ひたる哀戚の涙いまだ乾ざる折なるに、さしも男女の間におゐて、是等の猜疑あるべしとは、思ひがけなきまがつみ也。こは吾厄也と思ひしかば、いひたきまゝの事いハせて、耳を塞ぎて争はず。只堪忍を宗として三、四年を経ぬる程に、波風おのづから鎮りて、家内安全の時を得たり。彼時、解怒に乗じて、みづから破るに至りなば、家眷必離散せん。堪忍の益あること、只是のみにあらず。

云々と。右は『吾仏乃記』「家説第四」。前に所引資料の幾個所と、時日に先後あり、ことの解釈に相違もある。後年の記録としての合理化といった気味でもあるのだろうか、事実は、その時々の前引のものを正しいとみる。「解が謹慎等閑にて、遠慮なかりし昨非也」とは、お路とのかかわりについてであろうが、具体的に何を指すのだろうか。それにしてもかの天保七年三月二十七日付篠斎宛状のまがつみとか煩悩なる語を、その語感の通例から、これも又お路のことにかかわっての馬琴自身の生臭い告白かとの懸念なきにしも非ず、と当初不図読んだのだが、文献解読力の浅薄さを今更ながら恥かしく思う。だがしかし馬琴、何故こんなに思わせぶりの、罪つくりな言葉を使ったのだろう。ことの起りはただ一人の不了簡者というをさえ、その文脈の流れから、馬琴自らに宛てようかと思わぬでもなかったのだ。男の自分は六十九歳、女房のお百は七十二歳ではないか。この齢になって——、女というものは、色気は兎も角も、嫉妬、焼餅だけは灰になるまで消え失せぬものなのだろうか。馬琴はお路に女を感じたか否か。但し、わたしは必ずしも自然主義論者でなく、勿論馬琴の潔白を信じ、微塵も疑わぬ。天保七年六月二十二日付篠斎宛状に「拙宅内々の家艱もとかくむつかしく、媳婦の親并親類ども度々招キよせ内談いたし候へども、存分ニいたし候へバ散財の外無之故、まづ泣ねいりニ一日〳〵とおくり候故、御安慮可被成下候」。ただこれだけの説明でもその具体的な経緯内容は篠斎には通じたのだろうが、是亦頗る難解の、含みの多い文章だ。やはり、お路離縁のことに絡んでのことだろうか。とすれば、この時に到るもなお地獄の状態が続いていたのである。

篠斎宛状のあの不鮮明で煮え切らぬ文面の裏には、このような、どう仕様もない苦悶があったのである。かく誰に語るべきすべもない胸中の鬱屈だが、やはり自ら記す如く、諄々と愚痴の文言を連ねてはただひたすらに篠斎やそして桂窓に書通の筆を執ること再三。且つ家書の名に於いて『後の為乃記』、さては六月中旬よりの体調不順にもめげず、桂窓よりの八犬伝評をくり返し熟読し、七月十四日までにその評答を書きあげた。このような筆業のみが、このところ彼にとってただ一つの遣悶解愁の方途でもあったようだ。

天保六年七月一日付桂窓宛状に、

一、篠斎子への拙翰、早速同人本宅江御届被下候よし、毎度御労煩、忝奉存候。

右ハ、五月廿八日出貴翰之回報并ニ御貺の謝義、侠客伝代料入手之御案内旁、如此御座候。

一、其後、六月六日出並便ニて、拙翰一封飛脚へ差出し、恩貺之美濃地図着之御案内等、件々得貴意候。折から霖雨中故、延着ニハ可有之候へども、此節ハ相達し、被成御覧候半と奉査候。依之、右一義ハ今便省略仕候。

右六月六日付桂窓宛状の桂窓自筆端書「六月六日朝、廿一日着、鳥おどし」は何とも解し難い文章だが、「六月廿六日朝、廿一日目着」とでも読んでみようか。六月六日の出翰より数え、二十一日目の廿六日朝着というのである。これなら日数の計算も帳尻があう。それにしても、並便の、いくら長雨中とはいえこんなに遅延は何としたことであろうか。ともあれ、『後の為乃記』筆作の意図を記した六月六日付状は、延着ながらも同月二十六日頃に無事桂窓の手許に届いた、とみておこう。更に七月一日付桂窓宛状の「六月十八日出之貴翰三通、壱封ニて同晦日ニ相達シ、大風雨中、小網丁御店ゟ被届之、忝拝見仕候」云々。右にいう六月十八日出桂窓状は、『後の為乃記』述作の意図やその構想を始めて漏し記した六月六日付馬琴状を手にしたのが六月二十六日である以上、それをまだ見ぬ前の返書であった。その六月十八日出三通一封の桂窓状を同月晦日に馬琴は受けとり披見、翌七月一日、直ちに桂窓に宛て、例の長文の返書を認め、六月二十日既に筆了の『後の為乃記』について、改めて詳しく伝えたのである。

一筆啓上仕候。酷暑中、貴地御揃弥御清栄被成御起居、奉敬賀候。随而、老軀無異ニ凌罷在候。御休意可被成下候。然者、五月十六日ニ自是差出し候拙翰、道中川支ニて少々延着、同廿六日相達シ、被成御覧候よし、承知仕候。右御回翰弐通、五月廿八日御差出シ、六月六日ニ小網町御店ゟ被相届、忝拝見仕候。孩児興継身故之一義、御懇友之義ニ付、あらまし奉告候処、件々御哀悼之御別紙被遣之、且御追悼玉吟四歌被贈下、乍例いづれも金玉之声あり、就中たねハのこれる撫子の露、拙詠ニ申漏し候御趣向ニて、感吟不浅。此外いづれも拝吟、一唱三歎之外無之候。将亦不存寄御香料金百疋被贈下、御厚義之御事、尤忝仕合奉存候。早速備霊前申候。乍然、御心配何とも痛入候仕合ニ御座候。家族一同、宜御礼申上度よし申候。右御むくひに何ぞ進上仕度候得ども、早速存付候品も無之候。然処、いぬる日、孫ども成長之後、見せ可申存候ニ付、憂苦を忍びて亡児の行状并ニ吉凶悔吝自戒等を書つめ、全壱巻四十張余之稿本出来致し申候。同書六、七冊写させ可申存、速ニ筆工へ遣し申候処、右筆者家内ニ病人有之、出来かね候よしニて、稿本を被返候故、外筆者へ遣し置候。此外筆者ハ手迹宜候得ども、甚気長キ性ニて、炎暑中、急ニハ出来かね候よしニ御座候。いづれ七冊も写し候事故、八、九月比ならで製本致候様ニハ揃ひかね候半と奉存候。右之書出来候ハゞ、壱部進上可仕候。此義、かねて御承知可被下候。但し、吾仏尊しニて、他人ニ見せ可申ものニあらず。他人の見ておかしからぬ物ニ御座候へども、その内ニハ自他のいましめ、勧善懲悪のよすがあれバ、益なき書とも申がたくや候ハん。貴兄ハ猶春秋ニ富給へる御事、殊ニ御知音と奉存候間、親族同様ニ相心得、右之書進上仕度奉存候。此書、余人江御見せなく、御秘蔵被下候様、今ゟ奉頼候。外ニ、御めにかけ度秘書も有之。并ニ、八犬伝九輯貴評御答等一包ニいたし、其節飛脚へ可指出候間、八、九月比の事ながら、先此段得貴意候。愚衷、かねて御承知可被下候。

右七月一日付桂窓宛状によれば、六月二十日に『後の為乃記』成稿後、早速かねて予定の筆工にその稿本を手渡した。その時の原稿は全壱巻四十丁余。ところが筆工に故障ありとのことで差しもどされたので、直ちに別の筆工に変更した、という。いずれ六、七冊ばかりも写成するつもりだが、出来上りは多分八、九月頃にもなるだろうか。其節には八犬伝評答の書をも一包みにして届けよう、と伝えた。当書状にも書名は示されていないが、その『後の為乃記』たるはいうまでもない。七冊とすれば、桂窓・篠斎・黙老及び崋山の四、それに家本として太郎・お次・お幸の三、ということにもなろうか。

滝沢家本『後の為乃記』によるに、その上冊十九丁オ「この病中の事ハ、下編にもしるしつ。その文互に精疎あり。合し見るべし」との割註あり。更には、同三十六丁オ「その兆既に十八年前にあらハれたり（この事ハ下編に具也）」ともあって、次の「下編　人性命有定数、井吉凶悔自戒」の項に続き、四十七丁ウに至り「みな月廿日に稿しをハりつ」と末記して、この冊を終る。このことは目次にも見えた。とすれば、琴嶺行状記を上篇とし、運命定数等を下篇とする、上下篇合一冊。即ち、七月一日付桂窓宛状にいう『後の為乃記』は現行二冊本中の上冊に当り、下冊を含んでいない。いまこれにいう四十丁余と、現行上冊の四十七丁との差はどうしたことだろうか。

『後の為乃記』の筆写形態は、馬琴の自筆稿本とそれを写さしめた筆耕本の二種類。筆耕本作成の方法について。原本によってその写しをとる場合、次の三つが考えられるようだ。その一、字形、一行の字数、行数、従って所要枚数等の一切、原にこだわらず、全く筆者の任意によるもの。その二、なるべく原本の字形や字配、行数等に準じ従い、自然全体の紙数もほぼ同一の、所謂見写し。その三、原本を下に敷き、それを透して原のままに写しとり、書体、一行の字数、行数、従って全紙数等すべて原本の俤を写し伝える。敷写し、謄写である。この最も精緻なのが籠字、双鉤というものであろう。敷写しの場合、筆工と原本筆者の書法や字癖・筆癖が微妙に混在するのが例である。前年度天保五年大橋右源次の江戸作者部類も敷写しだった。この度『後の為乃記』の筆工に先ずこの者を予定したのも作者部類に同じ手法をとるつもりだったからだろう。現存諸本の丁数、一行の字数・字配等すべて同様である。更に、馬琴の筆癖を思わせる文字さえ各本各所に散見する。努めて原稿本に忠実であろうとしたからであろう。滝沢本二十四丁ウ琴嶺行状記識跋花押自署「解」は明らかに籠字でさえあり、他の諸本もすべてこの法に従っている。恐らく馬琴の誂え、指示によるのだろう。但し、馬琴原稿の漢字の多くは行草略体の文字が使われていたのを、是も馬琴の求めに従って多少楷意を以って書き改められたかと思われるふしあり。その際、筆工の書法、

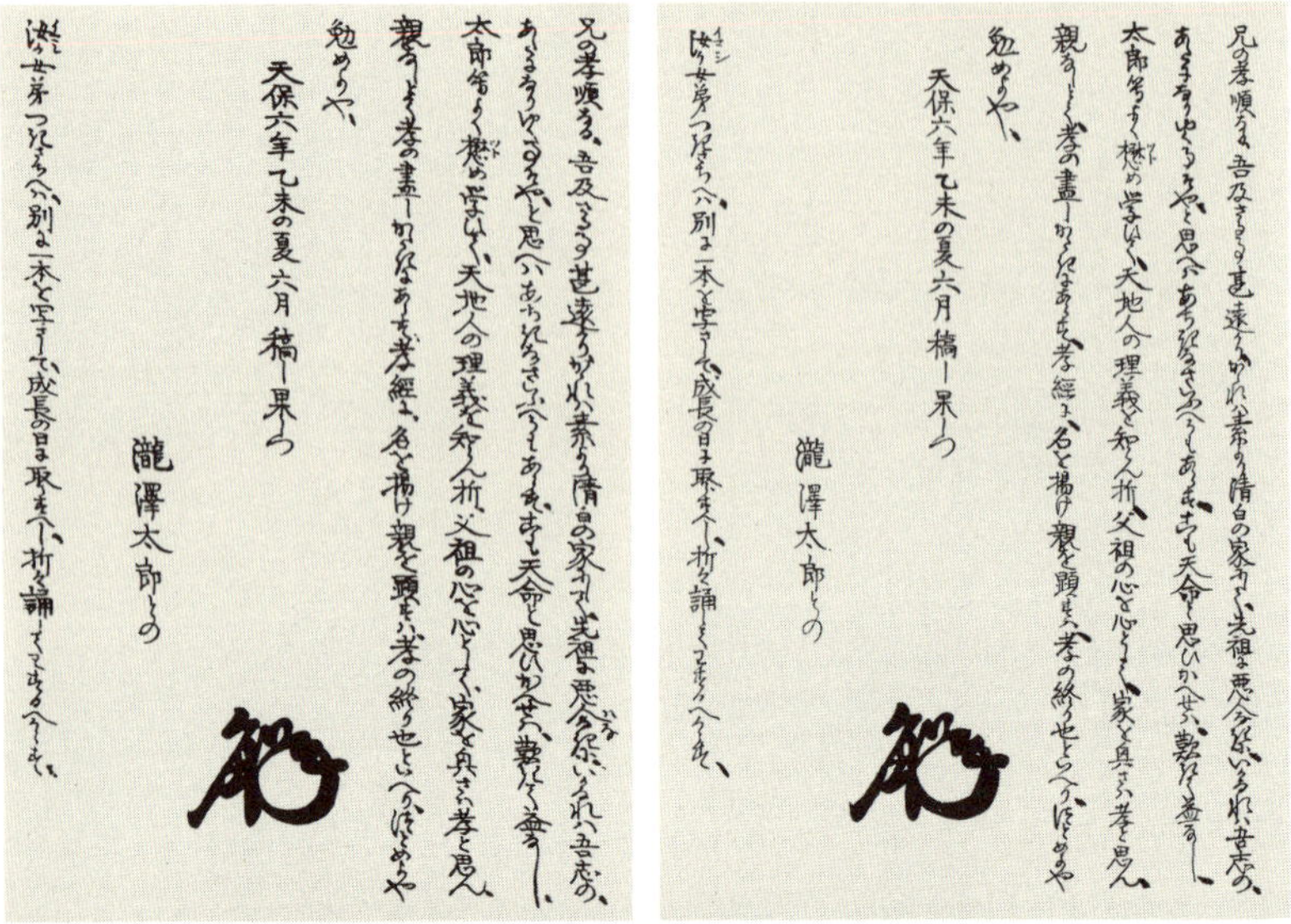

後の為乃記馬琴署記花押（右桂窓本、左牧之本）

文字への教養不足の故か、筆画等を誤った随分の出鱈目字が頻出する。この誤字を以って原稿筆者馬琴を難ずるのは、見当違いというものだろう。しかしその書写の方法が敷写しである以上、筆耕本『後の為乃記』は、そのまま馬琴原稿の姿を伝えるものといってよい。

滝沢本三十一丁ウ末三行「（上略）後の為の記といふなり。なほ示すべき秘事なきにあらず。又後轍の警になるよし多かれバ、そは又下編をひらき見よかし」とあって、ここで上篇が一段落し終ったが如き文体である。そして新しく丁を改め、三十二丁オ初行より三十五丁オ終行までの三丁半にわたり、喪子琴嶺への、馬琴・桂窓・篠斎三人による哀悼歌文の、前後文とは独立した一まとまりを連ね記し、さて三十五丁ウ初行より又改めて別の文段に移る。右哀悼歌中、馬琴にかかる条に、

みな月二十あまり六日は、七七の忌なりけれバ、
はかまゐりせし折によめる
きのふより土曜に入りたれば

夏たけていつゝのみちもきのふよりつちに入りぬるあこがおくつき

上冊末記に「みな月廿日に稿しをハりつ」とある以上、この六月二十六日琴嶺七七忌墓参歌は、当然成稿後の追加とみなければならぬ。又、上引七月一日付桂窓宛状中の「御追悼玉吟四歌被贈下、乍例いづれも金玉之声あり、就中、たねハのこれる撫子の露」云々は、上引琴嶺七七忌馬琴墓参歌に続く、

伊勢の松坂なる友人小津桂窓ぬしより、いたミのせうそこに香料をそえておくられたる、そが中に歌あり。やがてこゝにうつしとりぬ

興継大人の身まかり給ひしをかなしミて、そがかぞの解大人によみて奉る

なげくなよはかなくきえし跡ながらたねはのこれるなでしこの露　久足上

を指すはいうまでもない。五月十六日付馬琴状によって琴嶺の死を知らされた桂窓が、早速五月二十八日に馬琴宛、香料と共に追悼の手紙二通を同封して送ったとある、その内の一通に認められた哀悼歌四首中の内であった。馬琴はこれを六月六日に受取っている。従って、この歌が六月二十日成稿の文中に挿入されていることに、何の時間的な矛盾もない。が、この桂窓歌に続き、更に同じく篠斎の哀悼歌あり、

親のなき子の子いかでとはぐゝミて子のなき親よものまぎれせよ　安守上

以下八首歌を挙げ、

このふたぬしは、としごろ吾同好知音の友也。はる〳〵とかうねんごろに聞え給へれば、是将後にのこさまく

ほりす。この余も猶あらんを、さもなきは省きつ。

「このふたぬし」とは桂窓と篠斎。右にいう安守殿村篠斎哀悼歌八首は、前にも記したように、六月二十日付馬琴宛篠斎状中に記されたもので、これが馬琴の手許に届いたのは七月上中旬以降だったはずである。とすればこの条も六月二十日以降の追補で、五月二十八日付桂窓状中のものも、馬琴・篠斎歌に併せ記したとみなければなるまい。即ち以上三者哀悼歌にかかるこの三丁半は、六月二十日成稿後早々に渡されたとある筆耕用馬琴原稿四十丁余には含まれていなかったのである。現行滝沢本上冊巻初八月朔日の自叙及び崖略の合二丁分もそれに無かったのはいうまでもない。現本四十七丁より右後補分の哀悼歌と自叙・崖略の計五丁半を差し引けば、残四十丁余。これを以って、六月二十日後早々筆工に渡された第一次原稿とみる。勿論一冊本であって、現行の下冊は含まれていなかったとしなければならぬ。

上引七月一日桂窓宛状から一ヶ月余後の、閏七月十二日に馬琴は桂窓に宛て、一書を認めた。

曩に御見せ被成候八犬伝九輯上帙之貴評、病中度々熟読、盆中右評答出来いたし候へども、かねて得貴意候拙編後の為の記、写し終らせ、校訂の上、製本申付、右壱本致進上候折、御評も返上可仕与存罷在候処、筆工ニ障り有之、作者部類写させ候筆者ハ家内大病人有之ニ付、出来不申候。外筆者弐人ニ写させ候得ども、細字ニて壱部五十余丁の物五、六本も写し候事故、六月下旬ゟ此節迄わづかに弐本写し、差越候のミにて、一円埒明不申候。此分ニてハ、九月頃ならでハ写し終り申まじく候。夫ゟ手透〲に校訂いたし、然而製本いたし候迄ハ尚しバらく延引可致候。

云々。当初予定していた筆工はやはり江戸作者部類の筆工大橋右源次だったのである。この者については餘二稿本一『近世物之本江戸作者部類』解説参照。その時の第一次原稿は上下篇合一冊、全四十丁余のものだったことは既に述べた。ところが大橋家人に大病人あり、筆耕不能故、改めて早速別筆工二人に依頼した。以上の事情を報じた桂窓宛状七月一日現在に於ても、同じく四十余丁であった。それが、閏七月十二日付桂窓宛状では同じく一冊本ながら、全五十余丁になっている。四十丁余から五十余丁への増丁はどうしたことであろうか。前述の如く琴嶺哀悼歌の三丁半の追加増丁は勿論考えられることである。それにしても五十余丁にはまだ大分の不足ではないか。

現行『後の為乃記』の諸本、すべて二冊本で下冊巻末に七月七日付馬琴宛弔慰の黙老書翰を付載する。滝沢本についていえば、六十一丁オ末文を「天保六年といふとしのうるふ七月二十六日、この書をともし火のもとに録し果にき　隠士滝沢解　時年六十九」で終り、同丁ウ初行より「同好知音之益友木村黙老翁手簡」あり、六十七丁オ初め二行「著作堂老先醒／別啓玉机下」に終っている。それに続けて、松坂の篠斎・桂窓及び讃岐の黙老、以上三人の如何に益友なるかの謝辞を述べて同丁ウに至り、さて終行に「後の為乃記」と後題を識し、本冊を閉じる。つまり、上冊の桂・篠両者の哀悼歌に対し、下冊では黙老の弔慰文で応じ、歌と文と謂わば二者一対の形式を踏んでおり、下冊巻末の馬琴跋は、以上三友の作に一聯対応して、締めくくった形をとっている。七月七日記の黙老弔文が江戸に届いたのは、恐らくはその月の中下旬かと思われる。そこで、多分これよりやや先に届いていたはずの松坂衆の哀悼歌とこの黙老弔文を『後の為乃記』中に挿入し、以って彼等の厚情に報い、記念に宛てようとした。松坂衆の哀悼歌をわが琴嶺七七忌哀悼歌に合輯し、哀悼歌とは異質の黙老弔文を巻末に配し、その三者への謝礼文を跋文の恰好で最後に置く。馬琴の造本編集意識というものであろう。かくて第二次稿は成立した、とみるのである。馬琴・桂窓・篠斎哀悼歌分三丁半、黙老弔文・馬琴跋文六丁半、以上の追加を合せ加えると、第一次稿の四十丁余は第二次稿の五十余丁になる。こうした追加改編作業の時期については語るべき何の資料もないが、七月七日付黙老弔文状江戸着後の七月中下旬、更には閏七月に入っていたかも知れない。四十丁余の第一次稿から五十余丁の第二次稿への改編に際し、そのために新しく原稿を書き改めたのではなく、第一次稿への追加それぞれの箇所に、足し紙や継ぎ紙をして用を便じたことは、その追加文の丁数への配慮、あり方によって、訳なく納得される。そうした細工の跡は自筆の原稿を見れば一目瞭然なのだが、いまそれを見る術はなくとも、原本の俤をそのままに伝えたはずの現行の敷写し本を一見して、その手口は確かにそれと推定するにさして困難でもない。現に滝沢本もその如く、二部写成本の内一本に当るか。かくして成立した五十余丁本『後の為乃記』も、やはり一冊本であった。

前引閏七月十二日付桂窓宛状に同日、馬琴は篠斎に宛てても一書を認めている。

一、恩貺の御むくひに、拙くとも何ぞ琴嶺が筆の書画の類欤、さらずバ蔵書の類を進上仕度存候へども、彼ハ年来癇辟(マヽ)ニて、眼気薄く、且手腕揺動いたし、執筆に不便故、何も書候もの無之候。又蔵書も彼の物とてハ皆方書の類のミニ候。又掛物抔も大汝・神農抔、医により候物のミニ候間、進上仕候ても御用ニ達かね候半。依之、先月中拙文ニてつゞり候後の為の記と申写本出来候。是ハ嫡孫幼少ニ付、父の行状もしらずなり行候半と存、孫が成長の折見せばやと思候てつくり候ものなれば、第一に琴嶺行状一編あり。次に吉凶悔吝抔を書つめ候へバ、他人の見ておかしからぬ物に候へども、又そが中には人のこゝろ得に成候事も有之候。孫幷ニ孫女等三人、外ニ琴嶺が姉妹もほしがり候故、五、六本写させ可申存候て、先月上旬ゟ筆工へ遣し候。なれども、作者部類を写させ候筆者ハ、祖母大病のよしニて、写し不申候。無拠外筆工ニ写させ候故、おもハしからず、且暑中ニ候へバ、一向ニなまけ候欤、わづかに二本写し、差越し候まゝニて、その余ハ未出来候。大かた九月頃ならでハ写し終り申まじく候。細字ニて五十余丁有之候。右写し出来揃ひ候て、校訂いたし、そが上ニて製本いたさせ候つもりニ御座候。貴翁ハ三十年来の御知音にまし／＼候へバ、失敬ながら親類同様ニ奉存候間、右後の為の記を像見代ニ進上可仕と奉存候。尤秘書にて、人の多ん（見カ、ママ）ことを斁ひ候へども、いかで御秘蔵被下候ハヾ、本望之至可奉存候。右之仕合故、進上仕候までハ猶しバらく間可有之候へ共、先づ此段御承引被成下候様ニと、意衷を注し申候。

これも京大本『馬琴書簡集』によった。先月上旬筆工へ原稿を渡したという。七月上旬である。当筆工の事情により第一次稿を直ちに次の筆工に渡し、その手で筆耕本二部写成。次に追加原稿執筆、その部分だけを筆耕させ、第一次稿本に切り継、足し紙で追補、ここに第二次本成立。以降この細工本が筆耕の底本となる。右細工本の二本は家本に宛てたらしく、現に滝沢本の追加部分はその如く切り継されており、桂窓本の増補部分は足し紙でない。桂窓宛状では筆工大橋家内に病人ありというのが、その老母だったことも本状で知られた。篠斎宛状にみえる『後の為乃記』も、桂窓宛状に同じく五十余丁本の、細字本なのはいうまでもない。書中の「恩貺」とは琴嶺への香料並びに哀悼歌文を指すのであろう。そのお礼なり形見の品として、琴嶺の手になる画筆をとも考えたが適当なものもなく、本好きで読書家でもあった篠斎故、何かその旧蔵書をと思ったが恰好のものも見当らず、そこで『後の為乃記』を贈ろう、というのである。三孫即ち太郎・次（つぎ）・幸（さち）、それに桂窓・篠斎・黙老及び崋山を加えれば計七本。七月一日付桂窓宛状「いずれ七冊も写し候事故」の条でこれは既に説明した。なお、琴嶺の姉妹も欲しがっているともいうが、即ち幸（さき）・祐（ゆう）・鍬（くわ）の三人、但し飯田町幸（さき）とその養女次を一つにまとめれば二冊で、以上九冊。しかし、お祐とお鍬に与えたらしい資料はなく、恐らく七部写成説あたりが正しいのではなかろうか。

滝沢家から同家蔵馬琴関係資料が天理図書館に寄託されたのは、昭和四十二年のことであった。その内容については、同館『ビブリア』三十七号昭和四二金子和正稿「滝沢家寄託書類目録」参照。内、馬琴筆題簽『琴嶺遺稿』なる半紙本一冊あり、これにも家本『吾仏乃記』や『後の為乃記』に同刻「瀧澤蔵書」の朱方印が捺してある。表紙に琴嶺筆「詩稿」と題書した「琴斎詩草巻之一　東都飯台　滝沢興継著」とその余丁に琴嶺筆にかかる漢詩草稿紙片若干を雑多に貼りあわせたもの、更にそれに「文化十二年乙亥夏五月西遊日記」及び「募原考出医賸附録」を合綴したものである。以上すべて琴嶺作、その自筆なのだが、これ等を整理合綴し成冊したのは馬琴である。その冊子を包紙にくるみ、包紙の上書きに馬琴筆で「琴嶺遺稿／旅中耳底歴／乙未秋七月製本秘蔵」と題記し、同包紙裏には「太郎等よろしく秘蔵すべし、不可失之」と識署する。元来この紙包には表記の二種が収められていたのだろう。右二種遺稿中「詩稿」の巻初に馬琴筆「こは琴嶺が十三、四歳より十六、七歳までの詩稿也。年来破篋の中にありけるを、このたび見出したれば、余稿と共に合本となすのミ　乙未閏七月　蓑笠斎老人」とあり、同綴「募原考」には「この医賸附録の抄書ハ琴嶺が自筆なる欤、或ハ当時海蔵に写させたる欤、今詳ならねども、遺稿と共にありしかバ、そがまゝに収るのミ」、そして「西遊日記」

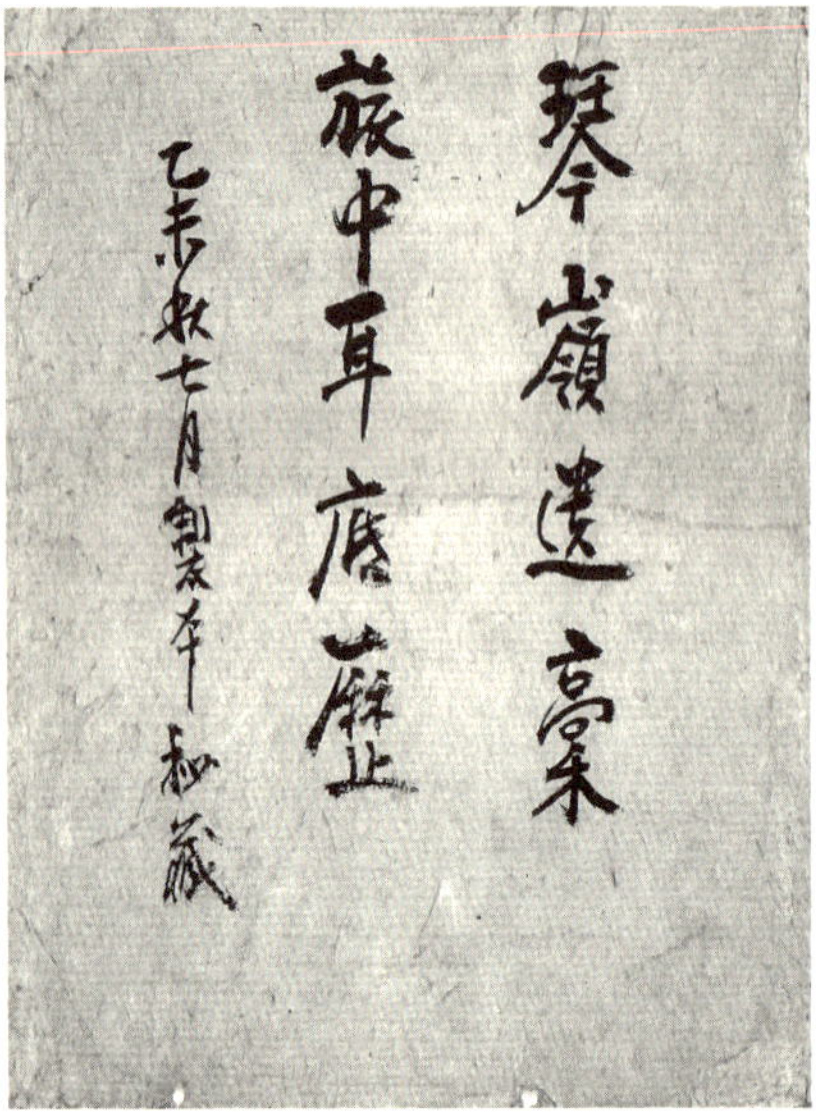

琴嶺遺稿・旅中耳底歴包紙

には「又云、右の紀行は琴嶺が年十八の夏、京摂に遊歴して帰り来つゝ、稿を創めしに、多病にして果ざりしなり。年来小皮箱に蔵めたりしを、こたび見出して、詩稿とゝも合本とす。太郎等宜しく秘蔵すべきもの也　天保六乙未秋閏七月初九　蓑笠斎老人解再識」とある。再識とは、「詩稿」の「乙未閏七月」云々の識跋に対していう。但し、同紙包中の「旅中耳底歴」は、失なわれていまはない。

『後の為乃記』下冊目録に「遺稿三種（多是弱冠初学之作也）」と註記して、「琴嶺詩稿残欠一十九首」と「漢文」雑片四篇、及び「紀行類」として「乙亥西遊日記」と「旅中耳底歴」の以上三種を挙げる。『後の為乃記』所収「琴嶺詩稿残欠一十九首」中「漁夫」詩を除く外すべて、合本『琴嶺遺稿』中の「琴嶺詩草」及び漢詩草稿に所見のものである。但し、「漢文」篇所拠の遺稿は所伝不詳。同所収「乙亥西遊日記」は、『後の為乃記』滝沢本でいえば、二十七丁ウ九行「一枝十」まであって、以下欠文。続いての第十行に「原稿細書十四行十四頁、今存する者こゝに尽く。惜むべし」と朱註記あり、そのいうところ、合本『琴嶺遺稿』に所収とすべて一致する。即ち『後の為乃記』上述註記にいう「西遊日記」所據の原稿とは『琴嶺遺稿』本であった。但しその行文、両々かなりの異同がみられる。琴嶺自身による大分の推敲あり、且つ間々馬琴正誤の筆を加えているが、『後の為乃記』に所収の際、更に改めて馬琴の手により、本文自体にも種々訂正加筆されたところがあったからではなかろうか。『後の為乃記』下冊二十八丁オ初行より二十九丁ウ第四行にかけて、即ち「西遊日記」と「旅中耳底歴」の間に、この両書についての馬琴の解説あり、内、

　きのふ琴嶺が所蔵の方書の蟫を払ひぬる折に、いと厚き畳紙に収めたるものあるを見出して、うち開けば、彼が尚総角の比抄録しぬる算術の書二、三冊と、半紙二十枚ばかり、長く横綴（ママ）にして、旅中耳底歴　文化十二年

乙亥五月吉日　江戸滝沢、と左右三行に書皮に題したるあり。やがて閲するに、五月十一日に江戸をかしまたちせしより、七月十八日家にかへり来ぬるまで、日毎のおぼえ書にて、俗にいう当時の手びかえ也。日記ハこれをもて綴りしなめりと察せられる。かゝれバ、事皆省略にて、さばかり文をなすものならねど、その大概を見るに足れり、料らず是に慰められし親の歓び、しるべし。抑、吾この記録ハ人に示さんとにあらず。孫等が為にとてすなれバ、五月二十五日の条下より、彼が耳底歴を謄写して、僅に全書となすもの也。そが中に、彼こそ知りて記臆にハ備へけめ、こころ得がたき事しもあるを、推量をもて筆削せず、有るまゝにうつすこと、左の如し。太郎等、後に是を見バ、又原本と比校して、予が筆のわづらハしきも、戮ざりしを思ひねかし。

「西遊日記」は、旅中の手控えメモ「旅中耳底歴」により、帰家の後日に、旅の記、紀行文風な作品に綴り改めようとしたものであった。それを制作の当時馬琴も読み、構成や表現の点についていろいろ意見を述べ、よって琴嶺頗る推敲を加えたという。いまその原本たる遺稿本にみられる無数の推敲の跡はまぎれもなく琴嶺の自筆で、間々馬琴の朱筆をみる。琴嶺の身辺、その後次第に多忙を加え、ために記事は旅の中途で終り、結局未完に終ったが、この度の『後の為乃記』ではその足らぬ部分を耳底歴で補ったというのである。耳底歴は半紙を横綴じにしたものとあるが、多分旅中携帯の便利を考え、懐日記風な体裁に従ったのであろう。そして、これが西遊日記に併せて遺稿集に合綴されなかったのは、横綴じ本と半紙本と、互に書形を異にしたからで、二つを合わせて縦形の一つの紙包に収めたものの、横本の故に、いつしか紙包から離れ、やがて亡佚してしまったのであろう。

『琴嶺遺稿』所収のそれぞれや「旅中耳底歴」を見出し、これ等を一つの紙包に収めたのが、その包紙の表記によれば「乙未秋七月」であった。とすれば、『後の為乃記』は多分まだ四十丁余一冊本の第一次稿時分である。そして、『琴嶺遺稿』中所収「詩稿」に識記した「乙未閏七月」の具体的な日次は不明ながら、遺稿巻末の「天保六年秋閏七月初九」に考えあわせ、恐らくはそれ以前の、閏七月上旬中の極初といったことにもなるだろうか。天保六年閏七月十二日の桂窓や篠斎に宛てた手紙によれば、その頃の『後の為乃記』は初稿四十丁余本から五十余丁の増補第二次稿本に移行はしたが、やはり尚一冊本で、現行の下冊を含んでいなかった。『琴嶺遺稿』所収の諸本や「旅中耳底歴」が琴嶺遺品中から見出され、整理された当初の頃の『後の為乃記』はやはり一冊本で、それ等の一切は含まれていなかったのである。

琴嶺歿後、何かとその遺品遺物を整理したようである。『滝沢家寄託書類目録』にはその時に見出されたかと思われる琴嶺関係のものが、『琴嶺遺稿・旅中耳底歴』以外にも所見する。例えば『琴嶺抄録』だが、「こは天保四、五年の間、琴嶺が病痾の間、読書の折、たま〳〵抄録しぬるもの也。太郎等宜しく秘蔵すべし　乙未秋閏月初日蓑笠漁隠」と馬琴は朱識している。この日付けの初日とは朔日、『琴嶺遺稿』より何日か早い。それ等琴嶺遺稿の孰れも、幼孫太郎に伝えるための作業であった。つまりその心は『後の為乃記』に相重なるようだ。あれこれ琴嶺の遺稿を見出し整理し、その内の幾つかをまとめて、『琴嶺遺稿』として一つの紙包に収めたのが七月、さて所収「詩稿」を読んだのが閏七月早々、追って「西遊日記」や「旅中耳底歴」に及び、やがて読了したのが「秋閏七月初九」ということにもなるのだろうか。つまり増補第二次稿『後の為乃記』成立の時期にほぼ前後する。そして、これ等を琴嶺行状記に対応させ、併せて一具のものにしようといった発想が、この頃に新しく兆したのではなかろうか。琴嶺の遺文や遺稿を以って下冊に宛て、編しようというのである。そして下冊追加編集作業の終ったのが天保六年閏七月二十六日、『琴嶺遺稿』の整理より二十日足らず以後であった。

「旅中日記」の末に馬琴識跋あり、

蓑笠漁隠云、琴嶺が此日記を稿せしハ、おなじ年の秋長月の事なりき。当時是を予に呈閲して、かう綴りてハいかゞ侍らむ。いと長くてハ、見そなハするに煩ハしくも思召すべし。いかで雌黄を施し給ひねと請ひしかバ、予閲すること両三遍。その後琴嶺を召ていふやう、この日記ハわろきにあらねども、岐岨路にも名所図会といふものあれバ、人の知りたる事を詳にせんハ要なし。汝ハ歌をよまねども、こゝまで詩の一首もなけれバ、道中記といふものに似たり。逆旅十五日のあハひにハ、拙くともからうた五、六首ハあるべし。文の巧拙ハ姑くおきぬ。てにをはのあハぬ処、自他のたがひあるくだり、仮名のたがうるハ都て雌黄を施しぬ。なお又綴りて見せよかしと諭して稿本を還しにき。かくて次の年にやありけん、日記ハいかに、見せずやと催促せしに、御教諭に従ひまつりて、先詩よりものせんと思ひ侍るに、日毎に諸先生の講書を聴に出あるき侍れバ、暇なくてなど答へしが、久しくなるまで稿するを見ず。かくて戊寅の年の秋、神田へ別居させしより、医業に筆とる暇なかりけん。とかくする程に五、六年を歴て、癇癥いたく発りしより以来、眼翳ミ、腕ふるえて、執筆不便なりしかバ、竟に稿を続ざるなめり。

云々。巻初から奥の細道書出しのあたりをそのままにもじったりして、随分上っ調子な美文調だが、若年未熟の琴嶺は、そんなのを文章の体と考えていたらしい。父馬琴の享和二年上方旅行記『羇旅漫録』をも当然意識していたことだろうが、ものを見る目、ことを述べる筆、それとこれと、到底比すべくもない。年齢の相違もさることながら、文字を操る力量の差というものか。例えば「詩稿」中に馬琴によって添付された一篇「春山」は、『後の為乃

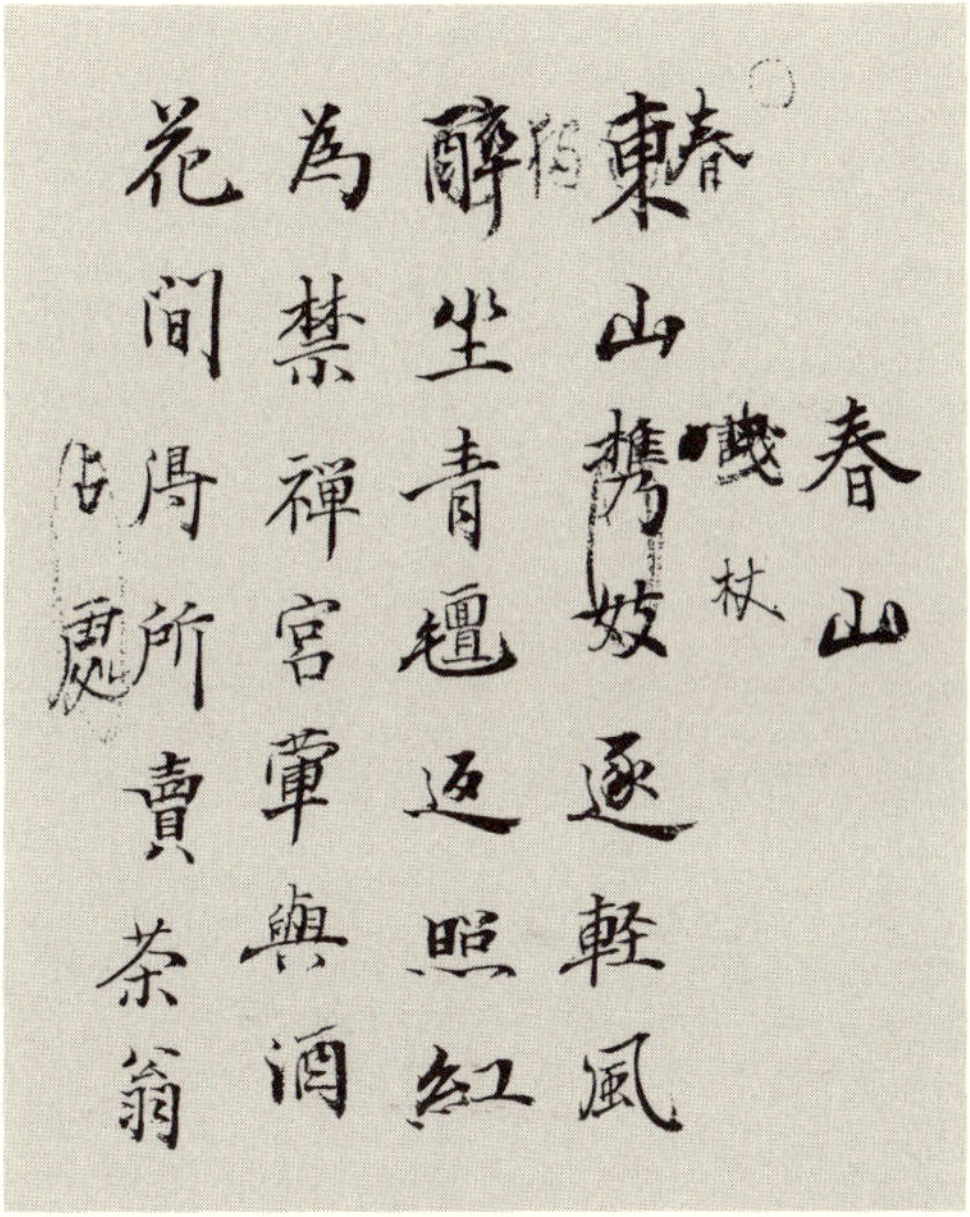

琴嶺詩稿春山

記』漢詩十九首中には採録されていないものだが、曰く、

春山

（春）東山携妓（曳杖）逐軽風　（独）酔坐青氈返照紅

為禁禅宮葷与酒　花間得所（占処）売茶翁

七言詩である。約束通りの平仄は踏んでいるようだ。起句の東山は東叡山にでも宛てこんだのであろう。従って第三句の禅宮は寛永寺というわけである。さて初句の携妓とは傾城の美君、吉原とか深川の芸者衆をでも踏まえたのだろうか。軽風を逐って青氈に酔坐すに到っては、いやはや恐れ入りましたというしかない。詩案の陳腐、詩句の常套、要するに精一杯に勉強した優等生の、お手本通りな月並でしかない。巧拙を論ずるは的外れ、しばらく措くとして、かかる艶体の虚詩を、外ならぬかの琴嶺がものしたことに、この者にもこうした時代があったかと感慨無量、むしろ心温まる思いで一杯である。秘められた青春の香気、自由な精神の高鳴りといったものをさえ感じさせるものがあるからだろうか。それにしても、流石に恥ずかしくなったのか、或いは師の教示でか、見るが如くに手を加え、様がえしてしまった。巧かも知れぬが気合いを失って、むしろ一層に型通りの凡作に堕した感のせぬでもない。戦前昭和の初年、小中学生徒の頃か、教えられて「一瓢を携えて墨堤に遊

ぶ」といった底の作文をものしたこと、この身にも覚えがある。馬琴の註によれば、これ等の詩稿、琴嶺が十三、四歳から十六、七歳までの作という。未だ前髪立ち紅顔の琴嶺にとって、東山携妓など、一瓢を携えての伝で、罪もない笑止の沙汰といってしまえばそれまでだが、夢多い青少の士琴嶺の姿に考えあわせ、却ってある種の親近感、ほほ笑みを禁じ得ず、後年の彼に思いを重ね、終には涙ぐましくさえなるというものである。更に例えば、これは『後の為乃記』にも採録されているものだが、

閑居冬日

柴門連日不開扉　欲暮今年酒友稀
吹火啜茶凭牖見　霏々（詩稿ママ）玉屑晩雲飛

馬琴のいうが如き年配での作詩とすれば、まるで十歳の翁とも称すべく、全く柄にもない、是亦お手本通りの作りものといえよう。詩とは斯く作すべしと学び、風流雅人の躰を七言二十八字に並べて型通りに素詠みしたまでのことである。かの春山詩といい、この閑居詩、その他の孰れも、琴嶺にそぐわぬ拵らえものばかりであった。元来琴嶺は詩人には縁遠い男ではあったのだろう。当時詩は、詩人のものである以上に、一廉の人士の躾みの具でもあった。彼が稽古学習の勤勉努力を認めるにやぶさかでないが、到底詩才ありとも思われぬ。更にはその書法にしても、巧緻というには縁遠いものの、点画操筆基本の大旨は法に適って、ほぼ正体を得たものとみてよろしかろうか。のびのびと自由であって、後年のいじけはない。町の寺小屋仕込みといったものでなく、正師に就いて正法を学んだからであろう。元来素直な性格故に、師の教えを正直にそのまま受け入れたのである。画の道も、幼にして金子金陵に学んだと既に述べた。寄託書中に、紙本淡彩、半折の画幅「梅鶯図」の一軸あり、落款「庚午首春　十三歳琴

嶺」。庚午は文化十三年。運筆・傅彩・構図等頗る正統だが、ただそれだけのことである。十三歳の作としては甚だ努めたと称すべく、偖何程独自の才が認められるというものでもない。極く近々、天理図書館は琴嶺筆の、これも半折淡彩菊図の一軸を得た。落款あるも画作の年代を推定させるような手がかりはないが、例えばその運筆、潑墨の体、「梅鶯図」に比し、画技の進んだことをうかがわせるには稍々足る。が、要するに素人芸の域を脱し得たものでない。しかしそれさえ親の目からは、そんなものでない。わざわざ表装して、床間に懸けて悦に入っている馬琴の姿、眼前にみるような。詩画を学んで成らず、やがてこのことは当人は勿論、馬琴も知るところとなったはずである。前引文政元年七月晦日鈴木牧之宛状に「倅宗伯、篤実と申のミにて、文雅の才ハ一向無之ものニ御座候。当年廿二(ママ)才にて、療治は可なりにいたし候」云々と伝えた所以である。これにほぼ同文が例の天保五年五月十六日桂窓宛状にも所見、即ち「倅、不才ニて、風流ハ無之候へども、医術ハ精得候事多く」という。琴嶺が風流文雅の才には、早くから見切りをつけていたのだろう。加えて二十何歳頃から発病、到底筆墨に堪えぬ状態なので、その方面は断念、ひたすら医学医道一遍に精進の世界を選んだというのである。しかし今はなきその者を偲ぶ遺作遺墨とならば、巧拙などは問うところでなく、馬琴の胸中、懐しさで一杯だったであろう。かくて『後の為乃記』下冊琴嶺遺文集は成立した。

　滝沢家本上冊巻首自叙に「吾家嘗有癉鬼之祟焉。今茲五月、独子興継身故。時嫡孫太郎甫八歳。未足知父之言行頗可見者有之。可不哀哉。粤為思家譜廃絶、編纂是書二巻。敢欲使吾孫等読之。因命曰為後之記」云々。更にその「崖略」にいう「是書始罔意于蒐輯為冊。但、於亡児生涯事、摘其要二、三、思欲録於十数頁。而考究排纂往事、則尚可録者為不尠矣。漸裒至一百余頁。因釐為二巻」とある。当初必ずしも成冊を意図せず、琴嶺言行の二、三を選び述べ、せいぜい十数丁程度のものを考えていたらしい。即ち、亡児生涯のこと、現行本に於ける「琴嶺滝沢興継宗伯行状」二十丁余の原形に当る。それに対し、別に新しく下編として「人生命有定数、并吉凶悔吝自戒」等を加え、四十丁余の一冊本成稿。次に更に加丁し次第に増頁して五十余丁本にまで到る。そして最終的には、巻初の行状記に相対応せしめ、琴嶺の遺稿を集録付加、その総丁百を越すに及ぶ。そこで、書物としての体裁上、一冊本から二冊本に改編した、というのである。二冊本への改編に当り、五十余丁一冊本末記の黙老弔文を二冊本下の冊末に移したのも、造本構成上の体裁整備の故からである。一冊本から二冊本への改編時期は桂・篠宛状の天保六年閏七月十二日以後、下冊末記同閏七月二十六日の間、という以外に何の具体的資料も持ちあわさない。そして、上下冊合せての自叙を草したのが八月一日。当初複案十数丁から四十余丁、更に五十余丁の一冊本、最終的には百余丁二冊本に到って、『後の為乃記』は漸くここに定稿本を得たわけである。

天保六年十月十一日付桂窓宛馬琴状に、

一、当夏中琴嶺身故之節者御香料被贈、忝仕合奉存候。かねて得貴意候通り、右御報ひとして、拙撰後の為の記弐冊、此節筆工漸く両三本写し終り候間、早速製本申付、一部進上之仕候。此書、家書ニて、外へハ出しがたく候得ども、貴君は格別御知音之御義、乍失礼親族同様ニたのもしく奉存候ニ付、如此御座候。尤、江戸ハしば〳〵火災も有之候故、万一孫共江可遣本、類焼等致候事有之候てハ遺憾之仕合御座候間、副本がてらに指上置候。御如才なき事ながら、心なき人ニハ御秘し被成、長く御蔵弄被成下候ハヾ本望之至ニ可奉存候。筆工誤写多く候故、多用中、夜々燈下ニて再三訂正いたし候得ども、見遣しも可有之哉難斗候。御覧之節、御心つかれ候誤写有之候ハヾ、御直し置可被下候。六月下旬ゟ写しニ出し候処、筆工壱人ハ大ずるけニて一向ニ出来不申候。一人ニて写し候処、細書故、手間どり、やう／＼三本写し終り候。依之、壱部ハ貴兄江、壱部ハ篠斎子へ、壱部ハ黙老人江、此三部、今日同時ニ飛脚へ出し候。あとハいつ出来揃ひ可申哉、はかりがたく候。ケ様之品、早春致進上候もいかゞニ付、心配いたし候へども、人の手をかり候事故、如意ならず候。御亮察可被下候。かばかりの物ニても、八、九本も仕立候ハよほど心労の事ニ御座候。懸物様之物を進上いたし候方、手廻し宜く候得ども、さしたる物も無之候故、已ことを得ざるわざニ御座候。校正よほど煩しく覚候。とくト御覧被下、数／＼思召出され被下候ハヾ、忝可奉存候。

右状桂窓端書「十月十一日出、同晦日着、十一月二日返書」。桂窓本『後の為乃記』は本状と共に、十月晦日伊勢松坂着。なお、本状末に「野老疝積・腰痛、此節ハ過半本復いたし候。媳婦も病気平愈ニ候。老婆、先月廿三日旧宅ゟかへり居候。まづハ家内無異ニ御座候間、御休意可被成下候」とある。この五月二十三日に明神坂下の家を出てから丸四ヶ月ぶりの帰家、これでお百家出一件も一応落着というわけである。そして京大本同月同日付篠斎宛状には、

一、当夏中、琴嶺身故之節ハ御香料被贈下、忝奉謝候。右答礼、かねて得貴意候家書後の為の記、筆工此節やうやく両三本写し終り候間、製本申付、壱部進上令仕候。此ハ家書ニて、他へ可出物ニ無之候へ共、貴兄は御知音の御事、乍憚親族同様ニたのもしく奉存候間、副本がてら呈閲いたし候。江戸火災しば／＼故、孫へ遺し候本、後年万一焼亡等いたし候ハヾ遺憾之至ニ付、如此御座候。御如才なきことながら、心なき人に御示しなく、御秘蔵被成下、折／＼思召出され被下候ハヾ、忝可奉存候。筆工悞写多く、訂正ニ大ニいとまをついやし

候へども、燈下の老眼、見遺しも可有之歟、難斗候。御覧之節、御心づかれ候悞写も候ハヾ、御直し置可被下候。右三本、貴兄江壱部、桂窓子へ壱部、黙老江壱部、今日同時ニ飛脚へ出し候。あとハいつ出来候歟、筆工埒明かね候故、難斗候。かやうの物、早春抔上候もいかゞニ付、いたく心配いたし、やう／＼三本出来候。御覧察可被成下候。

当篠斎状末文にも桂窓宛状に同じく「野生疝積腰痛、此節過半本復いたし、媳婦病気もおこたり候。老婆も先月廿三日旧宅ゟかへり居候間、家内先無異ニ候へども、何分雅俗とも多用ニて、手まハりかね、あぐミ申候」。当状篠斎端書「未十月十一日出、同晦日著（ママ）、十二月十一日返書出ス」。所引桂窓宛・篠斎宛両状多く同意同文、従って黙老宛状も恐らくはこうしたものだったかと考えてよかろう。筆耕本三部出来、早速朱筆校正。その後、製本。筆耕本江戸作者部類の製本は下谷二丁目経師万吉の手に成ったが、本書もこの者に誂えたかと思われる。滝沢本題簽、子持枠に馬琴手自染筆「後の為乃記上（下）」。桂窓本・黙老本、題簽書名の下部に「滝沢家書」の四字を添える以外、すべて同形同装、従って篠斎本もこの様であっただろう。三本を逐一に読過しつつ朱点を以って全冊に句読を施し、誤字を校正する。書写の本には必ず一校を加えるのが読書人心得の常としても、このように雅俗多用の際、しかも三本までに及ぶ。馬琴の自著への態度は毎々概ねかく慎重だった。

『後の為乃記』謄写の予定部数については、五、六本とか八、九本或いは七本など、馬琴自身いろいろ述べてはいるが、時々にその程度のことを考えていたのではなかろうか。その与え先き予定の推測は前に記した。ともかく先ず三本の写成が終ったので、十月十一日取りあえず一斉に桂窓・篠斎・黙老の三人に宛て送ったのである。当の身内の者より、先ず右の三人を選んだのは、その内容が死者の哀悼録といったものなので、万一遅れて年を越し、新春着ということにもなれば縁起でもない、との気配りからだという。筆写部数の多いことをも考え、筆工として二人を選んだが、内の一人は大ずるけ者故、結局は一人の筆になったという。つまり以上の三本、すべて同筆。

桂窓から右書入手の旨十一月二日付返書を受けた馬琴は、十二月四日付けで桂窓に宛て一書を認めた。

自是十月十二日ニ差出し候紙包、同晦日ニ着いたし、拙翰并ニ後の為の記・帰郷日記等御落手之よし御案内被仰越、安心仕候。尤、貴兄十月初旬ゟ京・大坂江御出かけ被成、御留守中ニ（中略）。貴兄御方ト同時ニ篠斎子へも致進上候後の為の記一封、晦日ニ松坂へ着いたし候ハヾ、篠斎子尚松坂ニ被居候内の事なるべく、左候ハヾ、右紙包入手被致、若山へ携被帰候義ニも可有之察し候事ニ御座候。高松黙老へも右同日差出し候処、十一月三日ニ高松江着いたし候よし、十一月五日之状、過日着いたし、三友方江之進物、無恙相達シ、尤安心之事ニ御座候。

右桂窓宛に同日の、天保六年十二月四日、篠斎に宛てても一書を認めている。これも京大本だが、

一、十月十二日出シ候後の為の記并ニ拙翰等紙包一ッ、十月晦日ニ松坂へ着のよし。但し、貴兄かねて御案内のごとく、十月中旬御本宅江御立帰り被成、かねてハ十一月中旬迄も御逗留可被成候処、急ニ御用向出来、十一月朔日御出立ニて若山へ御帰り被成候よし、其節桂窓子へ御伝言之趣、同人ゟ先便ニ申来リ、忝承知仕候。右後の為の記、十月晦日、松坂へ着のよし。左候ハヾ、貴兄松坂ニ尚御逗留の事ニて、御入手被下候半と奉察候。黙老へおくり候同書も同日ニ差出候処、十一月三日ニ高松へ着のよし、申来候。

一、三友方江いづれも無事無滞着いたし、尤安心之事ニ御座候。

本状端書「未十二月四日出、同晦日着」。かくて『後の為乃記』はそれぞれの手許に無事届けられたのである。右三

本中、桂窓本はこの戦後同人西荘文庫本の多くが前後して天理図書館の蔵に帰した内の一本、昭和二十七年八月二十八日受入の架蔵記あり、同書については既にほぼ述べた。黙老蔵本の殆んど早く放佚して間々各所に散在するが、内、大阪中之島図書館蔵の当本には「木村蔵書」の朱印記あり、「初代豊田又三郎氏遺書」として、明治三十八年八月三十一日の日付印を添える。豊田氏寄贈数千部中の一つである。そして、篠斎本の所在不明。

天保七年一月六日付篠斎宛状に、旧臘十一日の御細翰、同二十日に東着、忝く拝見した、とある。右にいう天保六年十二月十一日付馬琴宛篠斎状には、送本への謝義ならびにその読後感が細々と記されていたことであろう。一月六日付篠斎宛状は更に続けて「十一月朔日御出立ニて、紀若江御帰りのよし。右前日、是ゟ差出し候後の為の記、御本宅江着ニ付、其儘御携、御帰若被成、其後御繙閲之よし、件々被仰越候趣、逐一承知、安心、本望之至ニ御座候」。更に重ねて、

一、後の為の記、御落手後御覧被成候よし、御厚篤に御賞褒被下、赧然の至ニ候。亡児遊歴の折、貴宅を奉訪、御かけちがひ御対面なかりしを、今さら遺憾に思召候よし、寔に情にふれてハさもやと奉存候。右ハ秘書たる事勿論候へども、又同好ニて、云云の人にハ見するもあしからじと思召候よし。そを斁ふにハあらず。只家事を世に売弄せんハうらはづかしき事にて、且、幼孫の人となりも後来思ひ定めたる事もなし。愍に幕の内を人にしらせて、児孫の生たち宜しからずば、恥を貽すくさはひにこそと存候迄に候。こゝらに御斟酌あらバ、御親友に御見せ被成候とも、何かハいとひ候ハむ。今こそあれ、百年の後には謬て写し伝る人もあるべし。只こなたより弘めさへせねバ、後世の事迄防ギ得べきにあらず。此義御勘考の上、ともかくと奉存候。

天保六年から平成四年まで既に百数十年のいま、本書を私版餘二稿に所収すること、著者馬琴からの允許やお墨付、

出版の許可をここに頂戴したかと安堵ながら、なおわがかかる所業の、馬琴の本意に適うや否、秘かに畏れる。

西荘文庫本『後の為乃記』は紙包にくるんで送られてきた。その紙包の上書に馬琴筆「晋上、写本弐巻、桂窓大人」、三行書きである。そして校正・正誤等に関する馬琴書翰二通が桂窓の手によって貼布されている。

その一、

　後の為の記の内、再校仕候処、診脈の診を筆工皆胗ニ誤り候。上の巻ニ四、五ケ処、下の巻ニも二、三ケ処有之。いつ也とも御再□（ムシ）の節、月ヘンを言ベンニ御直し可被下候。

　又、

　　聞人嗣子不幸の条頭書追加、

　北尾政美ハ後に一家の画風を興して、越後侯に徴れ、月俸十口を賜りて、鍬形紹直と姓名を改めにき。しかれども、子なし。養嗣にて相続したり。

　これ要緊の事ならねども、原本ニ有之故、御追写被成置可被下候。

　　桂窓様

馬琴は篠斎・桂窓・黙老宛それぞれに送本する前に、予め自ら校訂正誤を加えた云々のことは既に記した。そして更に送本後のいつか、時を得て再読再校することがあった。その報告がこの手紙である。当状にはただ再白とのみあって、日付けは記されていない。本翰に対する別翰というわけである。例えば先年の江戸作者部類でも、誤字訂正とか頭書書入れなど、これに同様のことが何度かにわたりみられた。その日付けは、送本後比較的間もない頃

のことだった。天保七年二月一日付桂窓宛状に、

一、後の為の記ニ筆工の誤字有之候を、過日見出し候。且、頭書ニ追加いたし度義も有之候ニ付、別紙ニ注文仕候。異日御再読之節、御加筆被成置被下候様奉願候。

云々。桂窓本『後の為乃記』に添付書翰その一は、右天保七年二月一日付にいう別紙に当るとみて誤るまい。こうした用件は併せて篠斎、更には黙老にも大抵は同日に申し送る例なのだが、天保七年三月二十八日付篠斎宛状（国会図書館本）の「三月一日出拙翰に得貴意候後の為の記追書の事、御承知被下候よし、是亦安心仕候」に当るのだろうか。当状日付け三月一日出しの馬琴状が松坂経由和歌山着、その返事を江戸に送り、更にこれに対する返状が上引三月二十八日付馬琴状だとすれば、右両度の馬琴状の日付け関係は少々理にあわない。上引状中「三月一日出拙翰」云々の三月一日を、或いは二月一日の誤りとすれば筋も通り、更には同日付桂窓宛状にも一致する。孰れにもせよ、天保七年一月中にも馬琴は『後の為乃記』を再読、再校して、その誤写誤字を見出したのであろう。例えば、桂窓宛状にいう胗字である。勿論この外にも多く誤字の見落しあり、当時の馬琴に校正の完全を求めるのは酷であるとしても、何故特に胗字ばかりにこだわり、指摘したのか。胗字にしても筆耕本のすべてがこれに従っている以上、筆工の不注意によるというより、それが原稿自体の文字だったとみる方が常識というものである。現に馬琴自筆書翰にもこの字は多出、元来馬琴の字癖だったのではあるまいか。それを何故、筆工の誤りなどと言ったのだろう。しかし桂窓本では、馬琴からの申し出に従うことなく、原のままの胗である。当書状を以って代用し、訂誤の筆労を惜んだのだろうか。黙老本では黙老の手により正誤を加えている。黙老にも同様の馬琴来翰あり、桂窓よりも馬琴の申し出に忠実だったということにもなろうか。

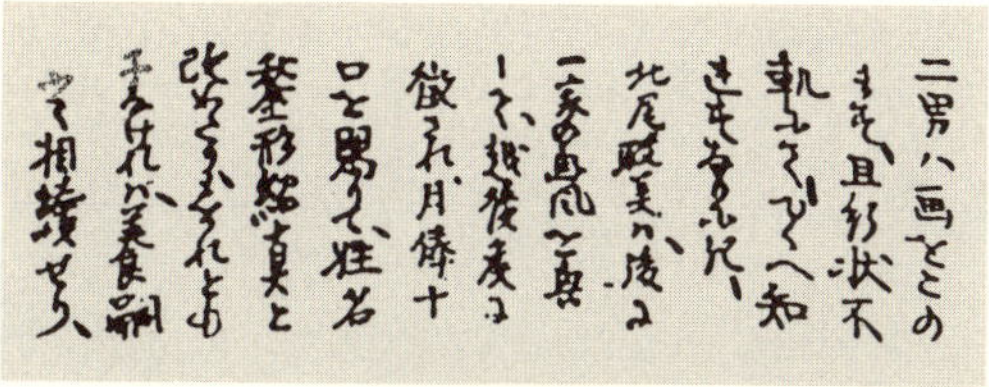

北尾政美頭書牧之本

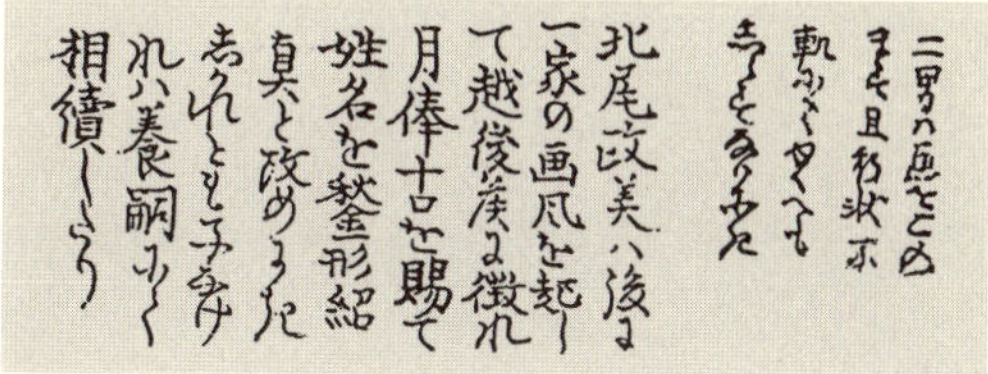

同黙老本

同桂窓本

いま一つの「北尾政美」頭書について。滝沢本についていえば、ここのところ頭書は何人分かにわたり記されているがすべて筆耕字、ただ最後の北尾の一項のみの馬琴自筆である。頭書の筆蹟につき、本文に同筆即ち筆耕文字と、馬琴自筆及び各本持主の字、以上の三通りである。筆耕体は勿論その時の馬琴原稿に既に施されていたものである。馬琴字については、送本時初校の際のものと、送本後手許本再校時のものと二種類があるはずである。いま問題は、送本後の再校による書入れ頭書についてである。原稿時のものを第一次、送本時のものを第二次とすれば、送本後手許本再校時のものは第三次頭書ということになろうか。従って第三次頭書が自筆の場合、それは馬琴の手許本、家本ということにもなるのである。北尾の頭書につき、滝沢本は自筆であった。そして桂窓本はこの一項の書入れなし。黙老本には黙老の自筆を以って、桂窓宛状にみえる通りの頭書が施してあった。黙老へも桂窓宛に同文の馬琴状があり、その申し出に黙老は是亦忠実に従ったわけである。尤も、滝沢本上冊二十一丁ウ及び同下冊二十六丁オの自筆頭註について、桂窓本は勿論、黙老本もこれを欠いている。とすれば、この二つの頭書について、その書入れに二人とも素直でなかったのか。馬琴に第四次頭書があり、それを他に通達しなかったか、等々色々の事情が想定される。この決め手は恐らく篠斎本だろうが、無いものねだりしても仕様がない。そして牧之本だが、北尾の項は自筆。且つ、桂窓本・黙老本に共通して欠いた上述二つの頭書についても、馬琴の自筆で書き入れられている。第三次以降自筆頭書家本説の原則からいえば、牧之本は家本の一本たる条件を具えていることになる。こうした牧之本の性格については、改めて後述しよう。

天保七年二月六日付篠斎宛状（国会図書館本）に、

一、後の為の記の事被仰越、承知仕候。右他見の可否は、先便に得貴意候間、御承知可被下と奉存候。且、同書誤字之事、并頭書追加之事も、先便申上候間、御承知と奉存候。依之、今般は省略仕候。いつぞや被仰示候後の為の記誤字の事、忝承知仕候。但し、太郎を大郎と書候は、漢土の書法に御坐候。水滸伝武大郎抔ある是也。依之、序は漢文故、大郎と作り候。失の矣抔は、筆工のあやまりを校しもらし候也。

右天保七年二月六日状の前半はそのまま前引の所謂当年三月二十一日状の内容に適合する。そのところで三月という月立てにつき一応問題視したのだが、当二月六日状に勘案して、やはりそれ二月とあるべきところを、何かの誤りではあるまいか。それはさておき、篠斎は送られてきた『後の為乃記』を精読し、それに感動し、わが友人にも読ませたいと考え、馬琴の許可を求めてきたのだが、ついては前にも述べた。そして誤字・誤写等に関しても自らの意見として、遂一馬琴に報告してきたのだろう。太郎の太と大について、『後の為乃記』の諸本勿論すべて大字に従う。むしろ篠斎説の太を常識とすべきだろうが、敢えて馬琴は大を主張する。詭弁というより、こうしたところがせめて馬琴の持味といったところか。外目には随分気障としかいいようもない。篠斎本『後の為乃記』には、その他馬琴の見落した校正洩れの誤字に対して、篠斎によって多く訂誤されていたことかと思われる。篠斎は桂窓と、更には黙老とさえも、その書物に対する態度にはかくも相異があったのである。

桂窓本『後の為乃記』貼布馬琴状のその二。

本状裏端書に「追啓要事」とあって、状の前半を欠いている。

（上欠、ママ）有之候を、当春心づき候故、可得貴意存候処、先々便、先便とも書状認候処、内外用出来、甚せわしく候故、忘却いたし候。依之、今便得貴意候。

右ハ、

上ノ巻十七丁め右六行

土岐村老三浦監物殿（将監）医師也も療治云云

此監物とあるハ将監のあやまりニ御座候。此三浦ハ弐（壱）万五千石紀州の御家老三浦将監殿ニ御座候。去年ハ江戸在府ニて、去暮長門守に任ぜられ、当三月十五日出立ニて在所へ被帰候。いかゞ間違候哉、被察候迄ニ御座候。御面倒ながら、右監物ノ二字を将監ト御直し置可被下候。此義偏ニ奉願候。

又同書上三十五丁右三行、篠斎子の歌の内、

たまのをのこのはかなさよ（に）親ごゝろ

はかなさのよハにのあやまりニ御座候。此義ハ歌ぬしゟ被申越候故、心づき申候。是又はかなさにト御直し置可被下候。

一、五月六日出之状中ニ追悼の拙詠三、四首しるしつけ候て、推蔽仕候。右之歌の中ニ未熟のもの一首有之、いかゞ紛れ候哉、それをもしるし候事、あとにて心づき、尤うらはづかしく奉存候。右の歌ハ、古児肖像、花

山子ゟ五月上旬一周忌前、やう〳〵出来、被差越候。裱褙の間ニ不合候。簑ニかけ候まゝ床の間ニ建候て、逮夜ゟ祀り候。その頃熟吟いたし、右のこゝろを以よみ直し候歌、

　ほとゝぎす声さへむなし影ハなおあるもなきよのさみだれの月

如此ニ御座候。これとても、御耳にふれ候様ナル愚詠ニハ無之候へども、已前のゟ少しハまさり可申哉ニ御座候。これらの拙詠、先便篠斎親子へも見せ候処、かへしとハなしニ、一首よみておくられ候ひキ。近来多事の上、耄の気味も有之、麁忽の事まゝ有之。御一笑ニ御座候。

六月廿一日再白　　著作堂

桂窓大人

天保七年六月二十一日馬琴は長文の書状を桂窓に宛て認めたが、同日更に「別啓」の一書をさえ別紙に認め送っている。翌二十二日には一層長文の状を篠斎に宛てた。それに「思召候ゟせわしき身分ニ候へども、遠方の返事も一昨日ゟ今日迄三日いとまを費し候。一昨廿日ハ桂窓子への返翰長文并ニ返却の書、貸進の書状ニて終日也。昨日ハ黙老江右同断ニて、終日也。今日ハ貴兄へ右同断ニて、終日也。その間来客あり、使札あり、家内へ申付候用事も有之、度々立事もあり、執筆のミにあらず候。かくまでせずともよろしからんと媳婦抔諫め候得ども、ケ様ニしてすら間ニ合かね候。一人男なるニ、わがめ候てハ友人達ハ絶交の外無之候故、極老の今日迄如此務候。御憐査可被成下候」云々。桂・篠・黙等、特にこの三友への手紙には友情の誠をかけて、それぞれに終日を費すという。なるほど長文の筈だ。一昨日は桂窓へとあるが、或いは二十一日状のことではあるまいか。この桂窓宛状端書に「七月十三日着、七月十八日済、後の為の記」とあるが、本状並びに別啓文中に『後の為乃記』に関する記事は一切み

えない。つまりこの端書の「後の為の記」は、それ等とは別のこの添付の一書「追啓要事」を指すかと思われる。本状・別啓・追啓要事の執筆に終日を要したというのであろう。ところが肝腎の滝沢本の監物はそのままであって、訂正されていない。しかも篠斎からわざわざ申し入れられた自作歌の「はかなさよ」も、亦そのままであってにには改められていない。一体どうした訳なのか、その事情はよくわからない。このところ、桂窓本に一切の手入れがみられぬのは、いうまでもない。国会図書館牧之本も全く同様、何の訂正も施されていない。

『後の為乃記』の贈り先き、宛先きにつき、それぞれ説明もしてきた。しかし、これまで知り得た資料に於いて、牧之本に関しては何一つ知らない。牧之本の表紙等装本の一切、すべて滝沢本や桂窓本等に同様。その他本文の書体もこれ等の他本に同一で、字配、丁数、いうまでもない。即ち、同一筆耕本何部かの内の、しかもどうやら家本の内の一本らしいことは、頭書の自筆他筆、その他頭書の有無の共通性を以って、既に述べた。

もう随分以前のことである。天理図書館に在職中、馬琴に大変興味を持った一時期があった。馬琴ものの宝庫早稲田大学図書館や国会図書館に足を運んでは、何かと眼福を得るのが、上京楽しみの一つでもあった。国会では当時和書貴重本の係りだった小林花子さんに、それこそ一方ならぬお世話になった。そして又、天理での近世文学会では馬琴展を催したり、確か東京の天理ギャラリーでも馬琴展を開いたはずで、その都度図録を出した。更に『天理図書館善本写真集』シリーズの一つとして「曲亭馬琴」を企画編集、それには桂窓本『後の為乃記』の写真一葉も挿んだ。この写真集を小林さんにお送りしたところ、『後の為乃記』について桂窓本と国会牧之本の異同につき、何程か指摘下さった。その後桂窓本の写しを御送りしたのだが、丹念に比較し、特に頭註の部分に差異の多いこと

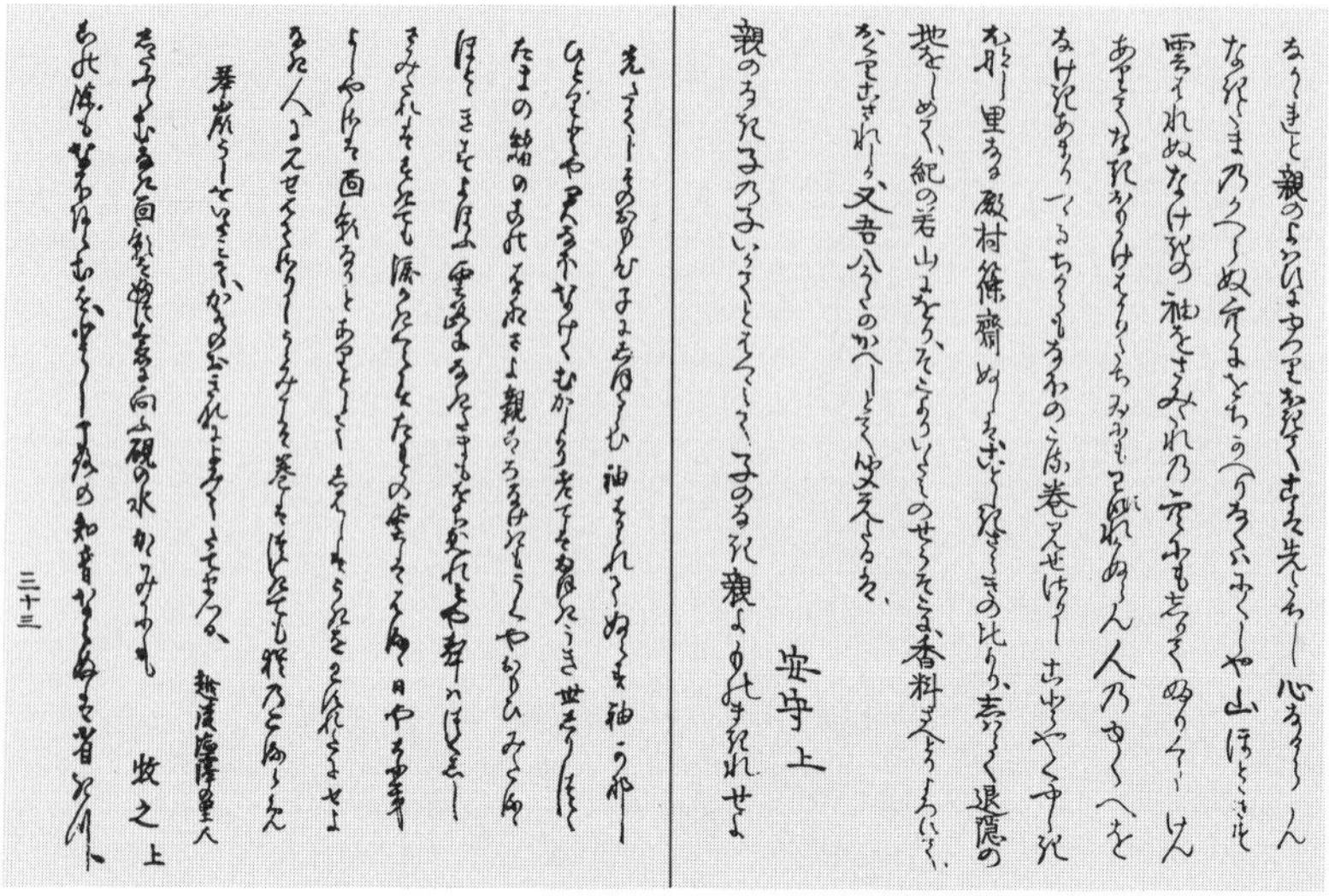

牧之本上冊三十二丁ゥ・三十三丁ォ見開き

を教示下さった。例えばこれまで既に問題になった北尾政美についても触れてあったか。今改めて再検討するに、牧之本同条頭書の歌川豊広・鈴木芙蓉・金子金陵、以上のすべて、馬琴字に酷似するがやはり本文に同筆、つまり筆耕字だ。そして、この条最後の北尾政美のみ、馬琴の自筆である。その他頭書のすべて、自筆・他筆、或いはその有無等の問題についても、すべて滝沢本に同一であった。つまり、家本としての条件を具えていることになる。牧之本上冊前表紙見返しに牧之筆「読三十七番、壱冊之内、塩沢鈴木（印）」、下冊にも同様の印がいくつか捺してあった。明らかに牧之の手沢本である。滝沢家本の一つが、どうして牧之の手に渡ったのだろうか。

国会図書館本『後の為乃記』装本の一切、他の諸本に同一なことは既に述べた。本文の書体や字配、行数・丁数は勿論、表紙から製本、料紙等に到るまですべて同様である。本書の題簽に二様あり、一は「後の為乃記　上(下)」、いま一は「後の為乃記滝沢家本　上(下)」。滝沢家本・牧之本は前者、桂窓本・黙老本は後者。ただ牧之本が滝沢本をはじめ、他の諸本と著しく異なる点は、当本上冊三十五丁オ（滝沢本では三十三）半丁分のすべて筆耕字でなく、馬琴の自筆ということである。その半丁は本紙を切り取り、新しく別紙を以って貼りあわされている。その前丁即ち三十二丁ウ最終行も切り取られ、貼りあわせだが、この一行は筆耕字のままである。国会本上冊別紙三十五丁オ馬琴自筆の末三行は、

越後塩沢の里人
牧之上

琴嶺うしをいたミて、かぞのおきなによみてたてまつる

したふらむなき面影をふづくゑに向ふ硯の水かゞみにも

この余もなほあらむを、としごろの知音ならぬは省きつ。

とあって、このところ滝沢本篠斎安守哀悼歌中の末一首及び次行の「このふたぬしは、としごろ吾同好知音の友也。はる〴〵とかうねんごろに聞え給へ」ばとありて最終行に続く。このふたぬしとは勿論桂窓と篠斎だが、そこへ牧之の歌が割りこんできたわけである。桂・篠・默三人の例に従うとすれば、牧之の哀悼歌を本文に加え、これにも一本を贈らねばならぬ。琴嶺の死を、そのとき馬琴は牧之に伝えることを多分しなかったはずである。それを、越後の牧之は後に伝聞して知った。そこで、早速何がしかの香料に添え、哀悼歌を馬琴に送ったものとみえる。その時期は明らかでないが、天保七年のやや早い頃だっただろうか。そこで馬琴は、第一次稿に切り継、足し紙を以って増補したのと全く同じ手法で家蔵の一本を入紙改変し、牧之の歌一首を加え、これに贈ったのである。その牧之本がどうして国会図書館に移ったのか、昭和二十一年三月七日の購入印あり、この戦後書物移動の最も激しい時であった。

牧之本北尾政美の頭書が馬琴自筆であることから、それが家本の内の一つであるらしいことは既に述べた。その頭書書入れのことを桂窓に申入れたのが天保七年二月一日、篠斎宛にも同様。従って牧之本は少なくともその頃ま

で、家本の一として滝沢の家に在ったことは確かである。その手許本に自筆を以って頭書を加えた。琴嶺行状記の末に「汝が女弟つぎたちへハ、別に一本を写さして、成長の日に取らすべし。折々誦してわするべからず」と。汝とは太郎、女弟つぎたちとは飯田町養女お次(つぎ)と太郎妹お幸(さち)。成長の日に取らすべしとは、現にこれから四、五年後の天保十年にその一本をお次に与えようとした一件については、『吾仏乃記』によって冒頭に記した。即ち、天保七年当時、滝沢の家には、『後の為乃記』の家本としては、馬琴の自筆原稿と太郎・お次・お幸用の三筆耕本、計四本があるわけである。そうしたところへ贈牧之本が必要になった。そこで、お幸用のは太郎用のと共用できるとして、それに手を加え、牧之に贈ったということになる。以降滝沢家の残本は自筆稿本と筆耕本二の計三。『吾仏乃記』の「吾自筆の稿本の外に副本二本あり」との記事に当る。その副本の一本をお次に与えるために特に傍訓を施したのだが、話がこじれてそれを取りもどし、お幸用にとする。従って天保十年より後の滝沢家には自筆稿本と太郎用及びお幸用傍訓付き筆耕本二の三本があったのである。うち、自筆稿本と傍訓付きは所在不明、とすれば同家に現存の所謂滝沢本は太郎宛用のものということになる。諸本中最も由緒ある、素性正しい善本であった。

餘二稿本『後の為乃記』の作業について、亦々いつものように随分多くの方々の御世話になった。国会図書館牧之本については、早くそこの小林花子さん、そしてこの度は東京都中央図書館の木村八重子さんやかつて天理での同僚だった石川真弘さんに、大阪府立図書館の黙老本はそこの多治比郁夫さんや樟蔭女子大学での受講生だった露口香代子さん、その他早稲田大学図書館の関係資料については馬琴学の専家板坂則子さんや司書の大江令子さん等々。さて本作りの仕事では、割付けのあれこれ厄介至極な手順など、天理での同室の同僚田渕正雄君や岸本真実君、それに岡嶌偉久子君、口絵写真は同じく写真室の八木伸治君。なお、そのときどきの調べごとは是亦例の如く樟蔭図書館津田康子さんの御助力をお願いした。天下の馬琴持ち天理図書館の学恩、こと改めて申すまでもない。

餘二稿本に『後の為乃記』を加えることを考えたのは、滝沢本が馬琴の所謂原本に当るとの心証を得て以来のこと。そしてその旨を滝沢さんにお願いしたところ、快く、むしろ故人の供養にもなるかと、喜び、お許し下さった。このことを志してから、既に一年近くが過ぎた。その間所用で上京の節、いま一度国会本をこの眼でと願いつつ、それも何かに障えて叶わず、遙か以前の記憶を辿りつつ、更には木村さんから恵まれた写真等を頼りに論を進めた次第で、何程か心は残るもののないわけでもない。しかし要は、正しいテキストを正確に、が本来の目的と割り切った。わたしのくだくだしい文章など、謂わばどうでもよいことなのだ。

当三月二十四日を以って、わが馬齢七十有六。かの老頽に及んで世子に棄てられたと嘆く馬琴、時に六十九歳。むしろいまのわたしに数年の弟ではないか。その彼が娘女とのかかわりを猜疑され、あのように苦渋の思いをしたことの顚末にやや深入りした気味があるかと反省はする。あらぬ濡衣とはいえ、或いはその艶福を羨むべきか。その彼に比し、この吾の何たる枯燥老窮ぞ、と半ばやっかみながらも、唯ただ苦笑するばかりである。

平成四年正月二十九日、白じら明けに記

丁付けにつき、付記　　滝沢本上冊は自叙「一」より始まり、末丁は「四十七終」。他の諸本桂窓本・黙老本・牧之本は自叙・崖略の二丁分に丁付けはなく、目録より起丁して「四十五」丁で終る。即ち滝沢本と二丁分の相違がある。そして、桂窓本では丁付記「四十五」に続けて「ノ七上終」の四字を馬琴自筆を以って朱書付加している。

黙老本、も亦是に同様。但し、牧之本は「四十五」のまま。
下冊の丁付け、滝沢本は目録より始まり、巻末「六十七」に終る。牧之本も是に同じ。桂窓本・黙老本は目録第一丁分は無丁、本文より起丁して「六十六」に終る。即ち一丁分の誤差がある。

後補付記

この春過ぎだったか、黙老本『後の為乃記』伝来の経緯が知りたく、かねてこの仕事に協力してくれていた露口香代子さんと同行、大阪中之島図書館に多治比郁夫さんを訪ねた。多治比さんの厚意で、初代豊田又三郎よりの何千冊かに余る寄贈本目録を見せてもらったが、要するに本書もその内の一つで、明治三十八年の受入れ、という以上には立入れなかった。

香川県琴平金刀比羅宮図書館の松原秀明さんはその郷土のことについては生字引で、黙老の資料等についても、これまで何度か教示を得た。そしてこの程、何かの参考にもと木畑貞清稿『木村黙老と滝沢馬琴』（昭一〇・三 讃岐郷土研究会）なる小冊子の写しを送り越し下さった。当筆者同趣の論文なら「馬琴と黙老」（昭八・一二 京大『国語・国文』）で既に馴染みでもある。この度のには『後の為乃記』下冊末に付せられた例の馬琴宛黙老書翰に触れる文章が多かった。この仁のみた『後の為乃記』は田所完造所蔵の新写本で、「明治二十四年辛卯十一月依安原南谷蔵本写　入谷賜」の奥書あるものという。いずれも讃岐、黙老の後にゆかりある如く、筆写もともとの據本恐らくは黙老本だったか。明治のこの頃までは黙老本も在讃州、その後流出していつしか豊田の蔵に帰し、やがて明治三十八年中之島図書館に移ったか。

木畑貞清は紫影博士藤井乙男先生門下、とすればわたしには遥か大先輩にも当る。かつて昭和九年、黙老と馬琴の関係につき先生問うたことがある、と。ついて「二十年斗前に黙老より馬琴に与へし詳敷自伝を書きたる書簡を見しことありしも其物は東京方面に行きしとのみにて目下所在不明」云々の答えを得たという。これにつき、更に詳しくは大西一外編雑誌『ことひら』（一巻五号 昭九・七）先生自ら寄稿「黙老と馬琴」に所見。即ち、

もう何年前になりますか、震災以前であった事だけは確かです。神戸の人で一時盛んに自筆物を買ひ集めた人の売立が京都であった。その時馬琴旧蔵のものが多数（中略）あったが、就中私の注意をひいたのは一本の太い巻物になった非常に長い黙老の書簡であった。情理をつくした筆で綿密周詳に書いた自伝で人生の禍福吉凶、人の如何ともすべからざるを説いて、老友の不幸に同情したものである（中略）。黙老の伝記資料として是程よい物はあるまいと思はれ、何とかして自分の手に入れるべきであったが、力及ばずして東京の某書肆が持帰ったと聞いたが、今は誰の手にあるか、更にその消息を審にせぬ。或は震火災に消失したのではなからうかと思ふ。

木畑はこれにいう馬琴宛黙老書翰を、『後の為乃記』に付せられたものの原翰に宛てている。当時藤井先生の『後の為乃記』への認識が本状不載の不完本国書刊行会版『曲亭遺稿』によるものとすれば、この両状の関係については未知の筈である。従ってそのことについて、何の言及もないのも或いは当然か。しかし先生は、かの京大本篠斎宛馬琴書簡集の編校者だった。たまたま矚目黙老書翰への執心、けだし論を俟たない。この戦後、先生の遺蔵書は一括して天理図書館に収蔵、若しかの黙老のが先生の手に帰しておれば――思って詮ないことがしきりに思われてならぬ。今にして世に姿を示さぬのは、先生の予想通り恐らくは大正の震火にでも亡んだものであろう。

滝沢路女の日記を書写するを、老来業余消閑の愉しみの一つとしている。その嘉永五年七月五日の条に、

四時頃、松村氏・伏見氏被参。松村氏菜園之唐なす一ッ持参、被贈之。両人とも昼時被帰去。所望ニ付、松坂殿むら并ニ小津、木村書状一袋しんズ。

云々。松村・伏見家はよき隣人、ともに馬琴ものの愛読者でもあった。滝沢家では馬琴宛来翰の類は概ね一括して整理、大切に保管していたのであろうが、時にはこうした恰好で外部に流出していった。なお前出小冊子に木畑の文章が伝えるところによると、「当地に在住の黙老の曾孫にあたる（大森トヨ、六六歳）の話によれば、子供の時にはまだ馬琴の書簡は木村家に多くあり、希望する人にはどし〳〵与へたさうである。然し今日に於ては残存してゐるものは僅少である」云々。かくしても資料は散佚の運命を辿る。さきに馬琴宛来翰集や黙老宛馬琴状の乏しさを嘆いたが、陰にこのような実状があったとすればそれも致し方ない。

黙老本『後の為乃記』伝来のことに係わり、つい筆は多岐に流れてしまった。付記して後補する所以である。

餘二稿十二

平成四年七月七日

滝沢馬琴稿

木村三四吾編校